HISTOIRES À VOUS RENDRE TOUT CHOSE

RECUEILS D'ALFRED HITCHCOCK
CHEZ POCKET :

Histoires terrifiantes
Histoires épouvantables
Histoires abominables
Histoires à lire toutes portes closes
Histoires à lire toutes lumières allumées
Histoires à ne pas fermer l'œil de la nuit
Histoires à déconseiller aux grands nerveux
Histoires préférées du maître ès crimes
Histoires qui font mouche
Histoires sidérantes
Histoires à claquer des dents
Histoires qui riment avec crime
Histoires à donner le frisson
Histoires à lire avec précaution
Histoires drôlement inquiétantes
Histoires percutantes
Histoires à faire froid dans le dos
Histoires à donner des sueurs froides
Histoires à vous glacer le sang
Histoires à suspense
Histoires à frémir debout
Histoires à vous faire dresser
les cheveux sur la tête
Histoires renversantes
Histoires qui font tilt
Histoires à faire pâlir la nuit
Histoires noires pour nuits blanches
Histoires à vous mettre k.-o.
Histoires diaboliques
Histoires fascinantes
Histoires qui virent au noir
Histoires à vous couper le souffle
Histoires à faire peur
Histoires ténébreuses
Histoires à lire et à pâlir
Histoires ciblées
Histoires à rendre tout chose
Histoires en rouge et noir

ALFRED HITCHCOCK
présente :

HISTOIRES À VOUS RENDRE TOUT CHOSE

POCKET

TITRE ORIGINAL :
BORROWERS OF THE NIGHT

ISBN 2-266-07172-6

Sombre samedi

par

Elyah Ellis

Le samedi après-midi, l'antique palais de justice de Monroe est un endroit plutôt solitaire. Tous les bureaux municipaux ferment à midi, excepté le bureau du shérif en bas au rez-de-chaussée. Vers une heure, le vieil édifice horrible où se mélangent le marbre, la pierre et le bois vermoulu, est à peu près aussi vivant qu'un tombeau.

Ce samedi après-midi-là était du genre pluvieux, beaucoup trop glauque et lugubre pour jouer au golf. J'avais décidé de rester à mon bureau au troisième étage et d'en profiter pour mettre mes dossiers à jour. Dès deux heures, je regrettais ma décision. Je me rejetai en arrière dans mon fauteuil, allumai une cigarette et regardai d'un œil torve la masse de boulot qu'il me restait à faire. C'est alors que le téléphone sonna.

— Oui ?

— C'est bien le bureau du procureur ? s'enquit une voix étrangement étouffée. Procureur Gates ?

— Oui. Lon Gates à l'appareil. Que puis-je pour vous ?

— Allez voir dans le dôme.

J'écartai l'écouteur de mon oreille, le considérai d'un regard surpris, et repris enfin :

— Allez quoi ?

— Allez voir dans le dôme du palais. Et j'espère que vous serez content, sale vermine !

Click. On avait raccroché brutalement.

Je replaçai lentement le combiné.

— Et maintenant ? demandai-je au bureau vide.

Je fis tourner mon fauteuil d'un coup de pied pour regarder par les hautes fenêtres qui laissaient entrer la lumière derrière moi. Dehors, le ciel n'était qu'une sombre tache grise et froide. La pluie tombait sans arrêt, illuminée parfois par un éclair auquel succédaient de sourds éclats de tonnerre. Une journée pourrie.

Aller voir dans le dôme ?

Bof, pourquoi pas ? Ça me sortirait toujours de cette paperasse pendant quelques minutes. Et puis, je n'y avais encore jamais mis les pieds, bien que ce soit un endroit connu dans le folklore du comté de Pochokobee. Il y a environ soixante-quinze ans, un officier municipal en disgrâce s'était pendu à l'une des poutres qui soutiennent le dôme.

Un éclair zébra le ciel orageux. Le tonnerre éclata. Oui, c'était bien un jour à inspecter ce fameux dôme. Je souris, mais à vrai dire ça ne me réjouissait pas tant que ça. J'entendais encore cette voix venimeuse à l'autre bout du fil : « ... j'espère que vous serez content, sale vermine ».

Je me levai, quittai mon bureau et longeai le corridor mal éclairé dans lequel mes pas résonnaient. Entre la salle d'audience et le greffe, je repérai une porte sur laquelle ne figurait aucun panneau. Elle s'ouvrit en grinçant très fort sur ses gonds. J'entrai dans une petite pièce étroite, un véritable débarras. Au fond, il y avait un escalier métallique en spirale.

Tout — le sol, les murs, l'escalier —, tout était recouvert d'une couche de poussière d'un bon centimètre. Dans la semi-obscurité je découvris une suite d'empreintes qui menaient à l'escalier. Je les suivis et commençai à monter. J'étais déjà à mi-chemin quand je m'aperçus qu'il n'y avait pas trace d'empreintes qui descendissent...

J'hésitai. Après tout, ce n'était probablement qu'une blague de mauvais goût. Il serait là-haut dans le dôme, prêt à se jeter sur moi, mais je ne voyais pas ce qu'il pouvait y avoir de drôle là-dedans.

Je montai lentement. L'escalier aboutissait sur un côté de l'énorme dôme en fer qui couronne le vieux palais de justice. Il y a des petites fenêtres autour du dôme, toutes pratiquement obscurcies par la crasse accumulée au cours des ans. Elles laissaient passer juste assez de lumière pour distinguer une longue silhouette suspendue à l'une des poutres centrales qui supportent le toit — une silhouette de pendu !

Je sentis la sueur inonder mes tempes et mes poils se hérisser. Je me répétai que ce n'était qu'une blague. Le blagueur, se souvenant de la vieille histoire de l'officier municipal qui s'était pendu ici, avait accroché un mannequin à l'endroit même. Très drôle.

Je me dirigeai vers la silhouette qui se balançait. Elle oscillait doucement au milieu des bouffées de vent qui se frayaient un passage parmi les fissures et les crevasses de l'antique dôme. Je frissonnai, en essayant de me persuader que c'était à cause du froid et de l'humidité.

Un éclair, perçant la crasse des fenêtres, illumina soudain le dôme.

Un cri m'échappa et je fis un bond en arrière. Dans la brève lueur, j'avais vu le visage du pendu. C'était le visage d'un homme — enflé, congestionné et mort. Plus question de blague. Je me contraignis à approcher du cadavre. Je plissai les yeux pour essayer de percer l'obscurité, attendant un nouvel éclair afin de revoir le visage qui oscillait au-dessus de moi. Du coin de l'œil je remarquai une échelle appuyée à la poutre, à quelques pas sur ma droite.

Tout paraissait clair. Un suicide. Mais qui... ? Un nouvel éclair m'apporta la réponse. Ce fut comme un coup de poignard dans le ventre.

— Oh non, murmurai-je involontairement.

Encore titubant sous le choc, je me détournai du macabre spectacle et dévalai l'escalier jusqu'à mon bureau. Dans ma précipitation pour prendre le téléphone, je le bousculai, le fis tomber et le récupérai enfin. J'appelai le bureau du shérif. Après quelques secondes qui me parurent une éternité, j'entendis la voix familière et calme d'Ed Carson.

— Ed, ici Lon Gates. Venez à mon bureau. Vite !

Le shérif du comté de Pochokobee ne perdit pas de temps en paroles inutiles.

— J'arrive.

Moins d'une minute plus tard, il était là. J'étais content de le voir. Il s'essuya le visage avec son mouchoir et, encore tout essoufflé, demanda :

— Qu'est-ce qu'il y a ? A vous entendre on aurait dit que vous aviez vu un fantôme.

— Leland Russel, dis-je. Il est là-haut, dans le dôme... mort.

Le shérif resta muet de stupeur.

Je tirai une large bouffée à ma cigarette.

— Et oui. Il semble que le vieux renard soit monté là-haut et... il s'est pendu. Suicide.

Carson tourmentait sa moustache poivre et sel. Son regard soudain glacé s'arrêta sur moi.

— Racontez-moi ça, lança-t-il sèchement.

Je lui relatai l'histoire du coup de téléphone, les traces de pas qui montaient l'escalier menant au dôme — et qui ne redescendaient pas. Je mentionnai en passant l'échelle contre la poutre et enfin le corps du vieil homme pendu au bout de deux mètres de corde.

La grande carcasse du shérif sembla se recroqueviller sur elle-même. Des rides de douleur apparurent sur son visage déjà profondément marqué, qui se transformèrent bientôt en une grimace de rage amère. Il ne dit rien. Ce n'était pas la peine, je savais ce qu'il pensait.

Puis tout à coup, il se retourna d'un bloc et décrocha le combiné du téléphone. Il appela son bureau et aboya un ordre à l'adresse de son adjoint. Sans attendre la réponse, il coupa la communication d'un doigt nerveux et composa immédiatement un autre numéro — celui de James Conley, médecin légiste du comté.

Quand il en eut fini, il reposa le combiné. Il gardait le dos tourné. Leland Russel était un de ses plus vieux et meilleurs amis. J'entendis des pas précipités dans le couloir derrière la porte. Carson se retourna enfin vers moi.

— Ça ne vous suffisait pas de lui prendre sa place, me lança-t-il, il vous fallait aussi lui ôter la vie.

Sur quoi, il disparut avant que je puisse répondre. Je bondis derrière lui, c'était à mon tour d'être furieux, mais je me retins à temps. Je m'arrêtai sur le seuil et regardai Carson avec son adjoint se diriger à grands pas vers la porte qui menait au dôme. L'adjoint, Wally Hooper, portait un projecteur autonome et tout un attirail.

Je retournai à mon bureau et m'assis dans mon fauteuil. Jamais de ma vie je ne m'étais senti si mal en point.

Leland Russel... un vieil homme sec et droit, à la crinière blanche, qui avait été le procureur du comté de Pochokobee pendant vingt ans, plus longtemps même que Ed Carson lui-même n'avait été shérif.

L'année dernière, j'avais eu l'impudence de me présenter contre Russel, et je l'avais battu. La campagne avait été rude, brutale même dans ses dernières étapes. La politique dans le Pochokobee n'est pas une affaire d'enfants de chœur.

Je pensais que les idées de Russel sur la justice et sa façon de l'administrer dataient au bas mot du XIXe siècle et que lui-même n'était guère plus qu'un vieux fossile. Et je n'avais pas hésité à le dire. Une part suffisamment importante de la nouvelle génération d'électeurs était d'accord avec moi et cela m'avait suffi pour être élu.

Mais Leland Russel en avait souffert comme d'une trahison. Après les élections, le vieil homme s'était presque complètement replié sur lui-même. Il n'aimait pas recevoir de visite, et les rares personnes qui réussissaient à le voir le regrettaient aussitôt. Ils ne trouvaient en effet que l'ombre de Russel, un visage aux lèvres livides et au regard vide.

On le voyait rarement dans le centre ville, jamais au tribunal où il comptait pourtant nombre de vieux amis. Il s'était effondré sans même pouvoir noyer son amertume dans l'alcool ; il ne buvait jamais, c'était un principe. Et maintenant, à peine un an plus tard, il en était arrivé là : à cette mise en scène morbide qui ferait de lui le deuxième officier municipal « diffamé » à s'être pendu dans l'antique dôme du palais de justice.

Mais, pourquoi ce coup de téléphone ?

Progressivement, mon esprit, jusqu'alors assommé par le choc et le remords, redevint plus alerte. Je me redressai. Oui, et puis il y avait autre chose : comment un homme de l'âge de Russel aurait-il pu transporter cette énorme échelle dans l'escalier raide et tournant qui menait au dôme ?

— Impossible ! dis-je à voix haute.

Je bondis hors de mon fauteuil et sortis de mon bureau en courant. Dans le couloir sombre je me heurtai au docteur Conley qui arrivait au même instant. Nous montâmes ensemble jusqu'au dôme.

Carson et son adjoint Hooper avaient allumé le projecteur. Le corps de Russel baignait dans une violente lumière blanche. Hooper était sur la poutre et examinait la corde.

— Il l'a juste enroulée deux fois autour de la poutre et il a fait un nœud tout simple, disait Hooper au moment où le docteur et moi arrivions en haut des marches.

Le docteur Conley s'avança d'un pas vif. Il jeta trois mots au shérif, regarda le corps sous plusieurs angles et émit un sifflement.

— Ça va, dit-il, vous pouvez le descendre.

Pendant que Carson tenait le corps, Hooper défit le nœud qui accrochait la corde à la poutre. Carson déposa le corps mou sur le sol et se redressa. Il regarda le mort un moment, puis se détournant, vint me rejoindre au sommet de l'escalier.

— Désolé pour ce que j'ai dit tout à l'heure, marmonna-t-il, j'étais un peu... enfin bref, j'aurais mieux fait de me taire. Même si ce vieux Leland s'était suicidé... ce qui n'est pas le cas.

J'ouvris de grands yeux.

— C'est justement ce que j'étais en train de penser — le coup de téléphone, l'échelle...

— Oui, il y a ça aussi, dit Carson, mais il y a plus important : il n'a pas la nuque brisée, ce qui n'aurait pas manqué d'être le cas s'il était monté sur cette poutre, s'était passé la corde autour du cou et avait sauté. Ce pauvre Leland est mort étranglé. Il n'y a qu'à le regarder pour le voir...

Quelques minutes plus tard, le docteur Conley, qui examinait le corps, se releva. Il s'épousseta les genoux d'un air absent et dit :

— Je ne sais pas ce qui peut bien vous trotter dans la tête, mais je vais vous dire une chose : Russel ne s'est pas suicidé.

Tout le monde se tut. Dehors, la pluie continuait de tomber. Un coup de tonnerre fit trembler la carcasse métallique du dôme. Wally Hooper demanda :

— Alors, comment ça s'est passé ?

— Comment voulez-vous que je sache, bougonna le docteur Conley. Le corps porte la trace d'un hématome sur le maxillaire inférieur gauche. Au jugé, je dirais que le coup a été donné peu de temps avant la mort. C'est tout ce que je dis. Si vous voulez que je joue au petit détective, il faudra demander à la trésorerie du comté d'augmenter mon salaire.

Ed Carson ricana. Puis il retrouva son sérieux.

— Alors doc, qu'est-ce que vous pensez de ce scénario ? Quelqu'un l'a assommé et lui a mis la corde autour du cou pendant qu'il était encore inconscient. Ainsi, il serait mort étranglé.

Le petit médecin fit la grimace.

— Ça se pourrait bien, dit-il en hochant la tête. Quoi qu'il en soit, cet homme ne s'est certainement pas pendu. S'il avait sauté de cette poutre, ses vertèbres cervicales se seraient brisées comme du verre sous le choc, ajouta-t-il confirmant ce que Carson m'avait dit quelques instants plus tôt.

Soudain nous entendîmes un bruit de pas lourds dans l'escalier. Et la silhouette dodue de Jeremiah Walton, rédacteur en chef du *Dispatch*, la feuille de chou de Monroe, apparut à nos yeux. Encore tout haletant, Walton parcourut la scène du regard. Puis, ses petits yeux porcins se fixèrent sur le corps étendu.

— Ah ! fit-il avec un soupir de contentement.

Ed Carson, irrité de le voir là, s'exclama :

— Comment se fait-il que vous soyez ici, Walton ?

Le rédacteur s'approcha du corps en se dandinant. Il l'observa un moment, puis se retourna et me lança, en pointant sur moi un index accusateur :

— Alors, monsieur Gates ? Qu'est-ce que vous dites de ça ? Maintenant que vous avez poussé ce pauvre vieil homme au suicide ?

— Oh vous, fermez-la, vieux charognard ! rugit Ed Carson. M. Russel ne s'est pas suicidé. On l'a assassiné.

Il fallut quelques secondes à Walton pour digérer la nouvelle. Puis, il jeta un coup d'œil en direction de Wally Hooper :

— Mais, je pensais que...

— Ça fait plus de trente ans que vous avez oublié de penser... coupai-je.

Inutile de dire bien sûr, que je n'ai aucune sorte d'affinité avec le *Dispatch*. L'an passé, pendant la campagne électorale, Walton s'était efforcé de me casser les reins. Il avait fait feu de tout bois, allant jusqu'à salir ma famille et m'accuser de communisme.

Il cligna des yeux plusieurs fois et mordilla la lèvre inférieure de sa bouche en cul de poule. Il regarda à nouveau Hooper. L'adjoint du shérif était penché sur le corps, nous tournant le dos.

Le shérif Carson s'enquit d'une voix doucereuse :

— Wally ?

Hooper se retourna, image même de l'innocence.

— Wally, ce ne serait pas toi par hasard qui aurais appelé Walton ici après mon coup de téléphone ?

Le géant se passa un doigt dans le col de sa chemise kaki. Il déglutit péniblement puis finit par répondre :

— Ben, vous ne m'aviez pas dit que ça devait rester secret, chef ? Si ?

Carson ferma les yeux, puis les rouvrit brusquement :

— C'est bon, Wally.

La façon dont il prononça ces trois mots avait quelque chose de définitif. C'était comme s'il venait de lui signifier son renvoi.

Malgré tout ce que la situation avait de sinistre et de

macabre, je ne pus m'empêcher de sourire. Je n'avais jamais porté Wally Hooper dans mon cœur et il me le rendait bien. C'était un grand type musclé aux cheveux blond filasse. Il avait un ou deux ans de moins que moi. Au printemps, il avait décroché son diplôme de droit à l'université du coin. Depuis deux ou trois ans déjà, pendant les vacances d'été, il avait été l'assistant d'Ed Carson. Et depuis le printemps, Carson l'avait pris comme adjoint à plein temps.

Un tel cursus pourrait donner bien sûr une bonne impression de Hooper. Malheureusement, ce n'était qu'une apparence. En fait, son seul et unique but en devenant shérif adjoint était de se faire le plus possible de relations politiques. L'an passé, il avait été l'un des partisans les plus farouches de la cause de Leland. Il y avait eu probablement un accord passé entre eux : si Leland Russel avait été réélu, Wally Hooper serait devenu son assistant, avec toutes les chances de succéder au vieil homme quand celui-ci prendrait sa retraite. Après l'élection, Hooper avait eu l'audace de venir me trouver pour me demander le poste d'assistant. J'avais eu grand plaisir à lui rire au nez.

Non, Wally Hooper et moi, on n'était vraiment pas copains.

Jeremiah Walton avait maintenant retrouvé tout son aplomb. Gonflant la poitrine, redressant la tête, il tourna son gros ventre en direction du shérif.

— Et vous voudriez nous faire croire qu'il s'agit d'un meurtre ?, dit-il avec un sourire sarcastique.

Je vis la pomme d'Adam du shérif aller et venir dans son cou de taureau. Mais il réussit à se calmer et ravaler sa colère, pour répondre d'un ton presque tranquille :

— Ça m'en a l'air en tout cas. Russel est mort étranglé.

— Et alors ? répliqua Walton. Qu'est-ce que ça prouve ?

Ses petits yeux allaient de la poutre à la corde, de la corde à l'échelle, de l'échelle à la poutre et ainsi de suite.

— Ça me paraît évident. Russel a attaché la corde à

la poutre, il est redescendu de l'échelle. Il a dû placer une chaise ou quelque chose de ce genre juste sous la corde. Il s'est ensuite mis le nœud coulant autour du cou et a sauté de la chaise. Il n'est donc pas tombé d'assez haut pour se rompre les vertèbres cervicales. Il a simplement été étranglé par la corde.

Après sa brillante démonstration, le rédacteur en chef caressa son triple menton d'un air satisfait.

Je ricanai.

— Où est la chaise, à votre avis ? (Je marquai une pause avant d'ajouter :) La chaise ou le quelque chose de ce genre dont vous parlez.

A nouveau, le journaliste regarda autour de lui, plissant les yeux, essayant de percer du regard l'obscurité. Mais il n'y avait rien sous le dôme, si ce n'est la poussière et la saleté accumulées au long des années. Walton haussa les épaules.

— Evident. Quelqu'un a emporté ce sur quoi se tenait Russel.

— Oh ! Pour l'amour du ciel ! aboya le docteur Conley. (Il agitait ses mains manucurées d'un air de dégoût.) La politique. Toujours la politique ! Vous seriez capables de faire des discours électoraux devant le corps encore chaud de votre mère. Je démissionne demain de ma charge de coroner.

Il se dirigeait déjà d'un pas décidé vers l'escalier quand je l'interpellai :

— Dites donc, Doc, est-ce que Russell aurait pu transporter cette échelle depuis le placard du troisième jusqu'ici ?

Conley s'arrêta.

— Oui, je suppose. Vous savez, Lon, quand un homme veut vraiment quelque chose, il y arrive. Mais dans ce cas précis, je suis là pour vous dire que Leland Russell n'a pas transporté l'échelle. Maintenant je vais appeler l'ambulance.

— Servez-vous du téléphone dans mon bureau, criai-je comme le docteur descendait tant bien que mal l'escalier.

Un cri ulcéré me répondit :

— Grand merci, mais je vais téléphoner de la cabine du hall.

Après cet échange, personne ne dit mot pendant un long moment. Il n'y avait plus que le vent et la pluie qui hurlaient à la mort autour du dôme. Le cercle de lumière blanche éclairait toujours le corps étendu sur le sol. Walton entraîna Hooper de l'autre côté du dôme et tous deux se mirent à discuter à voix basse — la conversation semblait animée.

Carson commenta d'un ton mi-figue mi-raisin :

— On dirait que c'est la fin d'une belle amitié.

J'acquiesçai d'un hochement de tête, mais j'avais l'esprit préoccupé d'autre chose. Je n'arrivais pas à détacher les yeux du cadavre de Russell. Les pieds minces surtout, dans leurs chaussures couvertes de poussière, attiraient mon regard.

— Ces traces de pas dans l'escalier, dis-je, elles montaient et ne redescendaient pas...

— Ouais, fit Carson une grimace à l'appui, mais de toute façon, maintenant, ça ne nous sert pas à grand-chose avec toutes les allées et venues qu'il y a eu depuis que vous les avez vues.

Le shérif alluma une cigarette. J'en fis autant.

— Non que ça pose le moindre problème. Le tueur s'est employé à mettre les pieds là où le vieux Leland avait mis les siens. Vous pouvez être sûr qu'il a fait monter Leland devant lui, puis il a opéré de la même façon quand il est redescendu tout seul après son crime.

Carson soupira et se frotta les yeux.

— J'ai des tas de choses à faire. Je devrais me remuer mais c'est comme si on m'avait assommé. On a beau faire ça depuis des années, et s'endurcir au fil du temps, quand ça vous touche de près...

Il ne finit pas sa phrase et haussa les épaules. Il avait l'air épuisé.

Walton et Wally Hooper revenaient vers nous. Ils avaient apparemment fini leur conférence au sommet. Hooper avait l'air dans ses petits souliers. Jeremiah Walton, quant à lui, suait le contentement de soi comme à son habitude. Il essaya toutefois de se montrer agréable même si, de toute évidence, l'effort lui coûtait énormément.

— Ecoutez les gars, je voudrais m'excuser pour mes paroles un peu vives de tout à l'heure. Mais Russell était un vieil ami à moi et on m'avait fait comprendre qu'il s'était suicidé.

— Ouais, dis-je en l'interrompant sans prendre de gants, et si ç'avait été le cas, vous m'auriez mis en pièces dans votre sale canard. Je vois d'ici les titres : « Un jeune arriviste accule l'exemplaire serviteur de la loi au suicide. » Je n'aurais pas même pu être élu balayeur municipal quand vous auriez eu fini de répandre votre venin dans tout le pays.

Tout en parlant, j'avançai vers le journaliste. Il recula rapidement, agitant les mains en signe de dénégation.

— Allons, allons, Lon. Qu'allez-vous imaginez là ? Je n'aurais rien fait de tout ça. Je...

Un cri de douleur nous interrompit. Nous nous retournâmes et vîmes Wally Hooper accroupi à côté du corps. Il avait un doigt à la bouche. Carson demanda :

— Qu'est-ce qu'il t'arrive ?

Hooper sortit son doigt de sa bouche et l'inspecta en fronçant les sourcils.

— J'étais en train de fouiller à nouveau les poches du vieux pour voir si on n'avait rien oublié et je me suis piqué le doigt à une épingle, là, sur le revers de sa veste.

Carson ricana.

— Dommage que tu ne te sois pas assis dessus.

Jeremiah Walton était maintenant en haut de l'escalier. Il s'effaça pour laisser passer le docteur Conley qui revenait.

— L'ambulance sera ici dans quelques minutes, annonça-t-il.

Le visage du petit médecin était tiré et fatigué. Cela me rappela que lui aussi avait été un ami intime de Leland Russell.

Il n'y avait rien à faire maintenant qu'à attendre l'arrivée de l'ambulance. Ma colère contre Jeremiah Walton était retombée. Ce n'était ni l'endroit ni le moment.

Nous nous mîmes tous les cinq à faire les cent pas sous le dôme, chacun plongé dans ses pensées. Histoire de m'occuper, je grimpai à l'échelle appuyée contre la poutre. Arrivé en haut, je regardai la poutre de chêne : épaisse, massive, rongée par les vers, elle n'en finissait pas, se perdant dans l'obscurité.

Je soupirai et commençai à redescendre. Et puis tout à coup, je m'arrêtai net. J'approchai les yeux de l'endroit où l'échelle était en contact avec la poutre. Il y avait là toute une épaisseur de poussière accumulée, et même une toile d'araignée reliant l'échelle à la poutre.

Cette échelle était là depuis des mois, des années peut-être. Ça ne faisait pas l'ombre d'un doute. Ce n'était donc pas — comme je l'avais pensé d'abord — l'échelle qu'on gardait dans un placard du troisième étage. J'en redescendis lentement les barreaux. Et peu à peu, des tas de petits détails qui m'avaient paru sans importance se mirent en place dans ma tête. Le puzzle prenait forme. J'allais peut-être un peu loin, mais...

Je croisai le regard d'Ed Carson et lui fis signe de venir me rejoindre de l'autre côté du dôme, de façon que les autres ne puissent nous entendre.

— Quand avez-vous parlé à Russell pour la dernière fois ? lui demandai-je.

Carson eut l'air surpris.

— Eh bien, je l'ai eu au bout du fil vers midi. J'essayais de le persuader de venir en ville et de déjeuner avec moi. Bien sûr, il a refusé.

J'avalai ma salive.

— Est-ce que par hasard vous lui auriez dit que je travaillerais dans mon bureau cet après-midi ?

— C'est possible. Oui, c'est même sûr. En parlant du temps et de toute cette pluie. Oui, c'est ça. J'ai dû lui dire que même vous, vous ne sortiriez pas pour jouer au golf. Mais qu'est-ce que...

— Je vous dirai ça dans une minute.

Je descendis en courant l'escalier et arrivai dans la petite salle rectangulaire au bas des marches. Je tâtai le mur à droite de la porte du couloir, trouvai l'interrupteur et allumai.

Une ampoule nue, couverte de poussière, éclaira faiblement la pièce. Pêle-mêle, le long des murs, s'entassaient de vieux cartons, des meubles de bureau cassés ou rouillés, quelques tables défoncées et une vingtaine de chaises.

Presque tout de suite, je repérai ce que j'étais venu chercher. Au sommet d'une pile de chaises en bois, en équilibre instable, il y avait une chaise pareille aux autres — enfin presque. Car il n'y avait pas de poussière sur son siège, comme si on l'avait essuyée récemment.

Je laissai la lumière allumée et remontai sous le dôme.

De vilains racontars me revenaient à la mémoire. Des histoires que j'avais entendues mais dont je n'avais jamais pu vérifier l'exactitude. De retour sous le dôme, j'allai rejoindre Carson.

Il me regarda comme s'il se demandait si ça tournait bien rond dans ma tête. Je me le demandais moi-même ; mais mon puzzle prenait forme peu à peu, même si cette forme était plutôt inquiétante.

— J'avais raison la première fois, lui annonçai-je.

— De quoi parlez-vous ?

Je ne lui répondis pas tout de suite. Je me dirigeai vers le cercle de lumière blanche toujours fixé sur le corps de Russell et je dis :

— Voulez-vous venir voir par ici un instant ?

Les quatre hommes me rejoignirent pour former un petit groupe autour de moi : Ed Carson, surpris et soucieux ; le docteur Conley, irritable et fatigué ; Wally Hooper avec un air de souhaiter être n'importe où sauf ici et enfin Walton, très nerveux, qui se tenait à bonne distance de moi.

— Je ne vais pas être long, dis-je en feignant la désinvolture. Je suis peut-être aussi fou que le pense Walton, mais voilà : je crois qu'un vieil homme malade, fatigué est monté ici cet après-midi, un peu avant deux heures. Il savait que le palais de justice serait pratiquement désert — surtout un jour comme celui-ci. Il savait aussi que j'étais dans mon bureau. Depuis l'une des cabines du bâtiment, il a appelé — disons un ami — et a annoncé à cet ami ce qu'il avait l'intention de faire. Il a demandé à cet ami d'attendre un moment, puis de m'appeler. Vous voyez ? Il voulait que ce soit moi qui découvre son corps.

Le shérif explosa :

— Etes-vous en train de nous dire que Russell s'est vraiment suicidé ?

— Exactement.

— Mais c'est complètement stupide ! cria le docteur Conley.

Tous se mirent à parler en même temps et on ne s'entendit plus. Finalement, je hurlai :

— Mais écoutez donc, laissez-moi finir !

Le silence rétabli, je repris :

— Russell est donc monté ici. Il avait apporté une corde avec lui et il a pris une chaise dans la pièce au pied de l'escalier. Une fois arrivé ici, il est monté à l'échelle, a attaché sa corde à la poutre et est redescendu. Il a placé la chaise sous la boucle de la corde. Il s'est passé la corde autour du cou et il a fait tomber la chaise de sous ses pieds.

Je me tournai lentement vers Jeremiah Walton. Un silence de mort s'était fait autour de moi.

— Exactement comme vous le disiez, monsieur le rédacteur en chef, la chute n'était pas assez grande pour lui rompre le cou. Il s'est donc bien étranglé.

Dans un mouvement instinctif, Walton passa la langue sur ses lèvres sèches.

— Mais... c'était juste une hypothèse...

— Excellente hypothèse, dis-je.

Je promenai mon regard sur les visages pâles et crispés qui m'environnaient.

— Mais c'est alors que l'« ami » de Russell est entré en jeu. Dès qu'il eut reçu le coup de fil de Russell, il accourut ici. Mais il arrivait trop tard. De peu, mais trop tard quand même. Il prit soin de bien marcher dans les traces de Russell tant à la montée qu'à la descente. Il trouva Russell... mort. Epinglé au revers de sa veste, il y avait un mot. Vous vous souvenez, Wally ? Vous vous êtes piqué le doigt à l'épingle, voici deux minutes.

Le gros adjoint s'essuya le visage du revers de sa manche.

— C'est à peu près tout, continuai-je. L'ami en question ne pouvait se permettre de nous laisser découvrir un Russell suicidé. En tout cas pas avec ce mot à son revers, et probablement toute une liasse de documents pleins de révélations dans la poche. Il a donc pris le mot, les papiers et la chaise. Il est redescendu, encore une fois en faisant bien attention où il mettait les pieds. Dans la pièce débarras du bas, il a remis la chaise sur une pile de chaises semblables. Il est sorti du bâtiment, s'est aperçu que la lumière était allumée dans mon bureau, alors il a traversé la place et m'a appelé de son bureau...

Tout se passa très vite. Le projecteur tomba la tête la première, le verre et l'ampoule se brisèrent, plongeant le dôme dans une obscurité presque complète. Il y eut des cris. Des silhouettes s'agitaient çà et là, qu'on distinguait dans les brefs éclairs zébrant le ciel.

J'étais le plus proche de l'escalier. Je m'y dirigeai à tâtons. En haut des marches, je me retournai, pensant bloquer le passage. Mais avant même que je puisse me mettre en place, une paire de mains largement ouvertes vint buter contre ma poitrine. Je fus précipité en arrière, mes bras tournoyant comme des ailes de moulin. Mes mains frappèrent la balustrade de fer et j'agrippai la rampe de toutes mes forces.

J'étais sur le dos, la tête et les épaules pendant au-dessus du vide. Je distinguai soudain une silhouette sombre. Je criai :

— Attention, arrêtez !

Trop tard, l'homme trébucha sur mon corps et, passant par-dessus la balustrade, émit un grognement qui se transforma en un cri bref. Puis, il s'écrasa sur le sol dix mètres plus bas.

Il vivait encore quand nous arrivâmes en bas. Il regardait d'un œil vide l'ampoule nue d'où venait l'unique lumière. Nous fîmes un cercle autour de lui. Il eut une sorte de ricanement. Le sang coulait au coin de sa bouche et de son nez.

Et Carson s'agenouilla près de lui et demanda :

— Pourquoi ?

Le mourant toussa :

— Pouvait pas être... suicide... Trop... recherches... dans passé... Quelqu'un trouverait... preuves... tôt ou tard... accords entre... Russell et moi... Mais si... c'était un meurtre... alors... recherches... d'un meurtrier... J'aurais été... tranquille...

Il cherchait sa respiration.

Le docteur James Conley se souleva sur les coudes, les yeux brillants.

— Tranquille, répéta-t-il.

Il retomba, mort.

Pendant un long moment personne ne dit mot. Wally Hooper était penché au-dessus d'une caisse vide. Jeremiah Walton recula vers la porte à l'autre bout de la pièce : soudain il se retourna et partit en courant. Ed Carson et moi-même échangeâmes un regard. Ed secoua la tête, puis se redressa.

— J'ai entendu courir des bruits sur Russell et Conley, dis-je, des histoires de dessous de table pour maquiller des meurtres en suicides — ce genre de choses. Je n'y ai jamais cru.

Carson se passa les mains sur le visage.

— J'ai entendu ça aussi, mais pas une minute je n'ai...

— Oui, je sais. Ecoutez, laissons Hooper ici et allons tous les deux dans mon bureau, où j'ai une bouteille.

Je n'avais qu'une hâte : m'éloigner de là. Il me fallut prendre Carson par le bras et l'entraîner.

A la porte, il se retourna et dit, comme on crache :

— Ah ! la politique !

Public Office

Traduction de Sylvette et Jacques Lemerle

Une nuit de tempête

par

MAX VAN DERVEER

Ed Adams avait été assassiné. Son corps avait été retrouvé par sa femme, Maude, dans la grange battue par le vent, une fourche plantée dans le dos. Or, toute personne saine d'esprit vous dira qu'on ne se donne pas la mort en se plantant une fourche entre les omoplates.

Le soleil du Midwest était chaud, le ciel bleu, l'air sec. C'était une belle journée pour un enterrement, trop belle, en vérité, pour l'homme que l'on portait en terre et, sans doute, plus belle que la nuit où il avait été tué. Un orage avait éclaté cette nuit-là, un orage estival violent ponctué de nombreux éclairs et de terribles grondements de tonnerre. Pour le shérif Malone, le mauvais temps avait aidé l'assassin. Sans aucun doute, le vacarme du tonnerre avait couvert les hurlements d'Ed Adams. Personne à la ferme des Adams n'avait entendu Ed crier, ni sa femme, ni sa fille, Elsie Lou, qui se trouvaient dans la maison principale, pas plus qu'Abe et Maryanne Carter qui étaient dans la métairie.

C'est, du moins, ce qu'ils avaient dit au shérif Malone.

Je me trouvais au carrefour le plus important du quartier des affaires où je bloquais la circulation pour permettre le passage des voitures du convoi mortuaire qui se rendait au cimetière, dans la banlieue est de la ville. Malone se trouvait déjà à l'entrée du cimetière. Sur le plan professionnel, nous n'avions ni l'un ni l'autre à nous trouver là. La protection des convois funéraires dépend des services de police administrative de la ville, mais, Nestor étant un petit chef-lieu, Malone et moi, dans la mesure du possible, donnions toujours un coup de main en de telles circonstances.

D'un geste continu de la main, je faisais défiler les voitures. Sans aucun doute, il s'agissait des plus grandes obsèques dont Nestor eût été le théâtre depuis l'enterrement du vieil Avon Henry, le fils du fondateur du comté d'Henry. Le nombre des participants était véritablement stupéfiant.

Certes, ces gens étaient venus pour Maude et Elsie Lou, pas pour Ed Adams. Il n'était pas apprécié. Il s'était toujours montré hautain, égoïste et profondément mesquin. Il n'aimait pas les gens, lesquels le lui rendaient bien. Cette attitude l'avait probablement aidé à amasser une fortune, mais elle ne lui avait pas permis de se faire des amis.

Maude et Elsie Lou ne lui ressemblaient pas. On les aimait, mais personne ne comprenait comment Maude avait pu vivre vingt-neuf ans avec Ed. Tout le monde s'attendait aussi qu'Elsie Lou dise un jour le fond de sa pensée à son père. On ne peut pas tenir deux personnes sous son autorité absolue sans que tôt ou tard l'une ou l'autre ne se révolte. Enfin, d'une façon quelconque, Ed avait été la victime de sa propre intolérance. On n'affirmait pas positivement que Maude ou Elsie Lou — ou, peut-être, les deux ensemble — avaient planté la fourche dans le dos d'Ed, mais les hypothèses allaient bon train.

A quinze heures trente, Ed était inhumé. De ma position stratégique avantageuse, assis sur un banc à l'ombre de l'ancien palais de justice, j'attendais Malone en regardant passer les voitures qui revenaient du cimetière. J'avais conscience qu'une tâche nécessaire avait été accomplie. Enfin presque, car il restait l'enquête. Malone et moi avions le devoir d'identifier l'assassin. Par respect pour Maude et Elsie Lou, Malone avait jugé préférable de ne commencer l'enquête qu'après les obsèques. Le moment était donc venu...

Malone gara sa voiture dans le tournant, à l'ombre

des arbres, et vint vers moi. Il transpirait abondamment lorsqu'il s'assit sur le banc en soupirant. Il alluma une cigarette.

— Le dernier crime commis dans le comté d'Henry remonte à dix-huit ans, dit-il, pensif. J'étais shérif depuis presque sept ans lorsque le vieux Bob Morgenthaw a abattu Rudy Paine. Vous n'avez connu ni Bob, ni Rudy, n'est-ce pas, Thad ?

— Non.

Malone hocha la tête.

— Ce cas-là était clair. Le vieux Bob, qui était un gros éleveur, avait surpris Rudy en train de tricher sur le poids de son cheptel lors du marché aux bestiaux. Il n'en a pas fallu davantage. Le vieux Bob est rentré chez lui, a pris son fusil, est revenu en ville et a descendu Rudy. Il n'a même pas cherché à s'enfuir. Il s'est assis près de sa victime et m'a attendu, tenant en main son arme.

— Il semble que ce Rudy méritait son sort.

— Oui, peut-être.

— En tout cas, Ed Adams, lui, ne l'a pas volé. Vous ne pouvez le nier, Barry.

— Ouais, ouais, répondit Malone, distraitement.

— Vous me comprenez, n'est-ce pas ? insistai-je.

Malone fumait en silence.

— ... Il a tué ma femme. Aussi sûr que deux et deux font quatre. Il l'a assassinée.

— Non, Thad, interrompit Malone. Ce n'était pas un crime. Il a heurté Velda avec sa voiture, c'est vrai. Et il avait bu, c'est également vrai, mais il n'était pas soûl. Le test l'a démontré. Velda, cachée par deux voitures stationnées le long du trottoir, a surgi soudain sur la chaussée devant lui. Il y avait des témoins.

— Il l'a écrasée comme il a toujours écrasé tout le monde, répondis-je avec aigreur.

— Et il a payé.

— Payé ? Un non-lieu ! Une amende ! Est-ce là toute la valeur que vous accordez à une vie humaine, Barry ?

Malone me fixa en plissant ses yeux bleu foncé, enfouis sous des sourcils broussailleux.

— Je ne vous ai jamais entendu parler ainsi, mon vieux.

— Vous ne m'avez jamais vu non plus me tourner et me retourner toute la nuit dans mon grand lit vide.

— Vous avez accumulé la haine en vous.

— Et maintenant je n'arrive plus à la contenir, dis-je, amer.

— Une haine suffisante... ?

Je jaugeai le regard de Malone.

— Pour quoi ?

— Pour tuer Adams. Vous n'étiez pas de service, la nuit du crime ?

Je continuai à fixer Malone un instant, puis répondis :

— Qu'avez-vous en tête ?

Malone garda le silence un long moment, puis laissa tomber sa cigarette et l'écrasa du bout du pied.

— Vous auriez pu le tuer, mais je ne pense pas que vous soyez l'assassin.

Malone se redressa et, du haut de sa grande taille, m'adressa un sourire moqueur.

— ... Alors, mettons-nous à la recherche de cette crapule. Au cimetière, Maude m'a demandé de la rejoindre à la ferme.

— Maintenant ?

— Elle est rentrée chez elle seule avec sa fille. Elle a fait signe aux personnes présentes aux obsèques de ne pas les raccompagner. Elle veut nous parler.

— On ne connaît peut-être pas Maude Adams aussi bien qu'on le croit, n'est-ce pas ?

— Que voulez-vous dire ?

— Elle me semble totalement insensible.

— Peut-être, répondit Malone en haussant les épaules.

La propriété des Adams se trouvait sur la route nationale, à environ deux kilomètres à l'est de la ville. Ed Adams était un homme soigné et sa maison reflétait cette qualité. Une allée de brique pilée, la seule dans tout le comté d'Henry, y conduisait. A gauche, la grande maison de maître, blanche, entourée d'une pelouse au gazon serré et ombragé ; à droite, le cottage, peint en jaune, du métayer.

Les terres des Adams, soigneusement clôturées, s'étendaient dans toutes les directions autour des deux maisons. On apercevait des bottes de paille rangées à intervalles réguliers. Au bout de l'allée, droit devant la voiture de Malone, se dressait la grange où avait eu lieu le crime. Quelque peu ébranlée par une tempête printanière, elle jurait, maintenant, à côté des autres bâtiments impeccables. Si Ed avait été en vie, elle aurait été réparée dès la fin de l'été.

Maude et Elsie Lou étaient assises dans des fauteuils de toile devant leur maison. Elles se levèrent en voyant Malone garer sa voiture sous un vieux chêne. Elles avaient changé de vêtements. Maude avait troqué sa robe noire contre une robe en coton de couleur vive et Elsie Lou avait revêtu une minijupe rose et un chemisier blanc. A dix-neuf ans, avec ses jambes nues bronzées et ses cheveux blonds, dorés sous les rayons du soleil qui se glissaient entre les feuilles des arbres, elle était d'une merveilleuse fraîcheur.

Maude nous accueillit avec un visage fermé. Les grands yeux verts d'Elsie Lou exprimaient des sentiments confus. On y lisait encore le choc causé par la mort horrible d'Ed Adams, la fatigue accumulée depuis la nuit du crime et, aussi, une sorte de soulagement ; mais le sentiment dominant et qui me semblait le plus puissant, était celui de la douleur.

Maude nous fit asseoir.

— Barry, dit-elle d'une voix ferme, vous avez sans doute des questions à nous poser. Je vous remercie d'avoir attendu jusqu'à ce jour, mais je ne vois pas pourquoi nous remettrions cet entretien.

— Vous êtes courageuse, Maude, répondit Malone.

Je savais qu'il cherchait à gagner du temps, préparant ses questions dans sa tête. C'est un homme réfléchi.

Quant à moi, j'étais surtout intéressé par Elsie Lou. Je ne lui tenais point rigueur de ne pas afficher une profonde douleur. J'ignorais la plupart des épreuves qu'avait endurées une jeune fille de dix-neuf ans élevée par un père comme Ed Adams, mais suffisamment de bruits couraient à Nestor pour que je comprisse que la mort de son père lui apportait un certain soulagement. Ed Adams avait élevé sa fille d'une poigne d'acier. Certes, elle n'avait jamais manqué de rien, mais on lui avait refusé toutes les joies et les fantaisies de l'adolescence, en particulier celles que donne la compagnie des jeunes gens. Ed Adams entrait dans une colère noire lorsqu'un garçon tournait autour de sa fille. Aucun jeune homme du comté d'Henry tenant à sa peau ne se serait approché d'Elsie Lou.

Toutefois, Fred Tole, dont le père exploitait la seule quincaillerie de Nestor, bénéficiait d'un meilleur traitement. Du même âge qu'Elsie Lou, il venait de terminer sa première année de collège et séjournait à Nestor pour les grandes vacances. Il ne ressemblait pas aux autres garçons du comté. Il était gentil, spirituel, toujours de bonne humeur. Tout le monde, moi y compris, aimait Fred Tole, mais il avait une certaine tendance à l'entêtement. S'il pensait avoir raison, dans toute discussion, il défendait son opinion avec acharnement. Il ne se laissait pas marcher sur les pieds. Elsie Lou l'intéressait. Aussi lui avait-il fait une cour déférente au mépris de ce que pouvait penser Ed Adams. Je ne sais si Fred Tole a jamais dit à Ed d'aller au diable avec ses principes d'un autre âge, mais il avait assez d'audace pour le faire.

Donc, sachant qu'Elsie Lou avait un faible pour Fred Tole et que, d'autre part, elle n'ignorait pas que son père fricotait avec la femme du métayer, Maryanne Carter, on comprend qu'elle n'eût pas un chagrin insurmontable de la disparition d'Ed Adams.

La liaison de ce dernier vous poussait aussi à réfléchir sur le cas de Maude. Cette femme n'était pas idiote. Et n'était pas de marbre. Elle ne pouvait ignorer la passion de son mari et, quelque part, sous le masque parfaitement contrôlé de son visage, elle devait cacher une certaine souffrance.

Assis dans mon fauteuil, j'écoutais Malone poser ses questions et Maude y répondre. Absolument résignée à subir cet interrogatoire, elle s'y pliait sans réticence. Elsie Lou, calme, me semblait écouter avec une extrême attention. De temps en temps, elle me lançait un regard en coin. Une esquisse de sourire se dessinait alors rapidement sur ses lèvres, puis elle se tournait de nouveau vers Malone et sa mère.

Comme Malone entrait, enfin, dans le vif du sujet, je prêtai une oreille plus attentive à l'échange des propos.

— En effet, Maude, dit-il, nous sommes d'accord là-dessus. Ed a quitté la maison vers huit heures sans dire où il allait. Il...

— Vous connaissiez mon mari, Barry, intervint Maude. Il n'était pas bavard.

— La tempête s'est déclarée vers neuf heures, reprit Malone. Votre fille est allée se coucher. Elle a peur de la foudre. Mais vous êtes restée seule au salon, devant la télévision. Vers onze heures, vous avez entendu une voiture se garer. Vous pensiez que votre mari était de retour, mais ne le voyant pas rentrer à la maison, vous êtes allée à la fenêtre pour voir ce qui se passait. Vous avez alors aperçu la voiture d'Abe Carter garée près du cottage. C'était donc le retour d'Abe que vous aviez entendu et non celui d'Ed. Je crois qu'Abe revenait d'une réunion de l'American Legion.

Maude hochait la tête, approuvant tout ce que disait Malone.

— ... Y avait-il de la lumière dans le cottage ?

— Oui, répondit Maude avec fermeté, puis se tournant vers sa fille : Elsie Lou, va nous chercher une carafe de thé glacé.

— Pas pour moi, dit Malone.

— Ni pour moi, fis-je écho.

— Alors, apporte-m'en seulement un verre, commanda Maude.

Le visage de la jeune fille était sans expression lorsqu'elle nous quitta pour entrer dans la maison, mais je la soupçonnai de savoir pourquoi sa mère lui avait demandé ce service.

Malone profita de son absence.

— Maude, lança-t-il, le lendemain de la mort de votre mari, on a retrouvé sa voiture garée dans un chemin à moins d'un kilomètre d'ici.

— Je sais.

— Vous ayant quittée à huit heures, il a eu tout le temps de revenir à pied au cottage où il aura été surpris par Abe de retour plus tôt que prévu.

— Ce n'était pas Abe, Barry.

— Pourquoi cherchez-vous à le protéger ?

— Une femme apprend à faire de nombreuses concessions au cours de sa vie. Peut-être en ai-je fait simplement un peu plus que les autres femmes par amour pour Elsie Lou. Une fille de dix-neuf ans a besoin à tout prix d'un foyer. Mais jamais je ne protégerais un homme qui a tué mon mari. Ce n'était pas Abe.

— J'aimerais en être aussi sûr.

— J'ai vu l'homme sortir en courant de la grange.

— Je récapitule, dit Malone : vous êtes à la fenêtre, d'où vous regardez en direction de la maison des Carter, lorsque vous apercevez un homme qui sort en courant de la grange.

— Il pleuvait des cordes, Barry. Le tonnerre grondait et des éclairs déchiraient la nuit.

— Et vous n'avez pas reconnu l'homme ?

— Je sais que c'était un homme, c'est tout.

— Et ce n'était pas Abe ?

— Non, je ne crois pas.

— Il y a un instant, vous étiez plus affirmative.

— L'homme qui venait de la grange n'a pas couru vers la maison des Carter, il a quitté la propriété.

— Ce détail n'écarte pas nécessairement que ce fût Abe Carter.

— Non, mais...

— Avait-il la même corpulence qu'Abe ?

— Non...

— Etait-il jeune, d'un âge moyen... ?

— Je ne sais pas.

— Aurait-il pu s'agir de Fred Tole ?

— Fred Tole ? interrogea Maude, surprise.

— L'attitude d'Ed quant aux relations de votre fille avec les garçons n'était ignorée de personne, déclara Malone d'un ton catégorique. Or, tout le monde sait que Fred Tole était la bête noire de votre mari.

— Cela aurait pu être lui, reconnut Maude d'une voix calme, mais je ne le crois pas.

Soudain, Malone changea de tactique.

— Pourquoi vous êtes-vous rendue à la grange, Maude ? Il pleuvait à verse pourtant...

— J'ai eu un pressentiment, une... — elle haussa les épaules — intuition. En voyant cet homme courir, j'ai senti qu'il se passait quelque chose d'anormal.

— Vous n'avez pas tué votre mari, n'est-ce pas ?

— Non ! répondit Maude catégoriquement.

— N'avez-vous pas entendu Abe garer sa voiture, puis, lorsque vous étiez à la fenêtre, ne l'avez-vous pas vu rentrer chez lui tandis que votre mari sortait du cottage par la porte de derrière et allait se réfugier dans la grange ?

— Les événements auraient pu se dérouler ainsi, reconnut Maude, mais ce n'est pas le cas.

Malone parut peser cette réponse, puis, soudain, se leva comme Elsie Lou sortait de la maison en portant deux verres de thé glacé.

— Bon ! Maude, dit-il. Nous allons bavarder quelques instants avec les Carter. Je vois que leur voiture est ici.

— Ils sont chez eux, répondit Maude. Ils sont rentrés du cimetière juste avant nous. Ils vont quitter la ferme dans quelques semaines. J'ai donné congé à Abe. Il a reconnu avec moi qu'il était préférable que Maryanne et lui quittent le comté à présent. Je trouverai un autre métayer.

Comme Malone et moi traversions l'allée, la porte d'entrée du cottage s'ouvrit. Abe Carter, grand, maigre et chauve à trente ans, la cravate dénouée et la chemise ouverte, écarta le rideau qui pendait dans l'embrasure de la porte.

— Entrez, entrez, shérif, dit-il, nous vous avions vu arriver.

Maryanne était assise à la table de la cuisine. Elle s'était changée et portait, à présent, un chemisier et un short court qui lui allaient à merveille. Ses longues jambes nues étaient croisées sous la table ; un mocassin pendait au bout de son pied. Elle nous accueillit avec un large sourire, puis porta une cigarette à ses lèvres peintes et en tira une longue bouffée.

— Voulez-vous une bière ? demanda-t-elle ensuite.

— Non, répondit Malone.

Je restai silencieux.

Maryanne Carter me regarda de ses yeux noirs où brillait une lueur de malice ; ses lèvres rouges et sensuelles se gonflaient lorsqu'elles se refermaient sur sa cigarette. Bon sang ! elle me troublait — elle troublait tous les hommes et le savait —, en sus de quoi, elle se moquait de moi.

— Eh bien, moi j'en prends une, dit-elle en se levant.

Elle ouvrit un petit réfrigérateur et en sortit une canette dont elle fit sauter la capsule.

Abe Carter se tenait devant l'évier. Je l'observais. Au-dessus de l'évier, il y avait une fenêtre dont les rideaux de coton étaient tirés contre le soleil de cette fin d'après-midi. Abe Carter écarta les rideaux pour regarder vers l'allée et la maison de ses maîtres, puis se tourna vers nous. En voyant que je l'avais observé, il rougit.

— C'est difficile de se départir de ses habitudes, dit-il, un sourire niais aux lèvres.

Il s'approcha du réfrigérateur, y prit une canette et but.

— ... Une sale affaire, n'est-ce pas, shérif ? reprit-il en s'adressant à Malone. C'est un coup dur pour Mme Adams et sa fille.

— Oui, reconnut Malone, puis fixant le métayer droit dans les yeux : Mme Adams m'a dit que vous partiez.

Abe s'agita, gêné, et rougit de nouveau.

— C'est vrai.

Le ton de sa voix trahissait-il une pointe d'énervement ?

— Savez-vous où vous irez ?

— Non.

— Mais vous savez pourquoi vous partez ? demanda Malone en pesant ses mots.

Cette façon agressive de questionner me surprit. Ce n'était pas le Malone que je connaissais. Généralement, ses questions étaient directes mais délicates. Je lui lançai un regard désapprobateur. Il avait une expression sévère, décidée.

— Bien sûr, nous avons nos raisons pour partir, répondit Abe d'une voix sèche.

— C'est ce que j'ai entendu dire.

— Qu'insinuez-vous ? demanda brusquement Abe.

Malone abaissa son regard sur Maryanne.

— M. Adams n'est pas venu vous voir le soir du crime, n'est-ce pas ?

Maryanne leva les sourcils.

— Vous avez l'esprit mal tourné, shérif, dit-elle.

— Votre mari était en ville, je crois, où il assistait à une réunion de la Légion.

— Et alors ?

— C'est à vous de me le dire, madame Carter.

— Il n'y a rien à dire ! hurla Abe, écarlate. Ecoutez ! tout ce qu'on raconte au sujet de M. Adams et de ma femme, c'est des sornettes !

— M. Adams était vieux, remarqua Maryanne d'un ton de supériorité.

Elle rit et tira une bouffée de sa cigarette.

— ... Mon ami, reprit-elle, si j'avais envie de faire la bringue, croyez-vous que je choisirais un vieillard ? Je serais plutôt du genre à aller avec... — elle se tourna vers moi — un type comme votre adjoint.

Elle eut de nouveau un petit rire. Mon sang bouillonnait. J'aurais voulu être ailleurs, n'importe où. Le parfum de cette femme devint soudain capiteux dans cette petite pièce.

— Vous aviez des raisons de le tuer, Abe ! assena Malone.

— Pas plus que n'importe qui ! gémit le métayer.

— C'est-à-dire ?

— Eh bien... Mme Adams par exemple. Cet individu

qu'elle aurait vu sortir de la grange en courant... ce pourrait bien être un mensonge. Mme Adams avait plus d'une raison de souhaiter la mort de son mari. C'est elle qui hérite, n'est-ce pas ?

— Et alors ?

— Eh bien ! une ferme et des terres ne sont pas à dédaigner.

— Croyez-vous vraiment que cela se soit passé ainsi ? — Malone marqua une pause, puis ajouta : — Et pourquoi ?

Abe se tortilla et ne répondit rien.

— ... Je m'interrogerais plutôt au sujet d'un homme qui a émis un chèque, voici environ un an, en imitant la signature de son patron.

— Non ! ça n'a rien à voir !

— Je regrette. M. Adams n'était pas du genre à se laisser rouler. Il fallait toujours payer avec lui. J'ai compris d'ailleurs qu'il y avait quelque chose de louche lorsque, après avoir voulu vous poursuivre en justice, M. Adams est revenu me voir pour me dire d'enterrer l'affaire. Je ne savais pas ce qu'il avait en tête à l'époque, mais je l'ai découvert par la suite. Vous et Maryanne avez payé cher pour ce faux chèque.

— Pas moi, shérif, lança Maryanne, un léger sourire sur ses lèvres pulpeuses. M. Adams ne m'a jamais causé vraiment du souci.

Elle me décontenançait. Je n'avais jamais vu une femme comme elle. On entend parler de ce genre de beautés, il en est question dans les romans, mais on ne les rencontre jamais.

Sa présence troublait également Malone. Il ne le laissait pas paraître, mais je savais qu'il était intérieurement très ému.

Soudain, il fit volte-face et sortit de la maison. Nous roulions vers Nestor lorsqu'il explosa :

— Nom d'un chien ! pourquoi y a-t-il des femmes de ce genre, Thad ?

Je restai coi.

— ... Ce chèque ! reprit Malone. Ce foutu chèque !

— Ed Adams les tenait, reconnus-je.

— Abe, peut-être ! Mais pas cette femme ! Elle se fout de tout.

— En tout cas, il tenait Abe, insistai-je.

— Oui, reconnut Malone. Il s'est probablement vengé. Mais comment le prouver ?

Nestor dormait sous une chaleur accablante.

— Voulez-vous que je vous raccompagne ? offrit Malone.

Je le regardai, surpris.

— Je pensais que nous irions maintenant interroger Fred Tole. Vous avez changé d'avis ?

— J'ai déjà parlé à son père, lequel se trouvait à Des Moines avec Fred le soir du crime.

— Ah ? (J'assimilai la nouvelle.) Eh bien ! si la journée est finie, je vous invite à prendre un verre chez moi.

Malone grommela une réponse affirmative.

Il gara sa voiture devant le petit bungalow que je partageais autrefois avec ma femme. Nous le contournâmes pour gagner la cour ombragée derrière le bâtiment.

— Restez ici, lui dis-je. Il fera trop chaud à l'intérieur.

Malone s'assit sur une marche de l'escalier conduisant à la véranda. Elle avait besoin d'un bon coup de balai. Il faudrait que je la nettoie un jour, et bien d'autres tâches ménagères m'attendaient. Depuis la mort de Velda, la saleté envahissait la maison.

Un vieux balai était tombé en travers de la porte et mes bottes en caoutchouc barraient le chemin. Je relevai l'un et écartai du pied les autres.

— Avez-vous une idée précise de l'assassin, Thad ? interrogea Malone tandis que je prenais de la glace dans le réfrigérateur et préparais deux whiskies.

— Ce ne peut être qu'Abe Carter.

— Il était à la réunion de la Légion, j'ai vérifié.

— Peut-être, mais Maude a dit avoir vu un homme sortir de la grange après le retour d'Abe.

— Il pouvait s'agir de quelqu'un d'autre.

— Comment ça ?

— Peut-être ce quelqu'un a-t-il vu Abe partir pour la ville, ce soir-là ; peut-être aussi avait-il un faible pour Maryanne. Or, la trouvant occupée avec Ed Adams, il a pu être la proie de la jalousie. Enflammé par le désir et dévoré par la volonté de se venger, peut-être a-t-il suivi Ed Adams dans la grange, et l'a-t-il tué…

Un verre dans chaque main, j'apparus dans l'embrasure de la porte. Barry Malone était assis sur l'escalier menant à ma véranda et ramassait des fragments de brique pilée collés au tapis-brosse au pied des marches.

Il se retourna et me regarda.

— Je ne connais qu'une allée en brique pilée dans tout le comté.

Je le fixai, pétrifié.

— … et personne n'a eu l'occasion de porter des bottes depuis le dernier orage qui, entre nous, a eu lieu la nuit du crime. J'aimerais voir vos bottes, Thad. Immédiatement !

Je ne cherchai pas à m'enfuir. Il n'y avait rien à faire contre Malone.

Night Storm
Traduction de Philippe Barbier

Minutes de terreur

par

DONALD HONIG

La maison de Mel Gifford était la dernière du chemin de terre qui, partant de la route, s'étendait sur environ un kilomètre et demi avant de se terminer en impasse. Il n'y avait que deux autres habitations avant celle de Gifford, et au-delà rien, rien que la forêt de pins qui s'élevait doucement le long de la montagne, plus haut, toujours plus haut, culminant à sept cents mètres. De l'autre côté de la montagne, il y avait des pistes pour le ski et, quand l'hiver du Vermont privait le ciel de couleur et répandait ses neiges, la région devenait une station de sports d'hiver des plus animées.

Maintenant, c'était novembre, une des deux saisons de transition (l'autre arrivant en avril) ; les feuilles de l'automne étaient parties et les neiges pas encore arrivées. Gifford l'appelait la saison calme. Il n'y avait pas de touristes sur les routes ou dans les bois, et même en ville, tout était plus paisible. Il y avait certainement moins de gens qui venaient à la banque. Beaucoup de commerçants du cru prenaient leurs vacances à cette époque, juste avant l'ouverture de la saison de ski.

— Je regrette de n'avoir pas un travail saisonnier, dit Gifford ce matin-là après que la sonnerie discordante du réveil l'eut arraché au sommeil.

Il s'assit dans le lit, et d'un œil morne fit face au matin gris. Hélène avait à peine bougé. Il regarda la forme inerte sous les couvertures. Sous les couvertures, personne ne paraît jamais gracieux.

— Je disais… commença-t-il encore.

— J'ai entendu, dit-elle dans l'oreiller.

— Ça ne me déplairait pas de prendre un mois de vacances, juste en ce moment. Hadley est parti hier en Floride, pour un mois.

Hadley était le propriétaire de la deuxième maison, en descendant le chemin. La troisième, la plus proche de la route, avait été louée pour l'hiver à des skieurs, ses occupants en étaient déjà partis, et les nouveaux pas encore arrivés. Les deux maisons étaient donc vides.

— Un mois entier, poursuivit Gifford en bâillant. Il est venu à la banque l'autre jour pour dire au revoir, annonçant qu'il allait fermer le gaz, l'électricité, débrancher le téléphone, terminer ses bagages et filer ! Quel veinard !

— Tu devrais te lever, dit Hélène, et réveiller les gosses.

Gifford sortit du lit et se planta devant la fenêtre. Son regard erra un moment, puis, au moment où il se détournait, il crut voir quelque chose bouger parmi les pins. Il se rapprocha de la fenêtre, regarda mieux.

— Il me semble avoir vu un daim, dit-il.

— Alors, il doit être fou, dit Hélène lugubrement. Je suppose qu'il ignore que la chasse est ouverte.

Il continua à épier en direction des bois, espérant apercevoir ce qui avait bougé, mais tout ce qu'il vit fut l'extraordinaire immobilité des pins dans la lumière grise. Après plusieurs minutes, il répéta :

— Je pense avoir vu un daim.

— Mel, dit sa femme, parlant toujours dans l'oreiller, réveille les enfants, je t'en prie. Il faut que tu les emmènes à l'école.

— Et que j'ouvre la banque, et que je prenne place derrière mon bureau, et que je fasse des sourires à tout le monde. Ecoute, je pense que j'ai vu un daim, et, si c'est exact, c'est la chose la plus passionnante qui me soit arrivée en six mois.

— Chéri, ne sois pas amer…

— Je suis amer ? murmura-t-il, quittant la fenêtre.

Il enfila son peignoir de bains et traversa le couloir.

Commençant par la chambre de Jennifer, il ouvrit la porte, s'arrêta, écoutant la fillette de sept ans ronfler légèrement. Puis il s'approcha du lit, observa un instant le visage endormi, les cheveux noirs épars sur l'oreiller. Doucement, il posa la main sur son épaule et la secoua. Le visage endormi prit un air grognon et l'enfant commença à se tourner.

— Bonjour, Jennifer !

Elle ouvrit les yeux, son regard assoupi erra un instant puis le découvrit, debout près de son lit.

— Lève-toi, mon poussin, murmura-t-il.

Elle s'étira et bâilla.

— D'accord ? demanda-t-il.

— D'accord.

Il se rendit alors dans la chambre de Billy. Le blondinet de huit ans était déjà debout.

— J'étais en train de rêver, papa, dit-il quand Gifford entra.

— Tu me raconteras plus tard, habille-toi d'abord.

Gifford revint à la fenêtre de la chambre et regarda à nouveau dehors, une expression perplexe sur le visage. Hélène, tout à fait éveillée maintenant, le regardait du lit.

— J'ai cru voir un daim, dit Gifford, en étudiant la forêt de pins d'un œil grave et pensif. Les ombres de la nuit semblaient s'attarder parmi les fûts dressés, gracieux. Rien ne bougeait.

— C'était peut-être un chasseur, dit Hélène.

— Les bois sont gardés.

— Depuis quand cela les a-t-il arrêtés ?

— Eh bien, déclara Gifford, ils feraient mieux de ne pas s'approcher d'ici.

Après s'être lavé, rasé, habillé, il s'assit pour prendre le petit déjeuner avec sa famille. Billy et Jennifer bâillaient et chipotaient distraitement leur nourriture. Gifford le remarqua mais ne dit rien, il planait ce matin dans la maison un ennui contagieux.

Pendant qu'Hélène aidait les enfants à enfiler leurs manteaux, Gifford s'arrêta devant le miroir de l'entrée et se regarda avec un certain détachement. Il avait trente-huit ans, et, à son avis, il les paraissait. Ses cheveux bruns avaient commencé à se clairsemer. Des rides apparaissaient aux coins de sa bouche. Ses yeux bleus étaient froids, indéchiffrables, des yeux qui convenaient à un banquier. Il trouva qu'il engraissait un peu, bien qu'il ne voulût pas réellement l'admettre. Il referait du ski cet hiver, peut-être des randonnées. Cela raffermirait ses muscles.

Il mit son pardessus, ouvrit la porte et sortit. Il s'arrêta sur le perron, sentit sur son visage l'air humide et frais du matin, puis se dirigea vers le garage en espérant que ce matin il n'aurait pas de difficulté pour démarrer.

En approchant du garage dont la porte était ouverte, il tourna la tête et regarda une fois encore, par-dessus son épaule, en direction de la forêt de pins. Avait-il vu un daim ou non ? Du fait qu'il ne regardait pas le garage, il ne vit pas l'homme apparaître sur le seuil. Quand finalement Gifford se retourna et se trouva en face de l'inconnu, ils n'étaient qu'à trois mètres environ l'un de l'autre. Gifford s'arrêta net.

L'homme était beaucoup plus jeune que lui, dans les vingt-cinq ans sans doute, mais une dure expérience s'était gravée dans ses traits, dans l'immobilité calculatrice de son regard, dans la nonchalance presque méprisante de son attitude. Il portait une veste écossaise dont la fermeture était ouverte aux deux tiers, et il gardait une main cachée à l'intérieur, d'une façon à la fois calme et menaçante.

— Qui êtes-vous ? demanda Gifford. Et que faites-vous dans mon garage ?

— Là, là, du calme, monsieur Gifford, dit l'homme du ton dont il aurait donné un très bon conseil. Il vous suffit de garder votre sang-froid et de faire ce que l'on vous dit pour qu'il n'arrive rien à personne.

— Je veux savoir ce que vous faisiez dans mon garage.

— Nous vous attendions.

— Nous ? dit Gifford.

C'est alors que le second apparut, sortant du garage.

Celui-ci était plus vieux, peut-être de l'âge de Gifford, avec ce même regard fixe qui n'était pas nécessairement hostile ou menaçant, mais simplement destiné à être remarqué et pris en considération. Il portait un trench-coat, un chapeau de feutre et il tenait à la main un petit revolver, pointé vers Gifford.

— Rentrez dans la maison, ordonna-t-il.

— Pouquoi ? demanda Gifford, faisant un effort de volonté pour ne pas regarder l'arme, comme s'il refusait ainsi d'admettre son existence et sa suprématie.

— Parce que je vous le dis, rétorqua l'homme avec impatience.

— Ma famille est à l'intérieur.

— Nous le savons. Et le meilleur moyen que vous ayez de les aider est de faire exactement ce que l'on vous dit, avec le moins possible de chichis et de parlotes.

— Il n'y a pas beaucoup d'argent à la maison, dit Gifford, mais servez-vous.

— Rentrez seulement à l'intérieur, répéta le plus âgé en mettant l'arme dans sa poche, mais gardant la main dessus.

Gifford pivota et, suivi par les deux hommes, retourna vers la maison. La porte était encore ouverte, il entendait Hélène parler aux enfants.

Quand il entra, suivi par les deux hommes, Hélène leur jeta un coup d'œil et fit passer les enfants derrière elle. On n'eut pas besoin de lui dire qu'il y avait des complications, elle le lisait sur le visage de son mari.

— Ce n'est rien, Hélène, dit Gifford. Ils ne se sont pas encore expliqués, mais ce n'est rien.

Hélène se tourna vers les enfants :

— Ce sont des amis de votre papa. Dites-leur bonjour.

Timidement, les enfants saluèrent de la tête.

— Maintenant, ôtez vos manteaux et montez dans vos chambres, ajouta Hélène. Nous vous appellerons quand il sera l'heure de partir.

Lentement, en hésitant et jetant des regards derrière eux, les enfants gravirent l'escalier. Les deux hommes leur souriaient aimablement.

Quand les enfants furent partis, le plus vieux dit :

— Bravo, madame Gifford. Si ce genre de coopération continue, tout va se passer au mieux.

— Que voulez-vous ? demanda Hélène.

— Asseyez-vous, tous les deux, ordonna l'homme. C'est très simple, vraiment, réglé comme papier à musique de A à Z.

Les Gifford s'assirent sur le divan du living. Pendant que le plus jeune des deux hommes demeurait sur le seuil, la main toujours dans sa veste et une expression indéchiffrable sur le visage, le plus vieux vint se planter devant les Gifford.

— Je vais partir en ville avec vous, monsieur Gifford. Mon associé va rester ici pour surveiller votre femme et vos enfants, et nous garantir en quelque sorte votre coopération jusqu'à notre retour.

— Vous voulez dire que vous allez les garder en otages, lança Gifford avec colère.

— C'est exact. Je sais que ça ne vous plaît pas, mais c'est le meilleur moyen, croyez-moi. Et maintenant, voici ce qui va se passer. Au lieu d'ouvrir votre banque à neuf heures, comme vous le faites d'habitude, vous allez l'ouvrir aujourd'hui un peu plus tôt, avant l'arrivée de votre personnel.

— Afin que vous rafliez tout, dit Gifford. Seulement, il y a une chose que vous ignorez : les verrous de la salle des coffres sont actionnés par une pendule. Elle ne s'ouvre pas avant neuf heures, et je n'y peux absolument rien.

L'homme au revolver regarda sévèrement Gifford pendant un instant puis se mit à rire doucement :

— Nous le savons, monsieur Gifford. Ecoutez, si cela doit vous rassurer, sachez que nous ne sommes pas des amateurs. Nous sommes au courant de ces choses. Nous vous avons étudiés, vous, votre banque, les habitudes et les façons d'agir de tous ceux qui sont concernés. Il y a presque une semaine que nous sommes là, et le fait que vous ne nous ayez pas remarqués est la meilleure preuve de notre habileté.

— Vous n'êtes pas parfaits, riposta Gifford. Je vous ai vus hier, à l'heure de la fermeture.

L'homme au revolver émit un nouveau rire, bref et sans gaieté.

— Donc, nous ne sommes pas parfaits. Mais que cela ne diminue pas votre confiance en nous. Rien ne vaut une banque de petite ville. Les gens n'y sont pas méfiants pour deux sous. Vous n'enfermez pas tout le liquide le soir. Vos caissiers laissent leurs tiroirs pleins de billets. C'est cela que nous voulons.

Gifford regarda le plancher. L'homme avait raison. Ce n'était pas une façon d'agir recommandée, mais, par suite d'une longue habitude, les caissiers laissaient en effet l'argent dans leurs tiroirs la nuit, vu que les vols étaient pratiquement inexistants dans la région. Les attaques de banques semblaient appartenir à un autre monde.

Quand Gifford releva les yeux vers l'homme au revolver, ce fut avec de la rancune dans le regard, comme si sa confiance avait été trahie.

— Maintenant, reprit l'homme, regardant sa montre, il est exactement sept heures trente. Il faut quarante minutes pour gagner la ville, ce qui signifie que nous serons à la banque à huit heures dix. Nous ne devrions pas avoir besoin de plus d'un quart d'heure pour ce que nous avons à faire. Ce qui nous mènera à huit heures vingt-cinq. Avec le trajet de retour, nous devrions revenir ici peu après neuf heures.

— A condition qu'il ne fasse pas de conneries, ajouta l'autre homme.

— Ne t'en fais pas, Alf, dit le plus vieux des deux en souriant à Gifford. Il n'en fera pas. Il sait trop bien ce qu'il risque. N'est-ce pas, monsieur Gifford ?

Gifford ne répondit pas.

— Parce que, poursuivit l'homme au revolver, si nous n'étions pas de retour ici dans les délais — à quelques minutes près — alors, sa famille serait en fâcheuse position. Si nous ne revenions pas à — mettons neuf heures vingt — Alf en déduirait sûrement que quelqu'un a essayé de faire échouer nos plans.

— Et alors, questionna Gifford, qu'arriverait-il ?

L'homme au revolver sourit en haussant les épaules :

— Comment savoir ? Avec le mauvais caractère de Alf !

La menace implicite mit Gifford en fureur, l'idée même que quelqu'un envisageait de faire du mal à sa famille l'empêcha un instant de réfléchir, et il dut refréner son impulsion de bondir sur ces hommes.

— Très bien, dit sèchement l'homme au revolver. Mettons-nous en route. Pour vous et votre famille, monsieur Gifford, les aiguilles de la pendule ont commencé à tourner.

Gifford ne bougea pas, ne voulut pas bouger avant que le revolver n'eut reparu. S'en servant pour ponctuer ses gestes, l'homme amena Gifford à se lever et le suivit à l'extérieur.

— Nous prendrons votre voiture, monsieur Gifford, annonça l'homme tandis qu'ils descendaient les marches du perron.

Ainsi, pour la seconde fois ce matin-là, Gifford prit le chemin de son garage. Cette fois, il y entra avec son compagnon, monta dans la voiture, et sortit à reculons. Comme il tournait pour s'engager dans l'allée, Gifford jeta un dernier et nostalgique regard vers sa maison. Elle avait pris soudain un aspect fermé, froid, inaccessible qui provoqua en Gifford la résolution d'en finir avec tout cela le plus vite possible et retourner auprès de sa famille. Il n'avait nulle intention de jouer les héros. Qu'ils prennent l'argent et aillent au diable !

Roulant en direction de la nationale, il dépassa les deux maisons vides et, pour la première fois, mesura combien ils étaient isolés. Il dépassa la voiture des bandits garée sur le bas-côté du chemin et comprit que personne ne la remarquerait, que personne ne passerait qui serait suffisamment curieux pour s'étonner de sa présence.

Quand ils furent sur la nationale, Gifford appuya sur l'accélérateur en direction de la ville.

— S'il vous plaît, respectez la limitation de vitesse, monsieur Gifford, intervint le bandit. Nous ne voulons pas enfreindre la loi, ajouta-t-il avec un ricanement sardonique.

Après cela, ils roulèrent en silence.

Quand ils furent près de la ville, Gifford rompit ce silence :

— Les gens ne vont-ils pas trouver drôle de vous voir entrer dans la banque avec moi ?

— Non, les gens d'ici n'ont pas l'esprit soupçonneux. Ils n'ont aucune raison de l'avoir.

— Et si un membre de mon personnel arrivait en avance ?

— Cela s'est-il déjà produit ?

— Non, convint Gifford d'un ton maussade. Mais que se passera-t-il quand ils arriveront et trouveront la banque fermée ?

— Ça, je vais vous le dire. Ils téléphoneront chez vous, où votre femme, avec Alf tout près d'elle, leur dira que vous n'aviez pas entendu le réveil et que vous êtes en chemin.

— Mais si quelqu'un m'a déjà vu entrer puis repartir ?

— Nous les laisserons se poser des questions, monsieur Gifford. D'ici qu'ils commencent à se montrer ouvertement curieux, cela n'aura plus d'importance. Alf et moi serons loin.

Quand ils atteignirent la banque, Gifford reçut l'ordre de se garer dans la ruelle adjacente. Ils sortirent de la voiture et, sans être vus, pénétrèrent dans la banque. Les stores étaient baissés, de la rue on ne pouvait plonger le regard à l'intérieur.

— Huit heures dix, pile, dit l'homme au revolver avec une note de paisible satisfaction dans la voix.

Gifford fit brusquement demi-tour, face à lui et demanda en forçant la voix :

— Qu'arrivera-t-il à ma famille si nous ne revenons pas à l'heure ?

Comme s'il était contrarié, ou peut-être inquiet de cette combativité soudaine, l'homme sortit son revolver.

— Je vous pose une question, vous entendez ? cria Gifford, avançant d'un pas, mais l'homme éleva le revolver au niveau de ses yeux et visa froidement Gifford.

— Finissons-en, monsieur Gifford, dit-il. Si vous avez la sécurité de votre famille à cœur, vous ne tenterez pas le sort en perdant du temps. Vous avez les clefs de ces tiroirs, finissons-en.

Gifford prit ses clefs et commença d'ouvrir les tiroirs. Le bandit l'accompagna à chaque caisse, tenant un sac de toile qu'il avait sorti d'une poche, et regardant Gifford le remplir de tiroir en tiroir. L'homme avait estimé qu'ils resteraient quinze minutes à la banque, il leur en fallut moins de dix.

— Parfait, monsieur Gifford, dit l'homme quand tous les tiroirs eurent été vidés, maintenant arrive le moment délicat : il faut sortir d'ici en portant un sac manifestement bourré. Je pourrais ajouter que, avec l'argent qui se trouve maintenant en ma possession, ma façon de voir les choses se modifie. Penser à une grosse somme d'argent est une chose, la posséder en est une autre. Si quelqu'un nous provoquait, je suis prêt à utiliser cette arme, contre vous ou contre eux. Vous me comprenez ?

— Oui, dit Gifford.

— Donnez-moi donc vos clefs de voiture. Au cas où je devrais vous abattre, il me faudrait votre voiture pour partir.

Effrayé maintenant, Gifford lui remit les clefs. L'homme semblait tendu, en colère même, comme si l'éventualité de devoir restituer l'argent lui était intolérable.

Ils ouvrirent la porte et sortirent. Le trottoir était désert, et Gifford en fut soulagé car il avait pris les menaces de l'homme au sérieux. Ils tournèrent dans la ruelle, montèrent dans la voiture, Gifford au volant. L'homme lui rendit les clefs.

— A présent, demi-tour.

— Quelle heure est-il ? demanda Gifford. Puis il regarda sa montre. Huit heures vingt.

— Pas de problème d'heure, monsieur Gifford. Mais démarrez.

Gifford sortit de la ruelle à reculons. Plusieurs

personnes qui passaient sur le trottoir ne semblèrent pas leur prêter attention. Dans cette petite ville isolée de la Nouvelle-Angleterre, les gens étaient tellement habitués à s'occuper uniquement de leurs affaires qu'ils semblaient considérer comme une indiscrétion le simple fait de regarder quelqu'un. Maintenant, Gifford maudissait leur réserve. Si l'un d'eux avant tant soit peu de cervelle, il se rendrait compte qu'il y avait quelque chose de louche et appellerait la police — sauf que la police de cette ville était constituée par deux hommes plus très jeunes et totalement incapables de se montrer efficaces dans une situation comme celle-ci.

Tandis qu'ils revenaient par la nationale, Gifford commença à être envahi de pensées alarmantes. Qu'allait-il se passer après leur retour ? Les deux hommes se contenteraient-ils de prendre l'argent et de partir ? Plus Gifford y pensait, plus ses doutes grandissaient. En mettant les choses au mieux, ils ligoteraient la famille, afin d'avoir largement le temps de s'enfuir, et en les mettant au pire... Gifford refusait de penser à cela.

Morose et silencieux, Gifford roulait assez vite sur la nationale, anxieux d'arriver, de rejoindre sa famille, pour faire face ensemble à tout ce qui pouvait arriver.

Ils doublèrent peu de voitures ; de chaque côté de la route il n'y avait que l'interminable pinède à perte de vue. Entre la monotonie du parcours et la profondeur dévorante de ses pensées, Gifford ne prêtait plus qu'une attention machinale à ce qu'il faisait, au point que ce fut le bandit qui dut lui faire remarquer qu'ils approchaient du chemin de traverse.

— C'est bientôt l'embranchement, dit-il, remarquant que Gifford n'avait pas ralenti à l'approche du tournant.

Sa voix ne pénétra qu'à peine la rêverie de Gifford qui tourna vers son voisin un regard ahuri.

— Le tournant ! cria l'homme pointant le doigt devant lui.

Instinctivement, sans réfléchir, sans freiner, sans même relâcher l'accélérateur, Gifford tourna le volant, mais la voiture allait trop vite, l'angle était trop aigu. Il y eut une secousse, un dérapage tandis que, quittant la nationale, la voiture rebondissait dans le chemin. Les arbres parurent foncer vers chaque fenêtre à une vitesse fulgurante, comme s'ils dansaient tout autour quelque ronde sauvage. Incapable de réussir son virage, la voiture grinça, quitta la chaussée, se rua furieusement dans les broussailles du bas-côté, écrasa un buisson épineux et vint brutalement s'écraser avec un choc écœurant contre un énorme pan de roc qui s'était jadis détaché de la montagne.

Gifford se souvint que sa tête avait cogné contre la vitre. Il pensa que c'était alors qu'il avait perdu conscience, puis il se souvint de la voiture aplatissant le buisson, du rocher dressé devant eux comme s'il venait de surgir de la mer. Il se souvint aussi de la secousse, de l'arrêt brutal, mais tout était vague, irréel, mal enregistré par sa mémoire.

Il gisait contre la portière, conscient d'une douleur sourde dans la tête. Ses pensées étaient pour le moment incapables de se dégager de cette souffrance. Il cligna plusieurs fois des yeux avant d'être en état de comprendre ce qu'il voyait. Le capot avait été soulevé par le choc et pendait maintenant comme la mâchoire ouverte de quelque bête de proie vorace. Il ne put immédiatement se rappeler où il était ni ce qui s'était passé. Puis il se tourna, vit son compagnon, et se souvint.

Le bandit semblait avoir été jeté contre la portière avec une force terrible. De profil, son visage gardait une expression de colère scandalisée, qu'un copieux flot de sang rendait encore plus terrible.

Gifford l'observait avec une simple curiosité, jusqu'à ce que la réalité lui apparût pleinement : l'homme était mort.

Alors, Gifford se souvint de tout le reste et la terreur déferla en lui. Il regarda sa montre. Neuf heures dix. Il tourna la tête, regarda le chemin avec une panique grandissante, puis, détachant la ceinture de sécurité, il ouvrit la portière et sortit. Passant par-derrière, il fit le tour de l'épave, arriva à l'autre portière, l'ouvrit. Le bandit, qui n'avait pas utilisé sa ceinture, bascula mollement sur le sol. Gifford se baissa, ramassa le revolver et le mit dans sa poche.

Il jeta un nouveau coup d'œil à sa montre, il avait encore le temps. Alf comptait les voir revenir à neuf heures vingt mais leur accorderait certainement une marge au cas où ils seraient retardés. Une marge de combien ? Il envisagea la possibilité de regagner la nationale, d'arrêter une voiture, mais cela empiéterait sur le temps qui lui était dévolu.

Une autre idée lui vint ; emporter à la maison le sac d'argent, dire à Alf ce qui était arrivé, et peut-être l'autre s'en irait-il. L'idée était séduisante, sauf qu'Alf pourrait s'imaginer que c'était une ruse, soupçonner Gifford de lui tendre un piège auquel cas, qui pouvait dire de quoi l'homme serait capable.

Alors, pressé par le temps, déterminé à secourir sa famille, Gifford se refusa à réfléchir davantage et se mit à courir vers chez lui, le revolver à la main. Il dépassa les maisons vides de ses voisins. L'idée d'entrer par effraction dans l'une d'elles, et de téléphoner à la police, lui flotta un instant dans la tête, mais il la rejeta ; dans les deux maisons, le téléphone avait été débranché.

Que vais-je faire ? se répétait-il sans arrêt. Il ne pouvait pas se contenter de faire irruption dans la maison, avec ou sans revolver. Quelles étaient d'habitude les réactions de Alf ? Que seraient-elles maintenant ? Indéniablement, une terrible tension avait dû s'établir dans la maison durant l'heure qui venait de s'écouler. Le jeune bandit avait dû devenir de plus en plus inquiet, nerveux, partant imprévisible et dangereux.

Gifford s'arrêta au milieu du chemin, hors d'haleine. Il leva sa main, et s'en couvrit les yeux un instant. Sors de la route, se dit-il. Alf doit probablement la surveiller.

Il se mit donc à se rapprocher de la maison par un chemin détourné, à travers la forêt de pins, se déplaçant lentement, prudemment. Quand le côté de la maison lui apparut, il se coucha sur les aiguilles de pin, essayant d'imaginer un plan d'attaque qui eût une raisonnable chance de succès. Réfléchis, se dit-il, réfléchis, réfléchis...

Il pouvait entrer par une fenêtre du sous-sol, sans bruit, et monter doucement pour surprendre Alf, mais le plus léger bruit, avec sa femme et ses enfants assis en face d'une arme...

Les fenêtres du sous-sol étaient-elles fermées ? Il y avait des mois qu'il ne les avait pas vérifiées, n'ayant aucune raison de le faire dans cette région tranquille. Si elles étaient fermées, comment pourrait-il entrer sans briser une vitre ? Et comment réagirait Alf en entendant ce bruit ?

Il se rendait compte maintenant qu'il aurait dû retourner sur la nationale en quête d'aide. Il avait été présomptueux. Il n'avait aucune expérience de cette sorte de choses. Il trahissait sa famille.

Puis, alors qu'il restait ainsi à se torturer, un coup de feu retentit, fracassant le silence de la forêt. Instinctivement, Gifford s'aplatit sur le sol, les yeux égarés. Il regarda sa montre ! Neuf heures dix.

Seulement neuf heures dix ?

Les yeux agrandis de terreur, il examina le cadran. L'aiguille des secondes était immobile. La montre s'était arrêtée, sans doute au moment de l'accident. Mais quand ? Depuis combien de temps ? Combien de temps était-il resté inconscient dans la voiture ?

L'écho du coup de feu résonnait en lui. Que se passait-il dans la maison ?

Sans attendre qu'une nouvelle idée prît forme, envahi par une incontrôlable terreur, il bondit et se mit à courir aussi vite qu'il le put vers la maison, en pointant le revolver devant lui. Il traversa en trombe les broussailles, fonça sur le chemin, courant de plus en plus vite, propulsé par le seul désir d'abattre l'homme qui était dans la maison, insoucieux de sa propre sécurité, libéré de toute velléité de ruse ou de stratégie. A présent il n'était plus en proie qu'au désir atavique de protéger sa famille.

Il traversa la pelouse en courant, gravit le perron en deux enjambées, franchit le seuil, se rua dans le couloir et se trouva soudain en face d'Alf. Celui-ci sortait justement du living en courant, son revolver se balançait au bout de son bras.

Immédiatement, Giffort tira, le doigt comme bloqué sur la détente. Le recul de l'arme le fit chanceler, tandis que sous ses yeux la scène s'animait furieusement. Alf, en pleine course, avait reçu plusieurs balles. Il s'agita spasmodiquement à mesure que les balles le frappaient, rebondit contre le mur, puis son dos s'arqua avant qu'il ne s'effondre sur le sol.

Gifford se rua dans le living où il trouva sa femme debout, terrorisée, une main crispée sur la bouche.

— Où sont les enfants ? demanda Gifford.

Hélène poussa un cri, les yeux rivés sur le revolver fumant dans la main de son mari.

— Où sont-ils ? cria Gifford.

— En haut, dit-elle, d'une petite voix étranglée.

— Ils n'ont pas de mal ? Vous n'avez pas de mal ?

— Non... dit Hélène, tremblante.

Elle courut alors vers lui, et, laissant tomber l'arme, il la serra dans ses bras.

— J'ai entendu un coup de feu, dit-il, noué encore de tension.

— Il devenait de plus en plus nerveux et impatient, balbutia Hélène. C'était terrible !

— Mais il n'a fait de mal à aucun de vous, n'est-ce pas ?

— Non.

— Alors, sur quoi a-t-il tiré ? demanda Gifford.

— Il a dit avoir vu quelque chose bouger sous les arbres. Il pensait que c'était la police. Moi j'avais vu que c'était seulement un daim. Mais il ne m'a pas crue.

Elle eut un regard vers le corps inerte, sanglant, déchiqueté par les balles puis, fermant les yeux, appuya son front contre la poitrine de Gifford.

— Un daim ? dit doucement Gifford. C'est sur un daim qu'il a tiré ?

— Qu'est-il arrivé ? demanda Hélène... Tu n'as pas de mal, toi, dis ?

Gifford soupira, et secoua la tête.

— Attends. Laisse-moi un peu de temps...

Il ferma les yeux de soulagement quand il entendit, en haut, les enfant qui appelaient.

Minutes of Terror
Traduction de Lucienne Lemoine

Rapt

par

BILL PRONZINI

C'est dans l'austère bureau aux panneaux de noyer de sa résidence de Hillsborough, dans la Péninsule, à vingt-cinq kilomètres au sud de San Francisco, que je fus présenté à Louis Martinetti. Il était assis à sa table de travail, un meuble oblong et sombre, encadré de fenêtres aux lourdes tentures. Ses deux mains reposaient sur le plateau de bois poli lorsque nous entrâmes. A notre approche, il quitta des yeux le téléphone qu'il regardait fixement et leva la tête.

C'est Jack Lerner, enquêteur spécialisé auprès du district attorney du comté de San Mateo, qui fit les présentations. Prenant un siège, j'observai Martinetti derrière son bureau. L'homme était grand, taillé dans le granit, et ses yeux et ses cheveux avaient la couleur de l'acier. Il avait un nez fort et droit, de type germanique, aux narines perpétuellement retroussées. Il était exactement comme sur ses photos de presse. Il avait l'air dynamique et énergique, et semblait posséder toutes les qualités que les journaux aimaient à lui attribuer. Mais la statue de granit commençait à se fissurer par endroits.

Ses traits étaient quelque peu émaciés, ses yeux caves soulignés de cernes gris, et sur le côté gauche de son visage, un tic nerveux au niveau des pommettes déformait sa bouche pleine et expressive en un étrange rictus.

Brusquement, Martinetti se leva, et, sans bruit, traversa la pièce pour aller jusqu'à une table roulante rangée dans une alcôve. Il s'arrêta juste devant, puis, se tournant légèrement, nous montra son meilleur profil. Son attitude était très impressionnante.

— Désirez-vous boire quelque chose ? me demanda-t-il.

— Non merci, répondis-je.

— Et vous, Allan ?

Allan Channing, qui était assis sur un canapé de cuir en face de moi, secoua sa tête blonde.

— Non, pas tout de suite, Lou.

Décroisant les jambes, il posa ses mains sur ses genoux.

Ce Channing était un grand gaillard, sans un poil de graisse, superbement bronzé, comme seuls les blonds savent l'être. Il avait de grands yeux bleus innocents, presque candides. Ce regard-là avait trompé beaucoup de monde. C'est grâce à lui qu'Allan Channing se trouvait à la tête d'une fortune estimée récemment à quatre ou cinq millions de dollars.

Channing et Martinetti constituaient un tandem redoutable. C'étaient des spéculateurs et des profiteurs. Si vous habitez la Californie, vous connaissez ce genre d'individus ; c'est un pur produit du pays. Ce sont eux qui vendent et qui achètent, qui trafiquent et qui manigancent ; ils mentent, ils trichent et parviennent toujours à leurs fins. Mais ces deux-là dominaient tous les autres de la tête et des épaules.

Pendant ces vingt dernières années, Martinetti avait gagné puis perdu un million de dollars à trois ou quatre reprises. Cependant, Channing était plus conservateur. Il ne prenait pas de risques inconsidérés et ne se lançait pas, comme Martinetti, dans de grandes spéculations hasardeuses. Il ne risquerait jamais de perdre sa chemise. C'était cela qui différenciait les deux hommes. Mais tous ceux qui avaient tenté de se mettre en travers de leur chemin s'étaient fait littéralement piétiner.

Martinetti se versa un verre avant de regagner son bureau. Une fois assis, il leva les yeux vers Jack Lerner et le second enquêteur, Ken Vlasek, qui attendaient, debout, dans une attitude respectueuse.

— Me désignant du regard, Martinetti demanda :

— Vous lui avez tout raconté ?

— Non, répondit Lerner. Seulement les grandes lignes.

Continuant à me dévisager, Martinetti acquiesça.

— Vous êtes un homme très consciencieux, m'a-t-on dit. Je suppose que vous aimeriez connaître tous les détails.

Je ne voyais pas pourquoi Martinetti désirait engager un détective privé dans cette affaire. Lerner et Vlasek étaient déjà sur le coup, et ils avaient toutes les compétences nécessaires. Jack ne m'avait pas donné d'explication à ce sujet, et j'avais laissé courir.

— Comme vous voudrez, fis-je.

Joignant les mains, Martinetti reposa son menton sur la pyramide qu'elles formaient.

— Ce matin, à dix heures, un homme vêtu d'un costume bleu foncé et portant une mallette, s'est rendu chez le directeur de l'école militaire Smithfield, à Burlingame. Il s'est présenté sous le nom de M. Edmonds, comme faisant partie de mon personnel, et a remis à M. Young, le directeur, un mot rédigé sur mon propre papier à en-tête. Ce mot spécifiait que, pour des raisons familiales de la plus haute importance, M. Young devait confier mon fils Gary à ce M. Edmonds. Selon toute évidence, la lettre était signée de ma main.

Martinetti fit une pause. Un grand silence régnait dans la pièce aux murs sombres.

— M. Young a envoyé chercher Gary dans sa classe, reprit-il, puis mon fils et cet homme ont quitté l'école dans un break Pontiac bleu pâle de 1967.

— Comment avez-vous appris ce détail concernant la voiture ? demandai-je.

— Le directeur regardait par la fenêtre de son bureau quand ils sont partis, précisa Jack.

— A-t-il noté le numéro d'immatriculation ?

Vlasek secoua la tête.

— Il n'avait aucune raison de le faire. De son point de vue, tout était parfaitement en règle.

Je m'adressai à Martinetti :

— Quel âge a votre fils ?
— Huit ans.
— Vous arrive-t-il souvent de le faire prendre à son école, de cette façon ?
— Non, dit-il en me regardant droit dans les yeux. Ce n'est pas le cas.
— Pourquoi Young ne vous a-t-il pas appelé pour vérifier que tout était en ordre ?
— Nous lui avons posé la question, intervint Jack. Sur le moment, il a pensé que ça ne se justifiait pas. Le mot était écrit sur le papier personnel de M. Martinetti, et la signature semblait conforme. De plus, M. Young nous a dit que notre zèbre était un beau parleur, un vrai charmeur.
— Est-ce qu'il vous a remis la lettre ? demandai-je.
— Oui, nous l'avons, dit Jack. Il n'y a rien à en tirer, pour l'instant. Nous avons relevé quelques empreintes digitales, et nous les avons fait circuler. Mais ça ne donnera rien, on peut le parier. C'est du bon travail. Notre homme a bien réussi son coup ; et il est bien trop malin pour se laisser piéger par quelques empreintes.
— Avez-vous une idée de la façon dont il s'est procuré votre papier à en-tête ? demandai-je à Martinetti.
Il secoua vaguement la tête.
— Pas la moindre, dit-il. Je suppose qu'il a pu, d'une façon ou d'une autre, mettre la main dessus en pénétrant dans mon bureau. J'en garde toujours une certaine quantité pour mes besoins professionnels.
— Et on a un signalement ? demandai-je à Lerner.
Haussant les épaules, il écarta les bras d'un air impuissant.
— Grand, brun, teint clair, pas de marques distinctives ni d'infirmités apparentes.
J'allumai une cigarette et cherchai un cendrier. Il n'y en avait pas. Je glissai mon allumette dans la poche de mon veston.
— Très bien, fis-je. Et ils ont établi le contact ?
— A cinq heures, répondit Martinetti. Allan et moi

avons fait une partie de golf cet après-midi, et nous venions juste de rentrer quand le téléphone a sonné.

— Combien veulent-ils ?

Martinetti prit une longue inspiration, puis expira lentement.

— Deux cent cinquante mille dollars, dit-il.

Tapotant ma cigarette, je fis tomber la cendre dans le creux de ma main. Dans la pièce, le silence se faisait de plus en plus pesant. Prenant son verre, Martinetti en avala une longue rasade.

— Avez-vous l'intention de payer ? m'enquis-je.

— Est-ce que j'ai le choix ? répondit Martinetti. L'homme au bout de fil a été très clair : si je ne payais pas, la police pouvait se mettre à chercher le corps de Gary dans la Baie.

— Avez-vous pu parler à votre fils ?

— Seulement un instant, oui.

— Semblait-il aller bien ?

— Oui, vu les circonstances. Il avait peur, évidemment.

— Quelles instructions vous a-t-on données ?

— La somme doit être en petites coupures, de moins de cent dollars. C'est la procédure habituelle, je pense.

— C'est la méthode employée couramment, confirma Vlasek.

— Je dois mettre l'argent dans une mallette ordinaire, ensuite attendre d'autres instructions.

— Vous ont-ils dit quand ils vous rappelleraient ?

— Demain, dans la journée. C'est tout ce que l'homme a dit..., sinon que je ne devais pas prévenir la police.

— Vous pouvez remercier le bon Dieu de l'avoir fait, répondis-je. La police est le meilleur allié que vous puissiez avoir dans un cas pareil.

— Oui, reconnut Martinetti, je sais.

J'allai jusqu'à la grande cheminée à côté du bureau, jetai ma cigarette dans le foyer et y secouai la cendre que je gardais dans le creux de ma main. Puis, me tournant, je fis face à Martinetti.

— Et si vous me disiez pourquoi vous m'avez fait

venir ? La police est déjà sur le coup, et je ne peux rien faire de plus qu'eux.

— Les ravisseurs exigeaient une tierce personne pour procéder à l'échange, me précisa Jack. Quelqu'un qui ne soit pas directement impliqué dans l'affaire. Sans doute pensent-ils que c'est la seule façon d'éviter les embrouilles.

— Mais tu ne manques pas de personnel pour ce genre de travail, lui fis-je remarquer.

— C'est vrai, concéda Jack, mais ces gars-là ont le chic pour repérer un flic à cent mètres, fais-moi confiance. S'ils se rendent compte qu'il s'agit d'un de mes hommes, je ne réponds pas de ce qui pourrait se passer.

— Et M. Channing ici présent ?

— Je regrette, fit Channing du fond de son canapé. Vous pensiez à moi, je crains fort d'en être totalement incapable. Je ne pourrais pas prendre une responsabilité pareille.

« Non, me dis-je, mais ça ne vous gêne pas que ce soit moi qui la prenne. »

— Et parmi votre personnel ? demandai-je à Martinetti.

— Pour être franc avec vous, répondit-il, il n'y a pas une seule personne à qui je me risquerais à confier une telle somme.

— Qu'est-ce qui vous permet de croire que vous pouvez me faire confiance, à moi ?

Martinetti désigna Lerner du regard.

— Le responsable, c'est moi, déclara Jack. Cela fait longtemps qu'on se connaît, tous les deux. Quand on m'a chargé de l'affaire, tu es la première personne à qui j'ai pensé.

— Bon, fis-je.

— Est-ce que vous acceptez ? demanda Martinetti.

Je me passai la langue sur les lèvres. Cette histoire ne me plaisait pas. Si je commettais une erreur et qu'il arrive quelque chose au gosse, c'était moi qui porterais le chapeau. Tous me dévisageaient. Je me rassis.

— Evidemment, vous serez très bien payé, ajouta Martinetti.

— Bien sûr, fis-je.

— Tout ce que vous aurez à faire, c'est déposer l'argent, dit Vlasek. Après, ça ne vous regarde plus.

— Et la police, dans tout ça ?

— Comment ça ?

— Est-ce qu'on va me filer et surveiller l'endroit où je dois remettre la rançon ?

Jack jeta un coup d'œil rapide à Martinetti.

— Pas question de planque, fit-il. Ni de filature.

— Je veux récupérer mon fils, dit Martinetti. (Pour la première fois, sa voix semblait contenir une trace d'émotion.) Ce qui compte avant tout, c'est la sécurité de mon enfant. Rien ne doit venir la mettre en danger.

Je réfléchis au problème. Il fallait que quelqu'un se dévoue, et je n'avais aucun moyen de me défiler honorablement.

— C'est d'accord, déclarai-je. J'accepte de remettre la rançon.

Sur le chemin du retour, alors que la voiture de Jack empruntait les rues sombres et sinueuses de Hillsborough, je demandai :

— Qu'est-ce que tu en penses, Jack ?

— Je n'en sais rien, répondit-il. C'est un problème épineux. Si je te fais suivre, qu'on établisse une surveillance sur les lieux de remise de la rançon et que les choses se passent mal, je risque ma tête.

— Et moi la mienne, si ça foire de mon côté.

Pendant un moment, Jack garda le silence. Puis il déclara :

— Ecoute, je suis désolé de t'avoir mis dans ce pétrin. Mais il n'y avait personne d'autre.

— Je devrais sans doute apprécier le compliment.

D'un air las, Jack passa sa large main rougeaude sur son visage.

— C'est une sale affaire, dit-il. Le kidnapping est un crime de pervers, tu sais.

— Oui, fis-je, bien sûr.

J'allumai une cigarette, contemplant à travers la vitre

la route et les belles demeures cossues qui la bordaient de part et d'autre, avant de demander :

— Et tu ne penses pas qu'on pourra identifier le ravisseur ou retrouver la voiture ?

— A première vue, non. Nous avons passé tout l'après-midi à examiner les fichiers anthropométriques avec Young, le directeur de l'école, et il n'a reconnu personne. Notre type n'est probablement pas fiché.

— Pour la voiture, c'est le même topo, ajouta Vlasek qui était assis à l'arrière. On peut s'attendre à ce que ce soit un véhicule volé.

— Ça ne nous laisse pas grand-chose à nous mettre sous la dent, alors ?

— Rien du tout, déclara Jack. Tant que la rançon n'a pas été versée et que le gosse n'est pas libéré, nous avons les mains liées.

— Et s'ils ne le relâchent pas ? fis-je.

— Je me refuse à envisager une telle éventualité, répondit Jack. Martinetti est un homme important. Il a suffisamment d'influence pour mettre au pilori la moitié des élus du comté s'il arrive quoi que ce soit. Nous ne pouvons rien y faire.

Quittant Hillsborough, nous nous engageâmes sur le Camino Real. Jack prit la direction du sud et, après quelques kilomètres, nous débouchâmes sur la route de Bayshore menant à Redwood City.

Brisant le silence, je fis remarquer :

— Martinetti semble bien prendre la chose.

— Il n'est pas du genre à s'émouvoir facilement, acquiesça Jack. Ce n'est pas en cédant aux pressions qu'il est arrivé là où il en est.

— Effectivement, dis-je, je suppose que non.

— Sa femme l'a plutôt mal pris, en revanche. Elle s'est complètement effondrée en apprenant la nouvelle, et il a fallu l'hospitaliser. On a dû la mettre sous calmants.

Je ne voyais pas quoi ajouter, aussi c'est en silence que nous fîmes le reste du chemin jusqu'au Redwood City. Lerner, Vlasek et moi prîmes un café dans un restaurant, près de l'hôtel de ville. Je leur annonçai que je repasserais durant la matinée pour attendre le second coup de fil des ravisseurs.

Il était impossible de savoir précisément quand le contact s'établirait, mais ce serait probablement dans le courant de la journée. Jack m'informa que la compagnie des téléphones resterait en alerte vingt-quatre heures sur vingt-quatre pour tenter, éventuellement, de repérer l'appel, le moment venu.

Prenant ma voiture, je regagnai San Francisco par Bayshore. J'avais attrapé une migraine monumentale au cours de la journée, et je dormis très mal cette nuit-là.

Le lendemain matin, j'arrivai à huit heures trente à mon bureau pour expédier quelques affaires courantes avant de partir. J'étais en train de me débattre avec un rapport destiné à une compagnie d'assurances pour laquelle j'avais enquêté, lorsque le téléphone sonna.

C'était la secrétaire d'Allan Channing. Elle voulait savoir s'il me serait possible de passer le voir à son bureau de San Mateo, en fin de matinée. J'acceptai.

Je me demandais pourquoi Channing désirait me voir. Je passai un coup de fil à Jack Lerner.

— Y a-t-il du nouveau ? demandai-je.

— Pas grand-chose, répondit-il. Je viens juste de parler avec un de mes hommes qui est resté chez Martinetti, et tout est calme là-bas. Nous avons trouvé la voiture abandonnée dans une rue transversale à Belmont. Du moins, nous pensons que c'est la bonne.

— Elle a été volée ?

— De bonne heure, hier matin, sur le parc de stationnement de la gare de Southern Pacific. Le propriétaire travaille à San Francisco, et il n'a découvert le vol qu'hier soir quand il est rentré par le train.

— A-t-on trouvé quelque chose dans la voiture ?

— Quelques empreintes. On travaille encore dessus. Les recherches sur celles relevées hier n'ont rien donné. Quel que soit notre homme, il n'est pas fiché et n'a jamais fait son service militaire.

— As-tu parlé à Martinetti ?

— Non, le gars de chez nous a dit qu'il avait passé

toute la nuit enfermé dans son bureau, le nez dans sa comptabilité, ou je ne sais quoi. Channing était avec lui.

— Très bien, conclus-je. Je ne vais pas tarder.

Après avoir avalé un petit déjeuner insipide à la cafétéria proche de mon bureau, je montai dans ma voiture et pris la direction du sud. En faisant le plein, je demandai mon chemin pour me rendre à l'adresse que la secrétaire de Channing m'avait indiquée au téléphone.

C'était un immeuble situé dans un immense lotissement de style western à San Mateo. Je me garai sur le parc de stationnement adjacent et pénétrai dans le bâtiment.

La secrétaire d'Allan Channing était une femme replète ayant dépassé la quarantaine, au sourire pincé et à l'air efficace. De toute évidence, Channing ne plaisantait pas en affaires.

Je me présentai à la secrétaire, qui disparut dans un bureau particulier pour en ressortir quelques minutes plus tard en me priant de bien vouloir entrer.

Channing se tenait près de la fenêtre et observait la rue à travers les lattes d'un store vénitien. La lumière du soleil éclairait obliquement son visage, et je pus constater qu'il avait de grands cernes mauves autour des yeux.

Nous nous saluâmes, et après avoir échangé une poignée de mains purement formelle, je m'enquis de ce que je pouvais faire pour lui.

Regagnant son bureau, il s'affala lourdement sur son fauteuil, puis se frotta les yeux avec les pouces.

— J'aimerais avoir votre avis, me dit-il.

— A quel sujet ? demandai-je.

— Sur cette affaire concernant le fils de Lou. Vous semblez en connaître un rayon dans ce domaine.

— Pas vraiment, fis-je.

— Eh bien, poursuivit Channing en se massant la nuque, voilà ce que j'aimerais savoir. Est-ce qu'en règle générale, la victime est relâchée, une fois la rançon payée ?

Surpris par sa question, je fronçai les sourcils.

— C'est imprévisible, répondis-je. Les individus qui organisent des rapts ont une personnalité très particulière. Et on ne peut jamais savoir comment ils vont réagir.

— Et selon vous, quelles sont les probabilités ?

— Je ne saurais le dire.

— Bon, fit-il. Je ne cherche pas à vous mettre dans une situation délicate. (Prenant un cigare dans l'humidificateur, il le sortit délicatement de son emballage.) Quelles chances a la police de rattraper le ravisseur ? Après le paiement de la rançon ?

Ou voulait-il en venir ?

— Parfois on arrive à coincer le coupable, et d'autres fois, non, déclarai-je. Cela dépend des circonstances. C'est une chose totalement imprévisible.

— Je vois, dit Channing. (Sortant son briquet, il alluma son cigare. Puis, au bout d'un moment, il ajouta :) Sans doute devrais-je me montrer franc envers vous.

— Je vous en serais reconnaissant.

— La nuit dernière, Lou et moi avons fait l'inventaire de tous ses biens négociables.

— Et alors ?

— Il ne dispose pas de deux cent cinquante mille dollars, annonça Channing.

Je ne m'attendais pas à cela.

— Il vous a donc demandé de lui avancer l'argent de la rançon, c'est bien ça ? fis-je.

Channing acquiesça.

— Oui, un emprunt. Je n'ai pas l'habitude de prêter de l'argent, même pas à mes propres amis, et la somme dont il a besoin est assez considérable. D'autre part, si on ne paie pas la rançon et que son fils est... (Il ne pouvait se décider à dire les choses carrément.) Si un tel malheur devait arriver, je serais le seul à qui il pèserait sur la conscience. Je ne me sens pas de taille à porter une telle croix.

— Alors, vous allez lui donner l'argent ?

— Je n'ai pas vraiment le choix, n'est-ce pas ? Si je vous ai demandé de venir, c'est que je voulais avoir l'assurance de rentrer dans mes fonds, je suppose. Non que Martinetti n'ait pas l'intention de me rembourser. Il le fera sans doute dès qu'il le pourra.

— Mais vous n'aimeriez pas que votre argent soit placé à fonds perdus.

— Je ne suis pas de fer, protesta Channing. Bien sûr, j'ai dû en piétiner quelques-uns pour arriver dans la vie, mais ce sont des choses inévitables, même si c'est regrettable. Je n'écrase pas tout sur mon passage, comme Martinetti.

— Ça ne regarde que vous, fis-je.

Je n'avais pas envie de l'entendre se justifier.

— Effectivement, dit-il. C'est sans doute vrai. (Se levant, il me tendit la main et je l'acceptai.) Est-ce que vous allez chez Lou ?

— Dans un petit moment, répondis-je.

— J'y passerai plus tard dans l'après-midi, précisa Channing. Cela va prendre un certain temps pour rassembler tout l'argent.

Je lui dis que je le verrais là-bas et pris congé. Il y avait quelque chose chez ce type qui me hérissait le poil.

Jack Lerner était en train de téléphoner quand j'entrai dans son bureau à Redwood City. Il paraissait légèrement hagard, et je me doutais qu'il avait dû travailler une bonne partie de la nuit. Une tasse de café froid, abandonnée, traînait sur son bureau.

Me faisant signe de m'asseoir, il termina son coup de fil, et après avoir raccroché, se passa la main dans ses rares cheveux roux.

— C'était Martinetti, dit-il. On ne l'a pas encore appelé.

— Comment t'a-t-il paru ?

— Epuisé. Qui ne l'est pas ?

— Effectivement.

— Toute la matinée, les journaliste n'ont cessé de rôder dans les parages, me confia-t-il. Ils ont le chic pour flairer quand il se passe quelque chose. On a eu un mal fou à ne pas ébruiter l'affaire.

Je hochai la tête. Au bout d'un moment, je déclarai :

— Je viens de passer au bureau de Channing.

Et je lui racontai notre entrevue.

— A vrai dire, cela ne me surprend pas beaucoup, fit Jack. Il est arrivé à Martinetti de perdre plusieurs fois des fortunes en son temps. Mais Channing ne les lâche pas aussi facilement. Qu'est-ce qui l'a décidé à avancer l'argent ?

— Il a peur de porter le chapeau s'il refuse et qu'il arrive quelque chose au gamin.

Jack acquiesça.

— Il aura fallu au moins ça pour le faire céder.

Ken Vlasek entra.

— Du nouveau ? demanda Jack en levant les yeux vers lui.

Vlasek secoua la tête.

— On a passé la voiture au peigne fin. Il n'y a rien.

— Pas de résultats sur les empreintes ?

— Rien du tout.

— Bon, fit Jack en se levant. Je suppose qu'on ferait mieux d'aller chez Martinetti, pour ne pas le laisser attendre seul.

Puis, se tournant vers moi, il me demanda :

— As-tu déjà mangé ?

— Des œufs mal cuits pour le petit déjeuner, répondis-je.

— Que dirais-tu d'un sandwich avant de partir ?

— Pas grand-chose, déclarai-je, mais je prendrais bien un café.

Nous allâmes dans le même restaurant que la veille au soir, et je bus un café tandis que Lerner et Vlasek déjeunaient. Puis, montant dans la voiture de Jack, nous gagnâmes les hauteurs de Hillsborough.

Martinetti était effrayant à voir. Il avait des poches sous les yeux, de vraies valises, et avait pas mal bu. Il n'était pas saoul, mais il avait l'haleine chargée. Assis sur un canapé de cuir, il fixait un point en haut du mur opposé.

— Toujours rien ? lui demanda Jack lorsque nous entrâmes.

— Non, répondit Martinetti. Toujours rien.

— Avez-vous appelé l'hôpital ?

— Oui, on a mis Laura sous calmants. On craint qu'elle ne fasse une dépression.

— Vous devriez aller dormir un peu, dit Jack. On s'occupera du téléphone.

— Non, ça va, protesta Martinetti.

— Comme vous voudrez.

Martinetti demanda à Lerner s'il y avait du nouveau, et Jack lui répondit que non. Après cela, il n'y eut plus grand-chose à ajouter. Tout le monde s'assit pour attendre.

Ce fut une attente silencieuse. De temps à autre, Martinetti se levait pour aller remplir son verre. Il buvait beaucoup, mais semblait bien tenir l'alcool. Je grillai un paquet entier de cigarettes en pensant à tout et à rien. Jack s'endormit dans son fauteuil. Au bout d'une heure, il se réveilla en sursaut et s'excusa, mais Martinetti, d'un geste de la main, lui fit comprendre que cela n'avait pas d'importance. Il n'avait pas cessé de contempler le même point en haut du mur en face de lui.

— L'appel survint à cinq heures dix.

Comme une explosion, le bruit de la sonnerie vint briser le silence tendu qui régnait dans la pièce. D'un bon convulsif, Martinetti jaillit du canapé et se dressa en tremblant devant son bureau. Jack gagna immédiatement le deuxième appareil téléphonique situé dans le couloir, et mit la main sur le récepteur. Assis sur le bord de mon fauteuil, je restai tendu.

— Allons-y, fit Jack du fond du couloir, enjoignant à Martinetti de répondre à l'appel.

Ils décrochèrent au même moment.

— Allô ? dit Martinetti d'une voix enrouée.

Et il ne prononça plus un mot, mais garda l'écouteur pressé contre son oreille pendant une minute environ, serrant le combiné dans sa main rigide et blanche. Puis il raccrocha doucement d'un geste machinal.

Je regardai Jack qui était en train de marteler frénétiquement l'interrupteur du poste mural du couloir pour obtenir le standard.

— Avez-vous eu assez de temps ? demanda-t-il d'un ton brusque.

Il resta un moment à l'écoute, puis reposa le combiné sur l'appareil. La voussure de ses épaules était suffisamment éloquente.

— On n'a pas pu le repérer, déclara-t-il en revenant dans le bureau.

Martinetti était retourné s'asseoir sur son canapé. Les mains entres les jambes, il paraissait complètement vidé.

Je me levai.

— Alors ? demandai-je à Lerner.

— Neuf heures, ce soir, dit-il. A partir de la route de Old Southridge, il y a un chemin de terre qui mène en haut des collines, derrière San Bruno. Tu devras l'emprunter pendant un kilomètre et demi exactement. Puis tu laisseras ta voiture sur l'aire de dégagement qui se trouve sur le bas-côté, et tu descendras à pied le long du remblai, à gauche de la route, jusqu'à ce que tu trouves un bloc de granit plat. Tu déposeras l'argent sur le rocher avant de regagner ta voiture. Alors, tu feras demi-tour et tu rentreras par le même chemin.

— Le coin a l'air plutôt désert, dis-je. Notre homme sera complètement à découvert.

— Pas vraiment, fit Jack. Il y a une autre route en contrebas. D'après moi, c'est là qu'il va se planquer. Quand il verra que tu as déposé la rançon et que tu retournes à ta voiture, il viendra ramasser l'argent et filera par la route du bas. Il a le choix entre une douzaine de rues pour s'échapper.

— A-t-il ajouté autre chose ? demandai-je.

Du fond de son canapé, Martinetti leva les yeux vers nous.

— Une mise en garde, fit-il à voix basse. Pas de police, et pas d'entourloupes. Si on le coince et qu'il n'est pas de retour en temps voulu à un endroit donné, il y a quelqu'un auprès de Gary qui a pour instructions de...

Incapable de poursuivre, il s'interrompit et enfouit son visage dans ses mains

— Dès qu'il sera en possession de l'argent, déclara Jack, on recevra un coup de fil pour nous dire où se trouve votre fils. C'est tout.

J'inspirai profondément.

— As-tu une carte de l'endroit où je dois déposer la rançon ? J'aimerais bien voir où je vais.

— Il y en a une dans la voiture, répondit Jack.

D'un signe de tête, il ordonna à Vlasek d'aller la chercher.

Martinetti retourna jusqu'à la table roulante pour se verser un autre verre qu'il ingurgita d'un seul trait. Jack et moi nous nous regardâmes sans prononcer une parole. Vlasek rapporta la carte que nous étalâmes sur le bureau de Martinetti. Jack nous montra du doigt l'endroit où devait s'effectuer le dépôt de la rançon.

Après l'avoir étudiée pour me familiariser avec les lieux et repérer la route que je devais emprunter, je repliai la carte et la mis dans ma poche.

Un peu avant six heures, Allan Channing débarqua, l'air soucieux. Il portait une grande mallette marron. Il s'entretint à voix basse avec Martinetti. Lerner, Vlasek et moi quittâmes alors la pièce.

Jack passa un coup de fil à son bureau depuis le poste mural du couloir et demanda à l'un de ses hommes de prendre ma voiture et de l'amener ici. Tandis qu'il relatait les détails de l'appel que Martinetti avait reçu, Vlasek se mit en quête du majordome. Tous deux revinrent bientôt avec des tasses de café noir. Jack venait juste de raccrocher le combiné.

J'acceptai le café avec reconnaissance.

— A quelle heure penses-tu que je devrais partir ? demandai-je à Lerner.

Il réfléchit un moment.

— Disons, à huit heures vingt, fit-il. Ça devrait aller.

J'acquiesçai. Je commençais à ressentir une certaine tension. A présent, tout le poids de l'affaire reposait sur mes épaules, les autres n'assumaient qu'un rôle passif. Si les choses se passaient mal ce soir...

Bon, d'accord, me dis-je. Tout ce que tu as à faire, c'est suivre les instructions. Pas de fantaisies, ni de bravades. C'est clair et net, non ?

La porte du bureau s'ouvrit. Channing apparut et la ferma doucement derrière lui. Il semblait nerveux.

— Lou a demandé qu'on le laisse seul un moment, nous déclara-t-il.

— Lui donnez-vous l'argent ? demanda Jack.

Channing me jeta un regard éloquent. Apparemment, à ses yeux, j'avais trahi un secret.

— Oui, oui, je lui ai remis la somme. Intégralement.

— Vous a-t-il transmis les instructions ?

— Oui, il l'a fait, répondit Channing. (Se tournant vers moi, il ajouta :) je n'aimerais pas être à votre place, ce soir.

Je ne fis pas de commentaire. Jack lui jeta un regard pénétrant. Détournant les yeux, Channing rougit légèrement.

— Je vais prendre le frais, au cas où vous auriez besoin de moi, annonça Channing avant de se précipiter vers la porte.

— Ce type-là pense plus à son argent qu'à la sécurité du petit Martinetti, me dit Jack.

— Ouais, fis-je, en reposant mon café qui, tout à coup, me parut insipide.

Le temps s'écoulait à une allure d'escargot. Les secondes duraient une vie entière, et les minutes une petite éternité. Si l'attente avait été pénible jusqu'alors, les choses ne faisaient qu'empirer. On pouvait sentir de façon tangible la tension monter, comme une entité, dans le silence et l'obscurité de la maison.

A sept heures moins dix, l'homme du bureau de Jack arriva avec ma voiture. Channing revint quelques instants plus tard de sa promenade, nous jetant un rapide coup d'œil avant de disparaître dans une autre aile de la maison. Martinetti n'avait toujours pas quitté son bureau.

N'ayant pas arrêté de fumer cigarette sur cigarette — ce dont je ne suis pas coutumier — j'avais la gorge enrouée et desséchée. Je me rendis dans la cuisine pour boire un verre d'eau. De nouveau, j'avais attrapé une migraine qui me martelait douloureusement les tempes et les yeux.

Lorsque je retournai dans le couloir, Lerner et Vlasek n'étaient plus là, mais la porte du bureau était ouverte.

J'entrai pour les trouver en face du bureau, en compagnie de Martinetti. Channing avait réapparu et se tenait aussi là. Sur la surface luisante du meuble, trônait la mallette marron qu'il avait apportée.

Curieusement, Martinetti paraissait en meilleure forme qu'auparavant. Il avait encore les traits tirés, mais, les mâchoires crispées, il maîtrisait l'expression de son visage. Ses mains ne tremblaient pas.

Se tournant légèrement à mon approche, il me regarda. L'expression de ses yeux était tout à fait claire pour moi.

— Il est sept heures quarante, me dit-il.

J'acquiesçai.

— Vous savez exactement ce que vous êtes censé faire ?

— Oui.

A présent, il maîtrisait complètement la situation.

— Je veux que vous sachiez que j'ai totalement confiance en vous, déclara-t-il. Je suis sûr que vous ferez exactement ce qu'on vous a demandé. A la lumière de ce que je viens de dire, j'espère que vous ne vous méprendrez pas sur le fait que j'ai verrouillé et scellé la mallette contenant l'argent de la rançon.

Je jetai un coup d'œil à la mallette posée sur le bureau. La serrure était couverte de cire à cacheter. Je regardai de nouveau Martinetti.

— Dans une situation pareille, dis-je en pesant chacun de mes mots, la chose la plus sage à faire, c'est de prendre toutes les précautions possibles et imaginables.

L'air las, Martinetti eut un léger sourire, presque imperceptible .

— Vous êtes un homme avisé, dit-il, et je vous suis reconnaissant de tout ce que vous avez fait.

Je ne voyais rien d'autre à dire, aussi retournai-je m'asseoir dans le fauteuil que j'occupais auparavant. Jack Lerner vint me rejoindre et posa une main rassurante sur mon épaule.

Notre attente se poursuivit en silence. A huit heures et quart, Martinetti saisit la mallette, et tous m'accompagnèrent jusqu'à ma voiture. Il me remit alors la mallette que je déposai sur le siège, à côté de moi.

— Bonne chance, murmura Jack.

— Merci, fis-je en démarrant.

En arrivant au portail, je jetai un coup d'œil dans mon rétroviseur. Leurs silhouettes se détachaient sur le ciel crépusculaire ; ils étaient restés dans l'allée de gravier pour me regarder partir.

Conduisant lentement, je me dirigeai vers le nord. Je tenais le volant à deux mains, gardant les yeux rivés sur la chaussée assombrie. J'essayais de me concentrer sur ma mission, mais quelque chose me tracassait. Je n'arrivais pas à mettre le doigt dessus, et j'en éprouvais un certain malaise. Cela m'exaspérait de sentir la solution toute proche et de ne pas la trouver.

Je laissai Millbrae derrière moi et pénétrai dans San Bruno. Tournant à gauche dans Sneath Lane, je poursuivis ma route jusque dans les collines. Il faisait nuit noire, à présent, et la brume qui s'avançait sur Pacifica Avenue en provenance de l'océan, donnait aux lumières que je voyais briller tout autour de moi sur la Péninsule un aspect fantasmagorique et immatériel. En glissant sur les vitres de la voiture, le vent poussait une complainte lugubre et grave.

Je n'eus pas de problème à trouver la route de Old Southridge, ni le chemin de terre adjacent. Arrivé à l'embranchement, je ralentis en m'engageant au croisement, et m'arrêtai au bord du chemin. Je consultai ma montre. Il était neuf heures moins dix. J'allumai une cigarette, remis à zéro le compteur journalier, puis redémarrai.

Je parcourus exactement un kilomètre et demi sur le chemin de terre. Sur ma droite, se trouvait l'aire de dégagement, une bande de terrain bordée de grands eucalyptus odoriférants. Je garai la voiture, puis coupai le moteur et les phares.

Il faisait très sombre, et les bruits de la nuit paraissaient assourdis, comme noyés dans les nappes de brouillard vaporeuses. Il était impossible de deviner d'où ils venaient. Le cadran lumineux de ma montre indiquait neuf heures moins trois.

— Bon, pensai-je. Il faut y aller.

Saisissant la mallette, je sortis de la voiture. Un courant d'air me glaça le visage et la nuque, et je frissonnai involontairement.

Dans l'obscurité, je traversai la route solitaire et grimpai sur le remblai, de l'autre côté. Je ne pouvais pas voir la route en contrebas. Une nappe de brouillard compacte me bouchait la vue. Je repérai bien de vagues formes, mais à travers la brume, elles n'étaient pas identifiables. Je savais que le ravisseur non plus ne pouvait pas me voir, mais il n'ignorait pas que j'étais là, car il avait dû entendre la voiture.

Je raffermis ma prise autour de la poignée de la mallette, et, la soulevant, je me mis à dévaler le remblai, puis je m'arrêtai. Je me figeai sur place. Une main noire aux doigts visqueux m'escalada l'échine pour s'arrêter entre mes omoplates. La peau me démangeait.

Tenant la mallette à deux mains, je la levai à hauteur de mes yeux. Je savais maintenant ce qui m'avait tracassé. La mallette ne pesait rien. Je m'arrêtai pile.

Je m'en étais aperçu tout à l'heure, quand Martinetti me l'avait remise près de la voiture, mais je n'y avais pas attaché d'importance sur le moment. L'argent pèse lourd. Deux cent cinquante mille dollars en petites coupures devaient peser leur poids, mais cette mallette était légère comme l'air, presque comme si elle ne contenait que...

La main noire se mit à remonter le long de mon dos. Une pensée m'assaillit, harcelante, de plus en plus pressante, me forçant à envisager une éventualité que je repoussais, mais sans parvenir à l'écarter.

Il n'y avait qu'un moyen d'être fixé, je le savais : ouvrir la mallette. Mes doigts s'affairaient déjà sur la serrure scellée à la cire — et se figèrent.

Je n'avais pas le temps. Il y avait un homme, là, dissimulé dans l'obscurité et le brouillard. C'était une réalité dont j'étais pleinement conscient. Si je tardais trop, cela pourrait éveiller sa méfiance, le faire s'affoler et s'enfuir. Qu'adviendrait-il alors de Gary Martinetti si je me trompais ? Et c'était possible, je le savais. Je me trompais peut-être sur toute la ligne.

J'avais la gorge serrée et sèche. J'essayai de déglutir. Il fallait que je prenne une décision, et le plus vite possible. Si j'hésitais trop longtemps...

Un bruit léger me parvint à travers l'épaisse couche de brouillard — celui d'une branche qui craque. Je compris alors qu'il ne me restait plus qu'une seule chose à faire. Je n'avais pas le droit d'agir autrement.

Je me remis en route, dévalant le remblai, et me taillai un chemin dans le fouillis de la végétation. Au bout de quelques mètres, j'aperçus le rocher plat. Je me dirigeai droit sur lui. Je posai la mallette dessus, comme on me l'avait ordonné, puis, faisant demi-tour, je regagnai la route et grimpai dans ma voiture.

Je démarrai et fis demi-tour avant même d'allumer mes phares. Puis je rentrai lentement par la route que j'avais empruntée à l'aller. Je pensais à la mallette — si légère, quasiment aérienne — réfléchissant à cette possibilité qui me mettait l'esprit en feu — cette terrible éventualité qui ne pouvait pas être vérifiée, à présent, et qui ne le serait sans doute jamais.

Fatigués, sur les nerfs, les traits tirés, tous attendaient mon retour chez Martinetti à Hillsborough. Ils me posèrent une foule de questions auxquelles je répondis de mon mieux, sans rien dire des pensées qui me trottaient dans la tête. Mais je ne pouvais me résoudre à regarder Martinetti droit dans les yeux.

Vingt-cinq minutes après mon retour, à dix heures et quart, le téléphone sonna.

Martinetti se rua vers son bureau, Jack Lerner sur le poste mural du couloir, et tous deux décrochèrent en même temps. Je regardai le visage de Martinetti dont les traits de granit semblaient comme soulevés par un raz-de-marée sous l'effet du soulagement, tandis que des larmes perlaient à ses paupières. *Joue-t-il la comédie ? Est-il possible qu'il n'ait pas cessé de feindre un seul instant ?*

Lorsque la communication fut terminée, Martinetti

laissa échapper le combiné qui tomba sur son bureau. L'homme s'écroula sur le meuble ; sous le choc émotionnel, il donnait une impression d'effondrement total.

— Ils ont l'argent, prononça-t-il d'une voix pratiquement inaudible. Ils m'ont dit qu'ils avaient relâché Gary et que nous pourrons le trouver sur le parking du centre commercial. Ils ont dit qu'il allait bien ; il sait que nous allons venir.

Je m'écartai lorsque Vlasek et Channing vinrent aux côtés de Martinetti, et regardai Lerner qui, au téléphone, parlait avec animation, ordonnant à la patrouille la plus proche de se rendre au centre commercial Hillsdale, à San Mateo. Je m'approchai de la fenêtre, et, écartant les lourdes tentures, je contemplai les lumières qui scintillaient sur la Péninsule.

Je préférais ne pas me poser de questions.

Dix minutes plus tard, le bureau de Lerner nous informa qu'on avait trouvé Gary Martinetti sain et sauf, qu'il avait bon moral et qu'on l'emmenait au poste de police de San Mateo.

Cela fait deux mois à présent que ces incidents ont eu lieu. La police n'a toujours pas arrêté le coupable. Quand on interrogea le jeune Martinetti, il fut incapable d'ajouter quoi que ce soit au signalement du ravisseur donné par M. Young et le personnel de l'école militaire Smithfield. D'après l'enfant, l'homme s'était montré très gentil et lui avait accordé tout ce qu'il lui demandait. Il ignorait totalement où on l'avait retenu prisonnier, mais la maison était très agréable. Lerner et son équipe n'avaient pas pu situer l'endroit. Le gamin ajouta que l'homme avait agi seul et qu'il l'enfermait dans l'une des chambres quand il devait s'absenter. Cela ne l'avait pas spécialement inquiété, disait-il, car il ne manquait pas de lecture ; il avait même à sa disposition certains de ses livres préférés.

Une semaine après avoir retrouvé son fils, Martinetti m'expédia par la poste un chèque de cinq mille dollars. Je le lui retournai, accompagné d'un petit mot poli, lui expliquant que je ne me sentais pas le droit d'accepter cet argent. A la suite de cela, il chercha à me joindre, mais je refusai de lui parler. Il s'adressa alors à Jack Lerner qui me téléphona pour me demander ce qui se passait. Je m'en sortis par une pirouette. Cela n'aurait servi à rien d'étaler au grand jour les doutes qui m'assaillaient sans apporter la moindre preuve.

Sans doute ne saurai-je jamais le fin mot de l'histoire dans l'enlèvement de Gary Martinetti. Mais un matin, je lus dans le journal que Louis Martinetti venait de réaliser une véritable fortune dans une opération immobilière de grande envergure, en Californie du Sud.

J'appelai un de mes amis qui travaille au *Chronicle.*

— Je ne connais pas les dessous de l'affaire, me dit-il. C'est très mystérieux. Mais Martinetti et quelques autres ont mis le paquet pour acheter les terrains là-bas.

— Dans les combien ?

— Trois ou quatre cent mille chacun, si tu veux mon avis. C'est Martinetti qui a mis l'opération sur pied — un véritable coup de poker qui s'est révélé payant. Et il y a pas mal de types qui ont laissé leurs chemises dans l'affaire. C'est un gars qui ne fait pas de cadeaux, tu sais.

— Ouais, fis-je, tout en songeant à ce qu'Allan Channing m'avait raconté : Martinetti était à deux doigts de la faillite.

Tout comme cela m'était arrivé ce fameux soir sur le chemin de terre, je me remémorai alors beaucoup d'autres détails : le mot adressé au directeur de l'école, cette lettre écrite sur le papier à en-tête personnel de Martinetti, qui portait une signature dont l'authenticité n'était pas contestable ; les réticences que Channing éprouvait à prêter de l'argent, même à ses amis, surtout pour financer des spéculations hasardeuses ; la réflexion que Jack Lerner avait faite : seul un enlèvement pouvait décider Channing à lâcher son argent. Je pensai au bon bout de temps que Martinetti avait passé seul dans son bureau, après avoir reçu l'argent de Channing ; comme il lui aurait été facile de s'emparer de la somme, de la cacher quelque part, et de bourrer ensuite la mallette de papier journal !

Cette mallette qui, légère comme l'air, ne pesait pratiquement rien, et qui était fermée à clé et scellée, pour la bonne raison que Martinetti avait peur que je l'ouvre afin de vérifier son contenu.

Et cet homme qui avait enlevé Gary, tout seul — qui avait été si gentil avec lui au point de lui procurer des tas de livres à lire, les livres préférés du gamin…

Je pensais à tous ces détails, sans être plus fixé pour autant. Tout était clair et évident, mais je n'avais pas l'ombre d'une preuve. En posant la mallette sur le rocher sans l'ouvrir, il est possible que j'aie aidé Louis Martinetti à commettre, en toute impunité, une parfaite escroquerie.

Mais, comme je n'en suis pas sûr et parce qu'en mon âme et conscience, je suis incapable de croire en l'existence d'un être assez impitoyable, assez cynique pour organiser l'enlèvement de son propre fils afin d'en tirer un profit personnel, je ne regrette pas d'avoir agi comme je l'ai fait.

The Snatch
Traduction de J. P. Gratias

Des ennuis jusqu'à plus soif

par

RON GOULART

Cela se produisit par une horrible journée, toute de froidure, de neige et de vent. L'ennui, c'est qu'ils s'étaient disputés de nouveau, surtout à cause de ce Jerry mais aussi un peu à propos d'argent. Il lui avait flanqué une paire de claques. En retour, elle lui avait jeté le téléphone à la figure, l'atteignant en plein nez. Ce Jerry avait *quatre* téléphones dans sa grande maison en haut de Mountain Road, des téléphones de couleur, assortis aux différentes pièces, et pour lui une communication à longue distance n'avait pas plus d'importance qu'un coup de fil donné en ville.

Après avoir jeté le téléphone, elle s'empara d'une des briques faisant fonction de serre-livres sur leur bibliothèque de fortune. Voir tous ses livres de poche et ses vieux bouquins de classe dégringoler sur la moquette élimée le rendit encore plus furieux que d'ordinaire. Ramassant le parpaing, qui après l'avoir manqué avait atterri dans le porte-revues d'osier, il le lui renvoya de toutes ses forces, ce qui n'était pas dans ses habitudes.

La lourde brique grise l'atteignit à la tête et, sous la violence du choc, elle tomba à la renverse, faisant voler en éclats la vitre de la porte-fenêtre. Tandis qu'elle s'effondrait dans le patio enneigé, le vent et le froid firent irruption dans la pièce.

Un des ennuis qu'il y avait à habiter l'Est, c'était la neige. Il détestait la neige et c'est pourquoi il ne sortit pas dans le patio voir comment elle allait, se disant qu'après avoir boudé un moment, elle s'en irait sans doute passer la soirée avec Jerry. L'ennui, c'était qu'il n'eût pas pu mettre un terme à ça, depuis cinq mois que ça durait. Elle prenait plaisir à lui parler de ce Jerry et de sa maison de Mountain Road, qui ne comptait pas moins de quatre chambres à coucher, de ses gros revenus, des relations qu'il entretenait avec les politiciens de la région et peut-être bien aussi avec le milieu. Non, pas « peut-être », c'était une chose certaine. Ne venait-elle pas justement de lui dire que Jerry se faisait beaucoup de souci parce qu'il venait d'être cité comme témoin dans un procès qui allait s'ouvrir contre le Syndicat du crime ?

Il la laissa donc dehors. Mais, en moins d'une demi-heure, la pièce devint glaciale, en dépit du thermostat mis au maximum et du radiateur portatif. S'approchant de la vitre brisée, il appela sa femme. Un des rares avantages de leur maison, c'était son isolement. L'inconvénient majeur de leur ancien appartement de Brooklyn était que, lorsqu'ils se disputaient, il y avait toujours quelqu'un de leurs voisins pour taper au mur. Tandis que dans ce coin du Connecticut, personne n'était assez proche pour les entendre ou se soucier de ce qu'ils faisaient.

— Allez, rentre et aide-moi à trouver un moyen de boucher cette fenêtre ! cria-t-il. On commence à geler dans toute la maison et il y a plein de neige sur la moquette !

Risquant un coup d'œil au-dehors, il la vit gisant sur le sol du patio, plus blanche que la neige qui la saupoudrait. La lumière crue qui tombait sur elle donnait à la scène un peu l'apparence d'une photo prise au flash. Alors, il comprit qu'elle était morte.

En dépit du vent froid dont il n'avait plus que vaguement conscience, il demeura à la regarder, figé devant la fenêtre. Il s'efforçait de déceler en lui de la tristesse, du remords, voire de la pitié. Mais il n'éprouvait qu'une impression de soulagement. Combien de fois ne lui avait-elle pas répété que l'ennui avec lui, justement, c'est qu'il était tout aussi incapable d'éprouver de l'amitié que de l'antipathie pour quelqu'un. Jerry n'était pas comme ça, lui. Même s'il lui arrivait de fréquenter des gangsters, ça n'en était pas moins un homme chaleureux, sympathique. Beau garçon de surcroît, et bien bâti. Alors que lui n'était pas spécialement beau et avait tendance à prendre du poids. Elle ne cessait de le lui reprocher, s'appuyant sur les mensurations idéales qu'elle avait pêchées dans un magazine. C'était probablement pour ça qu'il la laissait aller si souvent chez Jerry, d'où elle ne revenait que très tard ou parfois même pas avant le lendemain matin, en prenant un malin plaisir à tout lui rapporter. L'ennui, c'est qu'il était tout aussi incapable de la retenir que de la faire taire quand elle lui détaillait ces sorties.

Regardant la neige saupoudrer le corps, il se dit qu'il ne voulait pas aller en prison ni avoir des ennuis pour ce qui venait d'arriver. Il sourit. C'était une des choses qu'elle lui reprochait souvent de sourire ainsi à contretemps. Il continua de sourire tout en cherchant un moyen de se tirer de là. Il savait que les meurtres non prémédités sont souvent les plus faciles à camoufler. En improvisant sur place, des voleurs et des assassins avaient parfois trouvé un astucieux moyen de s'en tirer impunément.

Ne voulant pas attraper froid, il rentra dans la maison et gagna la cuisine où il se mit à fouiller sous l'évier. Entre des boîtes de détergent, il découvrit une paire de gants en caoutchouc qu'il enfila, puis extirpa du même endroit deux grands sacs de poubelle en plastique. Le grand problème était de se débarrasser du corps, mais il avait trouvé la solution en un clin d'œil tandis qu'il allait du patio à la cuisine : se servir de Jerry.

Les sacs en plastique sous le bras, il se rendit dans la chambre à coucher, où il prit son 7.65 qu'il gardait dans le tiroir secret de la table de chevet. L'ennui, c'est qu'il n'était pas sûr que des professionnels du crime utilisent une arme de si petit calibre. Ne préféraient-ils pas quelque chose de plus impressionnant ? De toute façon, il n'avait pas le choix. Le revolver était un modèle européen, qu'il avait rapporté en fraude lorsqu'il était revenu de son service militaire en 1959. Impossible donc aux enquêteurs de retrouver son origine.

De retour dans le patio, il déplia les sacs et en recouvrit le corps. S'il voulait mener à bien l'idée qu'il avait en tête, il ne fallait pas qu'il y eût de la neige sur le cadavre. Ramassant la brique, il la considéra d'un air pensif. Il devrait la nettoyer plus tard. Dans le garage, il y avait une plaque de verre suffisamment grande pour qu'il pût y découper de quoi remplacer la vitre brisée. Oui, et il lui faudrait aussi ramasser soigneusement tous les débris de verre se trouvant dans la pièce ou dehors, ainsi que faire disparaître les traces laissées par le corps dans la neige.

Mais ce n'était pas encore le moment de s'occuper de ces détails. L'ennui, c'est que ça lui prendrait probablement toute la nuit et que lorsqu'il n'avait pas dormi suffisamment, il se montrait de mauvais poil à son travail.

Il fourra le corps dans les grands sacs en plastique, l'un recouvrant les pieds et les jambes, l'autre la tête et le torse. A hauteur de la taille, il les fixa l'un à l'autre avec du ruban adhésif. Ceci fait, il transporta la morte dans le garage, où elle trouva place dans le coffre de la voiture préalablement tapissé de journaux. Alors, il s'en fut chercher un des manteaux d'hiver de sa femme ainsi qu'un sac à main, celui qu'elle aurait pris pour aller voir Jerry. Il laissa la maison éclairée et alluma la télévision. Il ouvrit la porte du garage, retira les gants de caoutchouc, qu'il fourra dans une des poches du pardessus bien chaud qu'il avait enfilé. Il était normal qu'on trouve ses propres empreintes sur le volant de sa voiture, et il ne voulait pas risquer d'effacer celles que sa femme y avait laissées. Il sortit du garage en marche arrière et partit sur la route. Dans les virages, il emballa le moteur, comme sa femme le faisait toujours. Leurs quelques voisins se souviendraient ainsi de l'avoir entendue passer. L'ennui, c'est qu'il se demandait comment il allait bien pouvoir s'y prendre pour que Jerry le laisse entrer chez lui.

Mais lorsqu'il atteignit Mountain Road, il avait trouvé

un moyen. Au-delà de la maison longue et basse, qui était tout éclairée, il se gara dans un petit chemin raboteux, sous des arbres. Probablement le même coin où elle se garait habituellement : un endroit hors de vue mais pas trop éloigné de la propriété. En dehors de cette maison, toute en bois et vitres dans le style californien, il n'y en avait qu'une seule autre à proximité et elle était plongée dans l'obscurité.

Il sortit le corps des sacs en plastique, qu'il plia et fourra dans l'ouverture de son pardessus boutonné. Il remit les gants de caoutchouc, suspendit le manteau et le sac à l'un de ses bras avant d'emporter le corps le long du chemin enneigé jusqu'à la maison de Jerry. Il savait qu'il laissait dans la neige des traces de pas lesquelles ne seraient peut-être pas recouvertes d'ici le matin. Aussi avait-il chaussé une vieille paire de bottes oubliées par le précédent locataire de leur maison. L'ennui, c'est qu'elles lui étaient trop grandes de trois pointures, ce qui le faisait marcher un peu de travers. Quand il arriva à destination, la neige tombait en abondance.

Il gravit les marches du perron avec son fardeau et, du coude, pressa le bouton de sonnette. Il entendit tintinnabuler un carillon à l'intérieur de la maison, puis la porte s'entrouvrit, retenue par une chaîne de cuivre. C'était la première fois qu'il voyait de près ce fameux Jerry. Un homme grand, bronzé, large d'épaules. Mais cependant pas si beau que ça, car il avait des yeux un peu trop petits et un nez un peu trop grand.

— Qu'est-il arrivé ? s'exclama aussitôt Jerry.

— Vous êtes seul ?

C'était certainement le cas puisqu'elle devait aller chez lui, mais on n'est jamais trop prudent.

— Oui. Je viens tout juste de rentrer, répondit Jerry en ouvrant la porte. Qu'est-ce qu'elle a ?

— Elle a été victime d'un accident, un accident grave, et elle est sérieusement blessée, raconta-t-il. Je suis son mari.

— Ça, je le sais.

— Ecoutez, il faut appeler immédiatement une ambulance. L'accident a eu lieu près d'ici, sur la route.

Jerry marqua une hésitation.

— Bon, entrez-la. Mais je ne veux pas que tout le voisinage soit alerté. Je vais téléphoner à un médecin que je connais. De quel genre d'accident s'agit-il et pourquoi êtes-vous avec elle ?

Une fois le seuil franchi, il referma la porte d'un coup de pied et laissa tomber le corps sur l'épais tapis blanc du living-room aux poutres apparentes. Jerry, qui se dirigeait vers un téléphone couleur pain brûlé, se retourna et amorça une question.

Il lui tira très calmement trois balles dans le corps, d'une main parfaitement assurée. L'ennui souvent, en pareille occurrence, c'est qu'on est sur les nerfs et qu'on tremble. Deux des balles atteignirent Jerry à la poitrine, la troisième à l'épaule. L'homme tomba à la renverse et de côté, tandis que sa chemise bleue se maculait de sang. En touchant le tapis, il eut un spasme qui envoya voltiger une de ses mules de cuir, puis il s'immobilisa, mort...

Alors, il traîna sa femme près de Jerry, puis lui tira soigneusement deux balles dans le crâne afin de camoufler la blessure faite par la brique... S'écartant ensuite des cadavres, il promena son regard autour de la vaste pièce. Il voulait que cela eût l'air d'un crime commis par des professionnels, avec autant de rapidité que d'efficience. Inutile donc de donner l'impression qu'il y avait eu lutte. Toutefois, si elle avait été tuée la première, un homme comme Jerry ne pouvait être resté sans réagir.

S'approchant d'une table en bois de teck, il la culbuta violemment avec sa grande lampe en céramique, dont l'ampoule explosa. Il jugea qu'un certain désordre sur le divan ferait bien dans le tableau et paracheva le tout en arrachant à demi un des rideaux pain brûlé, mais un de ceux qui ne pouvaient être aperçus de la route.

Jerry n'aurait pas ouvert sa porte à un tueur. Non, dans le « milieu », ça n'était pas comme cela qu'on opérait. Traversant la vaste et luxueuse demeure, il atteignit la grande cuisine toute blanche. Au-dessus de la cuisinière électrique étaient suspendues des casseroles en cuivre ; un four à micro-ondes était encastré dans la paroi. Elle lui avait décrit tout cela. L'ennui du boulot qu'il faisait maintenant — enfin : un des ennuis — était son maigre rapport. Travailler dans le Connecticut avait ses avantages, mais on ne pouvait espérer y gagner des salaires comparables à ceux de New York. Combien de fois ne s'était-il pas efforcé de le faire comprendre à sa femme !

Ouvrant la porte de la cuisine, il sortit dans une cour où la neige s'était accumulée. S'étant assuré qu'il ne risquait pas d'être vu et qu'aucune voiture ne passait sur la route, il se hissa sur le rebord d'une des fenêtres de la cuisine et son poing ganté fit voler une vitre en éclats. Peut-être des professionnels s'y seraient-ils pris de façon moins bruyante, mais Jerry lui avait dit qu'il venait tout juste de rentrer. Donc, ayant vérifié au préalable que la maison était déserte, même un professionnel du crime n'avait pas à se soucier d'éviter de faire du bruit. Après quoi, il n'avait plus eu qu'à attendre tranquillement.

Dès que Jerry se serait manifesté, le tueur lui aurait tiré dessus. Mais le voyant en compagnie d'une femme, il aurait décidé de la supprimer également. Elle d'abord, et Jerry ensuite. C'était plausible... Un bandit un peu sadique peut-être, qui avait voulu que Jerry la voie mourir.

Pour que cela parût encore plus vrai, il entra par la fenêtre et, posant ainsi un pied dans l'évier, il y écrasa un verre à cognac. Retournant dans le living-room, il s'assura de nouveau que tout se présentait bien comme il le souhaitait. Il tenait toujours le revolver à la main. Comment se fût comporté un véritable bandit ? Aurait-il emporté l'arme ou non ? Il l'aurait vraisemblablement emportée. L'ennui, c'est qu'il fallait que cela ait l'air d'un règlement de compte. D'après ce qu'elle lui avait dit, Jerry baignait jusqu'au cou dans des histoires de racket. Donc, s'il était susceptible de devoir témoigner devant quelque commission d'enquête à propos de trafics illicites, la police serait sûrement au courant. Par conséquent, en découvrant les deux cadavres, les enquêteurs concluraient qu'on avait tué Jerry pour l'empêcher de parler, et la femme simplement parce qu'elle se trouvait avec lui. Tout cela était très plausible.

A présent, il ne lui restait plus qu'à rentrer chez lui pour tout bien nettoyer. Lorsque la police prendrait contact avec lui après avoir découvert le drame, il fallait que toute trace de l'altercation eût disparu. La police le préviendrait sans doute à son travail et l'ennui, c'est qu'il lui faudrait jouer la comédie de la stupeur horrifiée devant tout le monde. Mais ça ne devrait pas lui être trop difficile. Il n'aurait qu'à paraître comme assommé par un tel coup du sort, et peut-être pleurer... Non, pas pleurer. Les hommes n'aiment pas voir un autre homme pleurer. Marquer terriblement le coup, exprimer la douleur... Et, oui, déclarer savoir qu'elle avait des relations avec un autre homme. Comme des amis de Jerry devaient sûrement être au courant, leurs témoignages recouperaient le sien.

Un dernier regard autour de lui, puis il se dirigea vers la porte du perron. Mais il s'immobilisa et eut un claquement de doigts : la voiture ! Il devait la laisser là. Comme il fallait donner l'impression que sa femme était venue rejoindre Jerry, la voiture devait être trouvée à proximité de la maison. Comme ça n'était pas la première fois qu'elle passait ainsi la nuit au-dehors, la police ne serait pas étonnée qu'il n'ait pas signalé son absence. Oui, tout cela collerait très bien. Et la petite gare de Penn n'étant qu'à cinq cents mètres de leur maison, c'était par le train qu'il se rendait chaque jour à son travail.

L'ennui, c'est que si maintenant il rentrait ainsi chez lui, cela allait lui faire perdre beaucoup de ce temps dont il avait grand besoin pour bien nettoyer chez lui. Et s'il prenait la voiture de Jerry... Un tueur professionnel n'aurait sûrement pas fait ça... Non, mais à supposer que Jerry soit allé du côté de chez eux pour une sorte de prélude à la soirée. Il aurait laissé sa voiture dans les parages, peut-être même au parking de la gare, avant de venir rejoindre la volage. Après quoi, ils auraient gagné Mountain Road dans sa voiture à elle, afin qu'elle l'ait pour revenir ; lui-même ayant plusieurs voitures avait pu prendre plaisir à se laisser ainsi conduire par sa maîtresse. Oui, c'était le genre de fantaisies auxquelles on pouvait s'attendre de la part d'un couple adultère.

Revenant auprès du mort, il fourragea dans les poches avec le canon de son revolver. Aucun tintement de clefs. Il fronça les sourcils, mais au même instant, il aperçut un trousseau de clefs par terre, près du mur. Elles devaient se trouver sur la table de teck et avaient été projetées là lorsqu'il l'avait renversée. Oui, c'était bien ça et, comme elle lui avait dit, Jerry avait deux voitures, dont une italienne de grand sport.

Avec un sourire satisfait, il sortit alors de la maison qu'il contourna en restant proche du mur pour se rendre au garage. La neige continuait de tomber en abondance... Il prêta l'oreille. Rien, le silence. Pénétrant dans le garage, il y trouva comme prévu une conduite intérieure dont le capot était encore chaud, en compagnie d'une voiture de sport, basse et racée. Il demeura un instant à les contempler en faisant sauter les clefs dans sa main gantée.

Tant qu'à faire, autant s'offrir la voiture de sport et voyager en première classe ! Souriant, il prit place derrière le volant et mit le contact.

L'ennui, c'est que justement cet après-midi-là d'authentiques tueurs avaient placé dans cette belle voiture une charge de plastic, afin qu'elle explose lorsqu'on mettrait le contact.

The Trouble Was
Traduction de Maurice Bernard Endrèbe

Une chance sur cent

par

MICHAEL COLLINS

A New York, dans les bas-quartiers de Chelsea, on raconte l'histoire d'un immigré arrivé seulement avec les vêtements qu'il avait sur le dos et le rêve de posséder son propre restaurant. Il savait que le seul moyen de réaliser son rêve était de trimer durement et de faire des économies. Il travailla jour et nuit comme garçon de restaurant et, au bout de dix ans, son compte en banque s'élevait à 312 dollars. Ayant réfléchi quelque temps, il porta cette somme au champ de courses de Belmont Park et misa le tout sur un outsider au plus bas de la cote. Le cheval arriva premier et c'est ainsi que l'immigré acquit son restaurant.

Frank Marno connaissait cette histoire comme tout le monde.

Il faisait chaud le jour où Frank vint à mon bureau. Il avait vingt-cinq ans, était affairé et plein d'allant.

— Pourrais-tu te charger d'un job pour moi cette nuit, Dan ? me demanda-t-il.

— Quelle sorte de job ? dis-je.

Je connaissais Frank depuis son enfance. Son père, Sal Marno, était chargé du deuxième fauteuil chez Cassel, le coiffeur pour hommes. Il avait pour ainsi dire légué ce fauteuil à son fils ; mais Frank nourrissait d'autres ambitions.

— Comme d'habitude, reprit-il. Tu livres le paquet

cette nuit à l'aéroport Kennedy International. Ce sont des valeurs négociables, alors tu prends ton feu, compris ? En te voyant armé, le client sera content.

Frank n'avait pas d'instruction, sauf dans l'art de couper les cheveux. Mais l'imagination et l'énergie ne lui manquaient pas. Il avait commencé en ramassant un peu partout ce qu'il pouvait vendre avec bénéfice. Il prenait des paris clandestins, jouait lui-même à l'occasion. Des bookmakers influents qui l'employaient comme coursier étaient intervenus pour lui permettre d'obtenir une patente. Il fonda un service de messageries, s'occupa de certaines affaires que je jugeais prudent d'ignorer et acquit finalement une participation dans un commerce de spiritueux prospère. A vingt-cinq ans, il avait le vent en poupe.

Bien des années auparavant — Frank était un enfant à l'époque — son père, Sal Marno, m'avait sauvé la vie en me cachant à un moment où de tristes individus voulaient ma peau. Il avait résisté aux malabars musclés comme à l'insistance des flics et avait même subi quelques tabassages, sans pour autant révéler ma cachette. Je réussis à quitter le pays en m'embarquant, et les truands qui me recherchaient finirent par se faire eux-mêmes liquider. Je n'avais jamais oublié ce que je devais à Sal Marno.

Dans les débuts de son service de messageries, Frank, qui n'était pas riche, dut maintenir ses frais généraux à un niveau modeste. Son personnel était peu qualifié. Quand il lui fallait un collaborateur sérieux, il s'adressait à moi, moyennant finances. Me souvenant de Sal, et le détective privé que j'étais ne gagnant pas beaucoup dans le quartier de Chelsea, j'acceptais les missions qu'il me confiait.

Ce jour-là, je pris le paquet au magasin de Frank. C'était inhabituel, car en général le paquet m'était remis directement par le client. Je n'y prêtai guère attention sur le moment, ce qui tend à prouver qu'on peut se montrer très négligent en traitant des affaires avec un copain. Frank lui-même me remit le paquet et me donna ses instructions :

— Arrive au hangar à huit heures, Dan. Pas avant et pas plus tard non plus, le client l'exige. C'est compris ?

— Paye-moi et je file, répondis-je.

Il me régla et j'allai dîner. J'eus le temps de déguster quelques verres d'un excellent whisky irlandais avec Joe Harris avant de prendre, au terminus d'East Side, le bus pour l'aéroport. Frank Marno n'était pas assez généreux pour que je m'offre un taxi.

A l'aéroport, on m'indiqua le chemin du hangar que je cherchais. Arrivé à huit heures moins deux, j'entrai avec mon gros flingue bien visible afin d'impressionner le client. Devant le hangar, un petit avion particulier était prêt à décoller.

Deux personnes m'attendaient. L'une était une fille d'une grande beauté ; l'autre était Frank Marno.

Frank s'était muni d'un pistolet, qu'il me montra en disant :

— Donne le paquet, Dan.

Je le lui remis en exprimant ma surprise :

— Pourquoi, Frank ?

— Tu veux dire, répondit-il en souriant, pourquoi j'agis de cette façon ? Je ne pouvais pas m'en charger moi-même, Dan. Trop dangereux. Je devais être couvert.

— Couvert ? Pour quelle raison ?

— Pour justifier mon retard de livraison. J'ai fourni une explication plausible, mais si j'avais apporté un gros paquet, la chose aurait paru bizarre. Il aurait peut-être voulu s'assurer du contenu ; ou savoir pourquoi j'avais emporté un paquet à un rendez-vous d'amoureux.

— Qui aurait voulu savoir ?

— Monsieur Krupp, dit Frank. Il fallait que je rejoigne Angela comme s'il s'agissait d'un rendez-vous normal.

Bien que ne l'ayant pas très bien suivi, j'en savais maintenant assez pour avoir froid dans le dos. La fille s'approcha. Elle avait environ dix-neuf ans. Prenant le bras de Frank, elle leva les yeux vers lui. Tout homme devrait souhaiter qu'une femme le regarde ainsi au moins une fois dans sa vie : avec amour, adoration et un ardent désir de possession. Frank était un homme comblé, mais il avait perdu la raison. J'avais reconnu la fille : Angela Krupp.

Elle me lança un sourire de défi en disant :

— Bonsoir, M. Fortune. N'en veuillez pas à Frank, il ne pouvait vous prévenir. Vous auriez pu...

— J'aurais pu m'adresser à votre père, répliquai-je. Peut-être l'aurais-je fait. Je préfère rester en vie.

Angela Krupp, fille unique de M. Wally Krupp, qui en prenait soin comme de la prunelle de ses yeux et la protégeait contre un monde sans pitié, à l'instar d'une chaste vestale. Elle ne se trouvait certainement pas dans un hangar d'aéroport en compagnie de Frank Marno avec la bénédiction de son père. C'était invraisemblable.

Krupp s'était appelé autrefois Krupanski. A mon avis, il n'avait jamais remarqué le caractère symbolique de ce changement de nom ; il ne se préoccupait guère de symboles. Wally Krupp gagnait sa vie par les armes, comme jadis son célèbre homonyme ; par les armes, mais aussi grâce aux tripots, à la drogue et à la terreur. A New York, il se classait juste après Pappas. Il se montrait correct avec celui-ci, mais envers personne d'autre. C'était le caïd numéro deux, s'efforçant de monter d'un échelon.

— Tu ne savais donc pas, dit Frank Marno, que je travaille pour Krupp depuis plus d'un an ? Que les spiritueux me rapportent gros ? J'ai rencontré Angela. Une chance du tonnerre ! Le grand amour entre nous deux, Angela et moi.

— Toi, Angela et un avion à réaction, Frank ?

— On s'aime et on en a le droit. Je ne veux pas la perdre.

— Mon père, dit Angela, déteste les hommes qui me remarquent.

— Frank, fis-je observer, tu es marié.

— Oui, avec une moukère que j'ai laissée tomber il y a un an. Je vais demander le divorce dans un état du Sud, et si c'est impossible, je m'en fous. Nous nous aimons. Si on veut avoir sa part de bonheur, faut la saisir au passage.

— Que contient le paquet, Frank ? demandai-je.

— Il faut aussi avoir du fric, Dan, répondit-il, le visage tendu. C'est ce qu'il y a dans le paquet : cent mille dollars en liquide, la recette d'un mois. J'ai tout combiné. A nous la belle vie !

— L'argent de Krupp ? Tu es fou !

— C'est mon argent, gronda-t-il, pour l'avoir, j'ai bossé, arnaqué, sué sang et eau. Il est à moi, et Angela aussi est à moi.

Quand on est jeune, la mort semble lointaine. Plus on prendra de risques, plus on jouira du succès. Frank se voyait riche, aimé, avec le monde à ses pieds.

— Krupp aura ta peau, lui dis-je.

— Je peux m'en tirer seul, affirma-t-il, fier et résolu. Je ferai mon affaire de M. Wally Krupp et de toute personne qu'il pourrait me dépêcher. Je suis bon tireur, je connais le judo, je pilote mon avion personnel et je suis plus astucieux qu'un ignorant tel que Wally Krupp.

— Tu pourras descendre un de ses hommes, Frank, mais il n'y en aura pas qu'un. Souviens-toi de tous les tueurs à gages qui, en fait d'outils, n'ont jamais eu en main qu'un flingue.

— Ça durera peut-être un an, rétorqua Frank, puis il abandonnera ses recherches. J'ai tout prévu. Qu'est-ce que cent mille dollars pour un type plein aux as comme Wally Krupp ?

— Il ne pourra passer l'éponge et supporter qu'un de ses hommes l'ait doublé. Et il y a Angela. Il n'a jamais admis qu'un tocard ose la toucher. Il voulait la marier dans un bon milieu, avec un prince, pourquoi pas ? D'ailleurs, tu ne pourrais l'épouser même s'il y consentait ; elle n'est pas faite pour toi. Krupp est un père de famille très moral.

— S'il ne renonçait pas, c'est moi qui l'aurais. Je parle sérieusement.

— Tu ne pourras jamais l'atteindre. Il est invulnérable et tu le sais. Protégé par ses hommes de main et ses avocats marrons, il n'a rien à craindre. Il suffira qu'il claque des doigts et tu mourras, sans avoir pris ta revanche.

Je crois qu'à cet instant j'avais réussi à le toucher. Une

lueur de doute, presque de crainte, passa dans ses yeux. Angela lui serra le bras.

— J'ai tiré mon plan, Dan, dit-il.

Il était parti avec sa maîtresse, son paquet et son pistolet. Je n'attendis pas que son avion décolle. Je ne tenais pas à me trouver là si Wally Krupp survenait. Je ne voulais plus jamais revoir Frank Marno.

Mais ce qu'on veut ne se réalise pas toujours.

Six mois s'étaient écoulés. Les nouvelles se propagent vite dans le quartier de Chelsea et un détective privé perçoit parfois des rumeurs qu'il aimerait mieux ne pas entendre.

Si l'argent avait été uniquement en jeu, Wally Krupp aurait peut-être montré moins d'acharnement ; ou encore, s'il s'était agi d'Angela seulement. Sa fille et son argent ensemble, c'en était trop pour Krupp, comme un soufflet en plein visage. Et pour un caïd du racket, il est capital de ne pas perdre la face, ni sa réputation. On se moquait de Krupp sous le manteau. Il lui fallait le sang de Frank Marno.

Je n'entendais que des bruits, des on-dit. Toutefois, mis bout à bout, ils formaient un tout de mauvais augure.

Deux mois après la fuite de Frank, une blonde se lamentait en buvant une bière. Son amant avait été tué à Veracruz. La victime était un des tueurs de Krupp.

Une vieille femme avait demandé au procureur du district s'il pouvait intervenir en faveur de son fils et d'un autre homme, incarcérés tous les deux à Caracas. Ils avaient, eux aussi, travaillé pour le compte de Krupp, mais celui-ci semblait se désintéresser de leur sort.

Le lieutenant Marx, officier de police du quartier, vint me demander pour quel motif Rico Stein s'était rendu au Pérou. J'avais naguère bien connu celui-ci. Or, Rico venait de tomber du haut d'une falaise ; à en croire les rumeurs, Wally Krupp l'avait récemment embauché.

A Chelsea, la cote de Frank Marno, jusque-là faible, remontait. On s'apercevait qu'il était gonflé. Peut-être pourrait-il avoir le dessus. Il était tout au moins possible que Krupp abandonne la partie. Combien d'hommes pouvait-il perdre sans risquer de voir ses troupes se rebeller ? Frank avait une chance de l'emporter.

J'étais d'un tout autre avis. Frank pouvait bien avoir remporté quelques succès, mais la pression devait se faire sentir, les roses s'étaient fanées. Frank et Angela ne profitaient guère de la belle vie. Ils fuyaient de plus en plus vite, en regardant derrière eux et tremblant devant des ombres. Ils dormaient dans des chambres équipées de systèmes d'alarme, avec les fenêtres verrouillées quelle que fût la chaleur ambiante.

J'étais à même d'évaluer les chances des adversaires.

C'est dans une localité d'Amérique centrale, à Rio Arriba, que la chance tourna contre Frank et Angela. J'en fus informé par le capitaine Roy, de l'équipe du procureur du district. L'affaire l'intéressait.

— Deux des meilleurs hommes de Krupp leur sont tombés dessus à Rio Arriba, me dit Roy. L'un des hommes a été retrouvé noyé dans la baie ; l'autre est en prison là-bas, inculpé de meurtre. Frank Marno a réussi à s'échapper, mais non Angela Krupp. Elle aussi a été repêchée dans la baie.

La journée était froide, mais il faisait encore plus froid dans le cœur de Wally Krupp. Angela était morte, par la faute de Frank Marno évidemment. Wally Krupp n'avait rien à se reprocher ; au contraire, il se disait que Frank l'avait tuée en fuyant avec elle, en s'emparant des fonds et en ne la protégeant pas.

— A présent Krupp ne renoncera jamais, dis-je au capitaine Roy, dût-il même attendre vingt ans. Frank est un mort ambulant.

— C'est ce qu'il a toujours été, Fortune. Personne ne peut s'échapper des griffes de Wally Krupp. Le procureur sait que vous avez parlé à Marno le jour de son départ et...

— Comment l'a-t-il appris ?

— Ne vous frappez pas, Krupp n'est pas au courant. Ce que le procureur voudrait connaître, c'est à quel point Marno aimait vraiment la fille Krupp.

— Je l'ignore, capitaine. Il est jeune. Qui peut le dire ?

— L'aimait-il assez pour vouloir la mort de Krupp ?

— C'est possible.

— Etait-il épris d'elle au point de revenir ici afin de liquider Krupp ?

— Personne, dis-je, n'est capable d'atteindre ce caïd.

— Je suppose que vous avez raison, Fortune, fit Roy en soupirant. Le procureur s'est en quelque sorte emballé : il imagine Marno tuant Krupp, dont nous sommes ainsi débarrassés ; ou bien Krupp liquidant Marno, auquel cas nous arrêtons Krupp.

— Ils pourraient aussi se tuer réciproquement, dis-je, ce serait une aubaine.

— Pourquoi pas ? répondit le capitaine en prenant congé.

Le corps d'Angela fut rapatrié et inhumé à Chelsea. Krupp commanda l'enterrement le plus somptueux qui soit. Bien que n'y ayant pas assisté, certains échos m'en vinrent à l'oreille. Krupp avait donné des ordres : personne ne devait attaquer Frank Marno, personne ne devait lui faire le moindre mal. Il fallait seulement le retrouver et en aviser Krupp.

Cette décision s'expliquait. Désormais, Wally Krupp s'occuperait lui-même de Frank Marno. En y réfléchissant, cela me parut logique : il s'agissait de régler une affaire de famille mettant en jeu les sentiments personnels et le business, une vendetta. Krupp tuerait Marno de ses propres mains, demain, après-demain, voire l'année prochaine.

Six mois s'écoulèrent. Je me sentais peu à peu rassuré, jusqu'au jour où me parvint une lettre de Frank Marno.

Cette lettre, glissée dans une enveloppe bon marché, ne portait ni date, ni adresse pour la réponse et elle était timbrée de New York. Frank avait dû charger quelqu'un de poster à New York ce billet, sur lequel se lisaient griffonnés son nom et ces mots : « Viens me retrouver, je t'en prie ». Il devait avoir trop peur pour se risquer à m'écrire où il se trouvait. Il n'avait foi en personne. Il ne pouvait se confier à moi, car Krupp me faisait certainement espionner et était capable d'atteindre n'importe qui.

Depuis combien de temps cette lettre avait-elle été postée ? Peut-être plusieurs mois. Que voulait Frank ? Que je lui tienne la main ? Ses nerfs avaient-il craqué, maintenant qu'il était seul, sans Angela, la femme pour laquelle il avait défié Krupp ? Que pouvais-je faire pour Frank ? Qui pourrait l'aider, même si je parvenais à le retrouver ?

Je n'avais aucun espoir, mais cela importait peu. J'avais envers le fils de Sal Marno une dette remontant à des années, et à Chelsea, quand on ne s'acquitte pas d'une dette le bruit s'en répand. Non, il me fallait y aller si je tenais à demeurer et à travailler à Chelsea.

Rio Arriba est une petite capitale typique de l'Amérique latine, avec de larges avenues et des édifices officiels en marbre s'élevant en bordure de squares impeccablement entretenus. Les taudis des pauvres sont accrochés aux flancs de collines boueuses.

Le ministère de la Justice se trouvait dans un gratte-ciel agrémenté de nombreuses statues. Je demandai le capitaine Guzman. Le procureur de New York m'avait indiqué son nom ; c'était lui qui avait enquêté sur le drame.

Le capitaine était grand, du genre *hidalgo ;* son uniforme était orné de nombreuses décorations et ses bottes luisaient.

— Señor Fortune, dit-il en me saluant et me désignant un siège, vous désirez me parler du meurtre d'Angela Krupp ?

— Capitaine, je recherche Frank Marno.

— Un jeune homme désespéré. Stupide, à mon avis, tout en étant fort. La señorita était très belle. Il a éprouvé un profond chagrin, mais c'est un homme, un *caballero*. En l'observant, j'ai vu qu'il était possédé par la haine. Il se vengera certainement.

— Savez-vous où il se trouve ?

— Nous avons fait une enquête sérieuse, dit Guzman

en secouant la tête, mais de toute évidence les deux *pistoleros* étaient venus dans le but de tuer Marno et miss Krupp. Les armes ont été perdues dans la baie ; toutefois, le *pistolero* survivant nous a tout révélé. Marno avait agi en légitime défense et nous l'avons libéré. Où est-il allé ? Je n'en sais rien.

— Pourriez-vous me dire où il habitait à ce moment-là ?

— Bien sûr.

Cinq minutes plus tard, je quittai le ministère, muni de la dernière adresse de Frank. L'endroit où il avait vécu lors de sa libération, six mois auparavant, n'avait rien d'attrayant. C'était l'hôtel San Martín. Le réceptionniste se montra poli et me dit :

— Non, señor, il nous a quittés peu après le drame. Hélas ! J'aurais dû me douter qu'ils étaient en danger. La señorita ne disait jamais un mot, elle avait si peur. Les meurtriers sont même venus ici.

— Ça s'est passé près de l'hôtel ?

— Non, dans un quartier pauvre, voisin des docks. C'est affreux !

— Il n'a pas laissé d'adresse pour faire suivre son courrier ?

— Non, señor.

Ma question était stupide. Frank se serait bien gardé de laisser une adresse.

— Je vais prendre une chambre, dis-je en lui glissant vingt dollars. Faites savoir autour de vous que je suis prêt à payer pour tout renseignement.

Je ne quittai pas l'hôtel pendant trois jours. Personne ne m'ayant demandé, je sortis pour enquêter comme je le faisais habituellement.

Tout homme, quel qu'il soit, doit manger, dormir, se distraire. Il peut tout transformer, sauf ses habitudes. Il peut même tenter de changer celles-ci, mais il doit se trouver une occupation pour passer le temps, au fil des heures et des jours. Tôt ou tard il commettra une gaffe. Si vous le surveillez d'assez près, il finira par se trahir.

Muni d'une photo de Frank, j'essayai les cinémas, les théâtres, les champs de courses, sans oublier les restaurants ni les bars. En pure perte. Quelques barmen et serveurs reconnurent Frank d'après sa photo ; mais ils ne l'avaient pas revu depuis plusieurs mois. C'était désespérant. Je me sentis découragé jusqu'au moment où un garçon de bar se souvint d'un petit incident.

— Ils s'asseyaient souvent dans ce coin, me dit-il. La jolie señorita était très malheureuse, l'homme toujours en colère.

— Ensuite, vous ne l'avez jamais revu seul ?

— Deux ou trois fois, je crois. Il causait avec Carmen.

Je trouvai Carmen tard dans la soirée, au bar d'un autre café. Elle était seule, attablée devant un verre de tequila. Ma question lui fit hausser les épaules.

— Je vois beaucoup d'*Americanos,* dit-elle.

— Je paierai tout renseignement concernant celui-ci.

— Que voulez-vous savoir, *hombre ?*

— Où je pourrai le retrouver. Il a besoin d'aide.

Je montrai la lettre à Carmen. L'ayant lue en clignant des yeux, elle me regarda attentivement un moment et me dit :

— Payez-moi un scotch.

J'en commandai un. Elle but une gorgée et poussa un profond soupir.

— De temps en temps, dit-elle, en se remettant à boire, je rêve d'un scotch. Ce Marno était triste, il avait perdu sa femme. Il ne parlait pas beaucoup. Il disait parfois qu'il ne se sentait pas bien ; qu'il ne resterait pas longtemps seul.

— Où est-il maintenant ? Le savez-vous ?

— Etes-vous son ami ?

— Sans doute le seul qu'il ait.

Je commandai un autre scotch, qu'elle regarda fixement quand on l'apporta. Elle but et poursuivit :

— La dernière fois que j'étais avec Marno, il m'a emmenée là où il logeait. Je vais vous y conduire.

Nous suivîmes un lacis de petites rues dans les bas-quartiers de la ville, loin des jardins publics si bien soignés et des larges avenues.

Le lieu où elle me conduisit me fit l'effet d'une maison

meublée de dernier ordre, mal tenue. Frank Marno n'y avait pas mis les pieds depuis plusieurs mois. La patronne ignorait où il était allé. Cela lui était d'ailleurs indifférent.

— Il était toujours soûl et toujours seul, dit-elle. Il n'intéressait personne.

Comme je me disposais à partir, un personnage monstrueusement gros surgit de l'appartement des patrons et m'appela :

— Hé ! Yankee, venez avec moi.

La patronne se tourna vers l'obèse et lui lança en espagnol quelques mots obscènes. Il rougit et l'invectiva violemment. Intimidée par sa colère, elle s'en alla.

— Entrons ici, me dit-il avec un petit signe de tête.

Ses yeux étaient enfoncés dans des couches de graisse ; des yeux qui semblaient compter, à travers ma veste et mon portefeuille, l'argent que j'avais sur moi. Il prit un siège dans la pièce malpropre, grimaça un sourire et dit :

— Vous avez beau complet ; vous, homme riche.

— Non, répondis-je, mais je suis prêt à payer pour retrouver Frank Marno.

— Bien sûr, vous paierez, mais combien, hein ?

— Cinquante dollars.

Il poussa un profond soupir qui sembla gonfler sa bedaine. Sa cupidité était visible. Ce sont de tels individus qui empêchent souvent un homme de s'évanouir dans la nature.

— Señor Marno, généreux, reprit-il. Lui payer plus pour que je dise pas où il va. Comment le dire à vous pour si peu ?

— Vous êtes un homme à principes.

— Tout le monde doit vivre, répliqua-t-il en haussant les épaules. Je le vends à vous, mais je ne veux pas vendre bon marché. Je suis un honnête homme.

— Honnête comme un saint. Combien ?

— Cinq cents dollars américains.

— Au revoir, je préfère que vous restiez honnête.

— Quatre cents.

— Je trouverai un autre moyen.

Sous les bourrelets de graisse, ses muscles se contractèrent. Sa réaction m'étonna : il était anxieux, nerveux.

— Mettons deux cent cinquante. D'accord ?

— Cent cinquante, pas un cent de plus.

— Okay, okay, vous, homme dur. Payez-moi.

— Dites-moi d'abord.

Il s'essuya le visage et déclara :

— Je ne sais pas où señor Marno est maintenant, mais je sais comment vous le trouverez. Avant de partir, il va plusieurs jours à l'hôpital. Là, ils diront où il est.

— A l'hôpital ?

— Oui, le grand hôpital pour les riches et les *Americanos*.

Je le payai.

L'hôpital était vaste, moderne et situé dans le meilleur quartier de Rio Arriba. L'infirmière de service de nuit m'informa que Frank Marno avait été soigné par le docteur Paul Kolcheck, chef de clinique. Je trouvai celui-ci à son bureau. Il était maigre, d'aspect plutôt insignifiant, tout en affectant un air suffisant.

— Frank Marno ? dit-il, je me souviens de lui. Un touriste de Chicago. Rien de sérieux, des ennuis gastriques causés surtout par ses nerfs.

Que Frank Marno souffrît des nerfs n'était pas pour m'étonner.

— Où pourrais-je le trouver ?

— Je n'en ai aucune idée.

— Puis-je voir son dossier ? Il mentionne peut-être une adresse.

— Non, vous...

Il avait presque crié, mais s'efforçait au calme en continuant :

— Je regrette, son dossier a été détruit.

— Perdu ? fis-je, en observant son visage.

— Oui, au cours d'un incendie. Nous avons eu un petit sinistre.

Il était devenu très circonspect. Je me demandais s'il ne s'occupait pas aussi de chirurgie plastique, à titre de clientèle particulière. Dans ce cas, Frank Marno aurait eu recours à lui, j'en étais sûr. Je repris mes questions :

— Il a fait plusieurs séjours ici, docteur. Etes-vous certain qu'il n'avait rien de grave ? Ignorez-vous où il est allé ?

— Ma réponse à vos deux questions est non. A présent, si vous voulez bien m'excuser...

Je m'exécutai, mais sans aller plus loin. Je me dissimulai de manière à pouvoir surveiller la porte du bureau de Kolcheck. En sortant, il jeta un coup d'œil autour de lui et se hâta le long du couloir sans se retourner. Je le suivis directement jusqu'au service des archives.

Quand il en sortit, il tenait une chemise de papier bulle. Je repris ma filature qui me mena au quartier du personnel. Il entra vivement dans une pièce et en ressortit les mains vides. Je me dissimulai dans une encoignure pour le laisser passer et regagnai ensuite mon hôtel afin d'y prendre mon rossignol.

De retour à l'hôpital, je n'empruntai pas l'entrée principale. Je me glissai le long des couloirs jusqu'à la chambre que Kolcheck avait visitée. M'étant assuré que je me trouvais seul et que la pièce était vide, je me mis en devoir de crocheter la serrure.

Cinq minutes me suffirent pour trouver la chemise de papier bulle et prendre connaissance de son contenu. C'était le dossier de Frank Marno. Je savais maintenant pourquoi il avait besoin d'un ami et où je devais le rechercher.

Le lendemain matin, je pris le train pour le port de pêche de Lake Anacapa, au nord de la côte. Un taxi vétuste me conduisit à l'hôpital. Là, j'appris que Frank Marno y était inconnu. Je mentionnai le dossier de Frank :

— Ce dossier fait état d'une correspondance entre l'hôpital de Rio Arriba et votre établissement, notamment de lettres envoyées par le docteur Jésus Rosas, directeur.

— Rosas ? s'étonna l'administrateur de l'hôpital de Lake Anacapa ; un Américain ne consentirait jamais à se faire soigner à l'hôpital dirigé par Rosas.

— Il y a donc ici un autre hôpital ?

— Oui, pour les indigènes, un cloaque vieux d'une centaine d'années. Rosas est également vétérinaire. C'est vraiment abominable, mais les péons ont confiance en lui. Il est médecin-chef et le seul docteur diplômé. Aucun Américain de bon sens n'accepterait de...

Il était inutile d'en entendre davantage. Frank Marno avait toute sa raison, et c'était précisément l'endroit qu'il aurait choisi. En fait, il y était allé à trois reprises au cours des trois derniers mois.

Le docteur Rosas hocha tristement la tête en me disant :

— Que faire ? Je n'ai observé qu'un seul cas comme le sien. La dernière fois, il est resté ici deux semaines, puis je l'ai renvoyé chez lui. Je ne crois pas qu'il reviendra, señor.

— Chez lui ? Où est-ce ?

— A Santa Inez. C'est à l'intérieur du pays, non loin du désert et de la Sierra Negra. On y va pour chasser, il n'y a rien d'autre à faire.

— Comment puis-je m'y rendre ?

— En auto, dit Rosas avec un haussement d'épaules. Vous en aurez pour plusieurs heures.

Santa Inez, village de misère et de poussière, avait dû sembler vétuste dès son origine. Sa désolation vous impressionnait. Quelques centaines d'Indiens, deux cafés, un hôtel pour les chasseurs, puis le désert immense et vide s'étendant jusqu'aux montagnes lointaines de la Sierra Negra.

A mon arrivée dans ce petit bourg silencieux, les seuls signes de vie étaient les vautours tournoyant au-dessus des collines torrides du désert. La police se limitait à un *jefe* et deux Indiens équipés de cartouchières en bandoulière. Ils reconnurent sur la photo le señor Marno.

— Je crois que c'est lui, opina le chef, mais il a bien changé.

— Où puis-je le trouver ? demandai-je.

Le chef réfléchit, perplexe, et finit par me dire :

— Il passe son temps ici et là. Allez donc voir dans les cafés.

Je ne trouvai Frank Marno ni dans l'un, ni dans l'autre café. Il était inutile de poursuivre mes recherches ce jour-là. Je pris une chambre dans l'unique hôtel et, après avoir jeté un coup d'œil au lit, je décidai de dormir sur le parquet. Comme tout bon Américain, je suis partisan d'une hygiène stricte.

Le lendemain matin, en entrant dans le bar de l'hôtel, j'aperçus Frank Marno. Il était seul à une table. Bien que le soleil ne se fût pas encore élevé au-dessus des cabanes des Indiens, il avait déjà sa bouteille de mescal (1).

— Salut, Frank, lui dis-je en m'asseyant.

Il ne sourit pas, ne fronça pas les sourcils et se borna à allonger le bras vers le mescal. Le changement qui s'était fait en lui était tel que je ne pouvais en détacher les yeux. Il avait perdu son assurance, son entrain, sa jeunesse et aussi vingt kilos de son poids. Ses yeux ternes s'enfonçaient dans son visage émacié. Ses vêtements en loques étaient sales et ses mains tremblaient. Il paraissait avoir soixante ans.

— Six mois, Dan, me dit-il d'une voix rauque, et rien à faire, sauf rester assis dans la poussière. Après Angela et le...

Je savais ce qu'il allait me dire : « ... après l'hôpital », mais il s'interrompit, but et regarda par la porte ouverte vers la rue écrasée de chaleur.

Levant vers moi son visage ravagé, il reprit :

— Angela est morte, le savais-tu? Je suis seul dans ce trou. Je... j'ai peur, Dan. De l'alcool et des tranquillisants tous les jours. Je ne veux pas mourir, mais Krupp... on ne peut pas gagner avec Krupp.

— Frank, j'ai vu ton dossier à l'hôpital de Rio Arriba.

(1) Mescal : alcool tiré d'une variété de cactus. (*N.d.T.*)

— Tu l'as lu ? Kolcheck m'avait promis de ne pas le montrer à...

— Je sais m'y prendre pour trouver les choses, Frank.

— Vois-tu, dit-il en hochant la tête, ce qui vous accable dans ce bled, c'est que rien ne change jamais. Pas même un nuage, rien d'autre que ces vautours. Ils attendent, comme moi ; mais c'est *moi* qu'ils attendent, tu saisis ? Dans cette cambrousse, tous les autres étaient déjà comme morts en naissant.

— Combien de temps, Frank ? Un an ? Tu en as encore pour un an, peut-être.

Il parut tout d'abord ne pas m'avoir entendu, puis il me fixa des yeux en disant :

— Va-t'en, Dan, je suis mort. Tu ne t'en aperçois donc pas ?

— Tu m'as fait signe de venir.

Il but une grande gorgée d'alcool et reprit :

— Il y a longtemps, Angela venait de... Il faut t'en aller, Dan, j'ai eu tort. Retourne chez toi.

— Je suis venu de trop loin, Frank.

Il but de nouveau et se mit à ricaner :

— Oui, pour aider un type sur le point de crever, un type qui y passera d'une façon ou d'une autre. C'est marrant !

Il continua de ricaner, se remit à boire et s'effondra sur la table. Il était à peine dix heures.

Le barman s'avança et me dit en s'efforçant de bien parler anglais :

— Maintenant, il fait comme ça tous les jours, de plus en plus. Il est malade. Je l'emmène dans sa chambre. Je suis Ortega, son ami.

Ortega ramassa Frank comme une plume et l'emporta. Je le suivis dans un taudis sans air, où il le déposa sur une pile de chiffons. Allongé, il avait l'air d'un cadavre. Je sortis pour me promener au soleil, malgré la poussière. Des Indiens m'observaient d'une certaine distance.

Frank se réveilla trois heures après. Tout recommença : les cafés, le mescal, le bavardage incessant, l'insistance pour me voir partir. Il finit par retomber ivre mort.

Le troisième jour, je réussis à le modérer suffisamment pour qu'il se rase et retrouve l'unique complet qu'il portait en arrivant à Santa Inez. Je lui dis que j'avais une voiture et que nous pourrions prendre le train à Lake Anacapa. Je ne pus le tenir longtemps. Il se mit à hurler que j'étais un mouchard à la solde de Krupp et empoigna la bouteille. A la tombée de la nuit, il s'écroula, assommé par l'alcool.

Une semaine après, j'insistai à tel point qu'il ne se soûla pas de toute la journée ; il était sobre, silencieux et nerveux. Il avait tout au moins consenti à retourner à Rio Arriba. Nous étions assis dans le bar de l'hôtel — Ortega ayant caché la bouteille de mescal — quand j'entendis le bruit de l'auto, une grosse voiture arrivant tard dans l'après-midi poussiéreuse et brûlante.

Frank Marno aussi avait entendu. A Santa Inez, la seule voiture était la Land Rover du chef. Mais celle qui venait de stopper n'était pas une Land Rover. Frank, tout à fait dégrisé, leva brusquement la tête et regarda peureusement Ortega. Le barman se hâta vers la porte de derrière.

Par cette même porte entrait un homme vêtu d'un complet foncé. Il jeta un coup d'œil à Ortega qui se dépêchait de sortir. Bien qu'il fît quarante degrés à l'ombre, la veste de l'arrivant était boutonnée et sa cravate nouée. Il resta debout, le visage dénué d'expression.

Wally Krupp, lui, entra par la grande porte. Sur son visage flasque se voyaient des traînées de sueur ; il supportait mal cette chaleur d'étuve. Deux autres individus en complet foncé le suivirent et se placèrent de manière à pouvoir observer toute la salle. Krupp s'assit à une petite table.

— Vous êtes bien loin de chez vous, Fortune, me dit-il.

Un malaise me gagnait. Il n'était pas surpris de me voir, car il savait qu'il me trouverait ici. Je l'avais, sans m'en douter, conduit vers Frank Marno.

Levant la tête, il regarda Frank en disant :

— Salut, Frankie.

— Pourquoi avoir mis si longtemps ? lui demanda Frank de sa voix cassée.

— Tu as toujours été malin, Frankie. Avec moi, tu aurais pu aller loin. C'est dommage.

— Foutez le camp, Krupp ! lui lança Frank d'une voix soudain plus forte. J'ai pris votre argent et votre fille. C'est moi qu'elle voulait, pas un prince. C'était ma femme, entendez-vous ? Vous l'avez tuée.

— Je sais ce qui l'a tuée, minable, répliqua Krupp dont le visage s'empourpra.

— Vraiment ? fit Frank. Qu'est-ce que ça peut faire ? Si elle ne pouvait m'avoir, elle préférait mourir. Vous êtes venu pour me tuer. Alors, finissez-en.

Wally Krupp sourit à Frank Marno et lui demanda d'une voix radoucie :

— Tu veux donc mourir, Marno ?

— Pourquoi pas ? Vous avez tué mon Angela. Tout l'argent est parti. Pourquoi pas ? répéta Frank, le regard haineux.

— Parti ? Cent mille en un an ? Pas dans ce bled, Marno.

— Je me suis arrangé pour le dépenser. Vous n'aurez rien, ni votre fric, ni votre fille. Allez-y, tuez-moi. Vous êtes perdant.

— Mais la situation m'amuse, Marno.

— Non, elle n'a rien d'amusant. Angela est morte, l'argent a filé. De retour chez vous, qui s'en souciera ? Tuez-moi pour rien, Krupp.

J'observais Frank Marno. Un changement s'était produit : il provoquait Krupp en demandant la mort. S'imaginait-il qu'en insistant pour mourir, il avait une chance d'amener Krupp à le laisser vivre ? Quelle folie de risquer sa vie et la mienne en se fiant à un tel espoir ! Je n'avais aucune illusion sur mon propre sort ; c'était à moi de trouver une issue, s'il en existait une.

— Alors, dit Krupp, tu as tout combiné, imbécile.

Il fit un signe que je ne remarquai pas. L'un de ses tueurs se trouvait derrière lui. Je ne pus saisir mon pistolet, car l'homme me l'enleva prestement. L'autre fouilla Frank Marno, qui n'avait pas d'arme sur lui.

Wally Krupp se leva et donna ses ordres :

— La voiture. Surveillez les flics du secteur.

Nous sortîmes dans la chaleur étouffante de l'unique rue de Santa Inez. Le chef de la police, se reposant à l'ombre de l'autre côté de la chaussée, ne fit guère attention à nous. Tout semblait irréel, comme si l'on tournait la scène d'un mauvais film : le village plein de poussière, les Indiens silencieux, le policier d'opérette avec ses cartouches en bandoulière.

— Krupp, dis-je, écoutez-moi, je...

— Dans la voiture, Fortune. Vous m'avez rendu service en me conduisant jusqu'ici, mais vous n'auriez pas dû tenter d'aider Marno. Pas de chance.

Je montai dans la voiture et c'est à cet instant qu'une intuition me vint à l'esprit, à vrai dire une intuition insensée. Krupp m'avait suivi ici. Pourquoi l'avait-il fait ? Il n'aurait pas eu beaucoup de peine à retrouver Marno par ses propres moyens. N'était-ce pas m'accrocher à un fêtu de paille que d'en tirer de telles déductions ?

Il faisait frais dans la grosse voiture silencieuse, grâce à l'air conditionné.

Nous roulions au milieu d'un paysage désertique qui nous faisait perdre la notion du temps et de la distance parcourue.

Après avoir suivi la seule route goudronnée, on s'engagea dans des chemins de terre qui sillonnaient les petites collines au sol rouge, laissant derrière nous, dans l'air surchauffé, d'épais nuages d'une poussière ocre. Rien d'autre ne bougeait dans ce désert, rien n'existait. La voiture stoppa.

— Descendez, ordonna Krupp.

Nous nous trouvions au bord d'un petit cañon encaissé dans des monticules de grès escarpés. La poussière que nous avions soulevée restait suspendue dans l'air derrière nous. Devant mes yeux, c'était le désert où tout était immobile. Mais est-ce que je me trompais ? Ne voyais-je pas un autre petit nuage de poussière, tout près.

— Avancez, Fortune, dit Krupp.

Nous marchions sur le sol du cañon, en silence. Je prêtais l'oreille, mais je n'entendais rien, sauf le crissement de nos pieds sur le sable rouge. Notre trajet dura près de cinq minutes. Le cañon s'enfonçait plus loin entre les collines escarpées, désertes et silencieuses.

— Bien, c'est assez, dit Krupp.

Il s'était arrêté derrière nous. Nous étant retournés, nous vîmes ses deux tueurs se tenant à quelques pas de lui, sur le qui-vive.

Les yeux fixés sur Frank Marno, Krupp lança :

— Tu as tué ma fille Angela ; tu l'aimais, c'est possible, mais tu l'as tuée. As-tu quelque chose à me dire ?

— Non, répondit Frank, dont les mains tremblaient. Allez-y, flinguez-moi !

— Je ferais mieux de te ligoter et de t'étendre sur le sol en plein soleil, pour que tu crèves lentement.

— Vous ne seriez pas certain de ma mort, dit Frank en se passant la langue sur les lèvres.

— C'est juste. Pour en être sûr, je dois te tirer dessus.

— Oui, dit Frank de sa voix rauque. Oui, reprit-il en hurlant, tirez ! Tirez donc !

Les parois du cañon répercutaient ses cris. Le sourire de Krupp était impitoyable.

C'est à ce moment que je les aperçus, debout sur le bord du cañon, à moins de cent mètres de distance, le chef de la police et ses deux bandits armés de leur fusil. Bien qu'incroyable, mon intuition était juste.

— Krupp, dis-je, c'est un piège ! Il veut vous contraindre à le tuer !

Je lui révélai le contenu du dossier de l'hôpital et je le mis sur ses gardes :

— Il lui reste probablement un an à vivre. Les policiers sont là, sur les hauteurs. Si vous nous tuez, ils vous abattront ou vous feront prisonnier. Nous sommes ici dans leur pays et, une fois inculpé de meurtre, il ne vous resterait aucun espoir. Il est déjà mourant, Krupp. Il veut vous emmener avec lui.

— Il est fou ! s'écria Frank. Pourquoi est-ce que je...

Krupp l'interrompit avec un rire sardonique :

— Vous ne m'apprenez rien, dit-il, en se tournant vers Frank Marno. Petit malin ! L'argent s'est envolé et tu n'en a plus que pour un an. Alors, tu as pensé régler tes comptes avec Wally Krupp en l'embarquant avec toi pour le cimetière. Pourquoi pas ? J'en ferais autant si j'avais les mêmes motifs et la même occasion que toi.

Levant les yeux vers la crête des collines, il continua :

— Tu croyais pouvoir piéger Wally Krupp si facilement ? J'ai deviné que tu avais envoyé le barman de l'hôtel avertir les flics. Je l'ai laissé partir, afin de t'en voir baver. Je sais de quoi je parle : la maladie de Hodgkin. Pour toi, ce sera long et dur. On a toujours terriblement froid — c'est ce que disent les toubibs — même dans un bled torride comme celui-ci. A la fin, tu te traîneras dans la poussière, trop faible pour marcher. Regarde-toi donc ! Pourquoi irais-je buter un type déjà mort ?

Dans la lumière du soleil couchant, ses yeux brillaient. Il exultait en imaginant Frank Marno mourant, seul et glacé jusqu'à la moelle des os.

— Je retourne chez moi, Frankie, dit-il. Je laisse un de mes hommes chargé de te surveiller, afin que tu restes ici. Si tu essayais de fuir, tu mourrais plus tôt. Quand mon gars m'apprendra ta mort, je donnerai une réception. A présent, tu peux t'en retourner à pied, la marche te fera peut-être claquer plus vite.

Il partit le long du cañon, suivi par ses deux tueurs. Ceux-ci n'avaient pas prononcé un mot, sans doute parce qu'ils ne savaient que dire.

Lorsqu'ils furent hors de vue, les jambes de Frank fléchirent ; il s'écroula dans la poussière et se mit à pleurer. Dix minutes plus tard, le chef vint nous emmener. Personne ne souffla mot pendant le trajet jusqu'à Santa Inez.

Après avoir fait mes bagages dans ma chambre, je descendis au bar de l'hôtel. Pour une fois, Frank n'y était pas. Je le trouvai dans son taudis, assis sur le sol, les yeux brillants de fièvre.

— C'était pour que Krupp meure aussi, lui dis-je. Tu

m'as envoyé ce billet et tu as également averti Krupp, afin de l'inciter à me filer. Tu voulais que je le guide jusqu'à toi, mais il fallait que ça lui paraisse difficile.

— Il ne serait pas tombé dans le panneau, fit Frank, si l'affaire lui avait semblé aisée.

— Ton but, c'était de le faire venir, de le piéger pour qu'il assassine un mourant.

— Il avait causé la mort d'Angela. Je devais le descendre, avant...

Il n'acheva pas. C'était d'ailleurs superflu.

— Ta chance était très faible, dis-je, une chance sur cent d'un bout à l'autre.

— J'ai l'habitude de prendre des risques. Sacré nom de nom ! Ma combine aurait dû réussir. Kolcheck devait s'arranger pour que tu viennes ici, sans pour autant te parler du dossier.

— Quand je suis arrivé, tu as compris, Frank, que j'avais tout découvert.

— J'ai essayé de te faire partir.

— Parce que tu voulais me sauver ? Non, tu espérais que Krupp ignorait tout de ta maladie et tu craignais que je le mette au courant.

Assis dans cette chambre misérable, il haussa les épaules. Je ne comptais pas pour lui.

— Tu dois me rembourser mes frais, lui dis-je.

— L'argent a été dépensé, Dan. Je l'ai déjà dit et tu m'as entendu.

— Oui, je sais que tu as besoin du peu qui te reste pour te noircir au mescal. Tu vivras peut-être plus d'un an.

Je partis. La nuit était presque tombée, mais je ne me souciais pas du danger de traverser le désert dans l'obscurité. Je pris un drink au bar, gagnai ma voiture dans laquelle je rangeai mon sac et me mis en route pour quitter le village. En passant près du taudis où logeait Frank Marno, je remarquai le chef de la police sortant de l'hôtel. Il tenait une grosse enveloppe et sifflotait. Je ne revis pas Frank Marno.

Je roulai jusqu'à Lake Anacapa. De là, le train m'emmena à Rio Arriba, où je pris le premier avion en partance pour retourner chez moi. Je voulais ne plus penser à Frank et au projet insensé qu'il avait conçu pour « avoir » Wally Krupp. Mais je ne parvenais pas à oublier.

Wally Krupp avait propagé sa version des événements, et à Chelsea on considéra Frank Marno comme mort et enterré. Il ne laissait qu'une petite case vide dans un monde occupé par d'autres sujets. Tel n'était pas mon sentiment. Pendant un long mois, au cours de mes nuits d'insomnie, je revis Krupp à deux doigts d'abattre un homme qui se mourait ; le chef sifflotant en sortant de l'hôtel ; les cent mille dollars presque entièrement dilapidés, et Frank seul, attendant la mort.

Un mois plus tard, je pris l'avion à destination de Rio Arriba. J'allai voir le capitaine Guzman et je lui exposai les faits. Puis, je pris une chambre à l'hôtel San Martín, afin d'attendre.

J'estimais que mon attente ne serait pas longue.

Au bout de six semaines, le capitaine Guzman me téléphona :

— Marno est mort à l'hôpital de Lake Anacapa. L'avis de décès a paru dans la presse locale. Il sera inhumé là-bas.

Guzman m'y conduisit dans sa voiture. Le corps de Frank fut transporté de l'hôpital au cimetière des pauvres dans un cercueil de bois blanc à dix dollars. L'assistance comprenait le chef de la police de Santa Inez, le docteur Rosas, Guzman et moi, ainsi qu'un individu qui devait être un observateur à la solde de Krupp. Personne d'autre.

— Il ne voulait plus vivre, dit le docteur Rosas au bord de la tombe. Il ne se souciait pas de sa santé, buvait trop et refusait de prendre des médicaments. La mort est venue très vite et il a peu souffert.

Dans le cercueil ouvert, Frank Marno s'était ratatiné et ressemblait à un vieillard. Ses yeux enfoncés dans les orbites étaient clos et son visage, d'une couleur de sable, sous le maquillage maladroit de l'entrepreneur funéraire. Après quelques mots prononcés par le docteur Rosas, le cercueil fut fermé et descendu dans la fosse.

Le capitaine Guzman prit congé en compagnie du chef de Santa Inez qui l'accablait de flatteries. Ayant loué une voiture, je partis seul pour Santa Inez où j'arrivai, comme la dernière fois, à la tombée du jour. Je me rendis au taudis de Frank. La pièce était dans l'obscurité et inhabitée. Je n'y trouvai que quelques objets utilisés par Frank au cours de sa vie gâchée. Je ressortis et j'allai m'accroupir dans l'ombre d'un petit mur de torchis. La nuit se faisait plus froide et je frissonnais, mais je ne quittais pas des yeux le taudis obscur. C'était une erreur.

Il était arrivé derrière moi sans que j'entendisse le moindre bruit. Appuyant le canon de son pistolet contre mon dos, il ordonna :

— Fais demi-tour, assieds-toi, les mains au sol.

Je pouvais le voir, car la nuit était claire. Sa barbe et ses cheveux étaient blonds, son nez avait grossi, il portait des lunettes et était vêtu d'un complet en tissu léger. Il tenait un sac de cuir et me visait avec son arme. Si je n'avais rien soupçonné, je ne l'aurais pas reconnu.

— Le fric n'était pas dans ta carrée, lui dis-je.

— Je l'ai en main, c'est plus prudent, répondit-il. J'ai observé l'enterrement. Personne n'a examiné le corps.

— C'était voulu, Frank, afin que tu ne te doutes pas que nous connaissions la vérité.

— Comment cela ? s'exclama-t-il en levant vers moi son visage transformé. Comment as-tu tiré les choses au clair, Dan ? Il fallait que ce soit toi, salaud !

— J'ai vu le chef quittant l'hôtel tout en sifflotant. Je me suis demandé pourquoi il était si joyeux. Un pot-de-vin ? Tu avais pourtant déclaré que tu étais fauché ; et pourquoi l'aurais-tu arrosé, puisque ton plan avait échoué ? Il y avait là de quoi m'étonner. Je suis retourné chez moi, mais une question m'obsédait : étais-tu vraiment assez naïf pour croire que Krupp ne découvrirait pas le dossier de ta maladie ?

J'attendis une réponse, mais il continua à m'observer sans mot dire.

— Tu connais Krupp, continuai-je, il ne pouvait manquer de mettre la main sur ce dossier. Ton plan ne consistait pas à lui tendre un piège afin qu'il te supprime, mais à lui faire *croire* que tu lui tendais un piège. Tu n'étais pas atteint d'une maladie mortelle, tout était du bidon et agencé pour qu'il vienne ici et s'en retourne en te laissant la vie sauve. Tu nous as tous roulés comme des gosses, surtout moi. C'est moi qui devais rendre crédible ta machination.

— J'ai pris mon rôle au sérieux, Dan, dit-il en souriant. Pendant des mois, je n'ai guère mangé, ni dormi. Je ne me lavais pas et le mescal était étendu d'eau. Je paraissais mourant, même à tes yeux. Il fallait d'abord tester sur toi mon personnage.

— En effet, c'était bien joué. Malgré tout, Krupp aurait pu te descendre. Tu n'avais qu'une chance sur cent.

— Si j'avais continué à fuir, il aurait fini par me coincer. Il valait mieux prendre un gros risque. Mes chances n'étaient pas si mauvaises. Je connais bien Krupp, c'était le genre de combine à laquelle il pouvait croire. L'essentiel était de la lui faire découvrir par ses propres moyens, en t'associant au jeu pour que tout paraisse vrai.

Une chance infime, évidemment, mais raisonnée. C'est en tablant sur la ruse innée de Krupp que Frank avait pu lui faire échec.

Frank s'exprimait avec son assurance d'antan :

— Dans ce pays, je peux acheter ce qui me plaît : les gens de Rio Arriba, le docteur Kolcheck pour maquiller mon dossier, le docteur Rosas à Lake Anacapa ; j'ai aussi graissé la patte du chef de la police, du barman Ortega pour me transformer en soiffard presque mourant, sans oublier l'entrepreneur de pompes funèbres qui s'est procuré un cadavre sur lequel il a appliqué un masque à ma ressemblance. Maintenant, Dan, je possède une nouvelle identité, un nouveau visage, j'ai devant moi une nouvelle vie, avec cinquante mille dollars qui me restent. Je suis riche, débarrassé de Krupp, et personne ne s'en porte plus mal.

— Et Angela ? questionnai-je.

— Angela ? Pourquoi parles-tu d'elle ?

— J'avais prié Guzman d'examiner l'affaire de plus près. Il n'avait pas retrouvé l'arme, mais il possédait les balles. Angela avait été abattue avec le pistolet utilisé cette nuit-là pour tirer sur l'un des hommes de Krupp. Son compagnon, incarcéré, a déclaré que ce n'était pas un de leur flingues : le calibre était différent. Est-ce celui que tu braques sur moi ?

— A présent, Dan, on ne pourra rien prouver.

— Ces gens ne sont pas compliqués, dis-je, ils ne croiront pas à ton subterfuge. Ils se demanderont : *pour une meurtrier, le meilleur moyen de disparaître n'est-il pas de simuler sa propre mort ?* Tu seras inculpé.

Ses yeux avaient des reflets d'acier, c'étaient les yeux du gamin qui avait dédaigné de s'installer dans le salon de coiffure où son père avait vécu et était mort.

— Elle s'en était prise à moi, Dan. Elle voulait retourner chez papa ! Elle disait que je n'avais aucune chance au monde. C'est ce qui m'a poussé à mettre l'affaire sur pied. Mais je ne pouvais la mener à bien en laissant Angela me quitter. Elle aurait forcément été au courant de mon plan. Nous en étions arrivés à nous détester. Il fallait aussi que j'amène Krupp à me haïr à tel point qu'il se lance en personne à ma recherche.

Supprimer Angela pour provoquer la haine de Krupp ? Le calcul était bon.

— Prends la moitié du fric, me dit-il. Je ne tiens pas à te tuer.

— Tu ne le pourras pas. Guzman surveille ta cambuse, une détonation le fera accourir. Si tu me frappes, je hurle. Où peux-tu aller ?

— Le désert, la Sierra Negra, dit-il en haussant les épaules.

— Tu n'y parviendras pas. Aucune chance.

— On a toujours une chance.

— Encore une sur cent ?

Il haussa de nouveau les épaules en disant :

— Quand on est né pauvre dans un monde riche, la chance ne tient qu'à un fil. Accorde-moi une demi-heure, Dan.

— Non.

— Vois-tu, reprit-il, je regrette Angela, crois-moi. J'avais tout arrangé pour l'avoir à moi. Nous étions des gosses amoureux. Ça n'a pas marché, Dan, on change sous la pression des événements. A la fin, elle ne me supportait plus. Je devais survivre par n'importe quel moyen. C'est aussi ce qui vous transforme un homme : l'idée fixe de rester en vie à tout prix.

Je ne dis rien. D'ailleurs, que pouvais-je dire ? Il continua :

— En réalité, c'est peut-être Krupp qui l'a tuée. S'il nous avait laissés en paix, qui sait ? Au début, l'amour nous possédait, mais il ne cessait de nous harceler ; nous avons rompu et j'ai appuyé sur la détente. C'est arrivé comme je le dis. Allez savoir ce que l'avenir nous aurait réservé si les choses avaient tourné autrement !

Il était parti rapidement et en silence dans la nuit froide. Je restais immobile, par prudence. J'entendis le moteur d'une voiture qui démarrait, en direction du désert. Bien que ne risquant plus rien, je ne bougeai toujours pas. Pourquoi ? Peut-être parce que son récit était en partie vrai. Il avait tout fait, mais pas seul. D'autres partageaient ses fautes, même Angela dans un sens et aussi la société qui avait appris à Frank comment il pourrait se faire une place au soleil.

N'avait-il pas vécu sa courte vie dans l'illusion des chances merveilleuses qui s'offriraient à lui ? Dans le désert, son sort serait réglé, mais il essaierait de s'en sortir. Ne souhaitais-je pas, au fond, qu'il conserve jusqu'à la fin l'espoir de gagner son dernier pari ? Après avoir attendu une demi-heure, j'allai avertir Guzman.

— Nous verrons demain, me dit celui-ci. Rien ne presse, señor Fortune. Là-bas, on ne trouve que de la chaleur, des montagnes désertes et sans eau, des Indiens faméliques et des animaux. Sa voiture n'ira pas loin et personne n'a jamais atteint notre frontière à pied.

On retrouva l'auto, mais pas Frank. A tout hasard, Guzman fit établir des barrages routiers, verrouiller les frontières. Il mit en état d'arrestation les bénéficiaires des pots-de-vin. Une quinzaine de jours après, je retournai chez moi.

Ce n'est qu'au bout de deux ans que je reçus une lettre du capitaine Guzman. On avait découvert le squelette de Frank Marno non dans le désert, mais dans la montagne. L'argent se trouvait à côté des ossements.

Le capitaine Guzman s'étonnait qu'un Américain fût parvenu si loin tout seul.

Long Shot
Traduction de F. W. Crosse

Issue fatale

par

STEPHEN WASYLYK

La sonnerie du téléphone se fraya un chemin au plus profond de mon rêve. En signe de protestation, je tournai le dos à la table de nuit, tirant énergiquement les couvertures par-dessus ma tête. C'était un geste de défi parfaitement vain ; les stridences de l'appareil, bien qu'atténuées, continuèrent de plus belle.

A contrecœur, je repoussai les couvertures et me redressai, cherchant à tâtons le boîtier cubique de mon réveil fluorescent. Il était une heure du matin : Je poussai un grognement. Mon avion avait été retardé ; je n'étais en ville que depuis quelques heures, et je m'étais couché à minuit passé. Au bureau, personne n'était censé savoir que j'étais rentré chez moi. Ce téléphone qui sonnait avec insistance me prouvait le contraire.

Allumant ma lampe de chevet, je décrochai le combiné.

— Cochrane ? Ross à l'appareil.

Lançant mes jambes par-dessus le rebord du lit, je posai les pieds par terre.

— J'écoute.

— Joe DiMarco a été tué, ce soir.

Maîtrisant son émotion, Ross parlait d'une voix neutre. Je sentis se nouer les muscles de mon ventre.

— Ça s'est passé comment ?

— J'ai reçu un appel il y a cinq minutes. Sur West River Drive, vers onze heures, sa voiture a dérapé ;

elle a défoncé le parapet avant de dévaler le remblai. Les toubibs affirment qu'il est mort sur le coup.

— Weaver comparaît demain devant le *grand jury* (1), dis-je lentement. Il a plutôt de la chance, on dirait.

— Une sacrée chance, oui, fit Ross d'un ton brusque. C'est pourquoi je vous demande d'aller y voir de plus près.

— Vous pensez qu'il pourrait ne pas s'agir d'un accident ?

— Je veux avoir la certitude que c'en est un. Un inspecteur est déjà sur les lieux, un nommé Beckett, spécialiste des accidents de la route. Il s'occupe du treuillage du véhicule. Allez le rejoindre, et restez avec lui jusqu'à ce que la cause de l'accident soit établie.

— DiMarco travaillait tard le soir. Il s'est peut-être endormi au volant.

La voix de Ross, maintenant, trahissait une fureur à peine maîtrisée.

— Je n'ai pas besoin de vos hypothèses, bon sang ! Rendez-vous sur place, et rassemblez des faits précis !

Il raccrocha brutalement.

Je pris tout mon temps pour reposer le combiné. Trois ans plus tôt, au moment des élections, Kirby Ross avait brigué le poste de district attorney, en se présentant sous l'étiquette réformiste. Et, grâce à on ne savait quel petit miracle, il avait été élu. C'était peut-être parce que les gens le croyaient sur parole, ou parce que Ross possédait un certain magnétisme. Grand, élégant, les tempes grisonnantes, il était photogénique et s'exprimait avec aisance. C'était l'incarnation même du champion des grandes causes. Du moins, c'était l'image que l'homme de la rue se faisait de lui. Quand on le connaissait bien, en revanche, on oubliait les apparences. On découvrait chez Ross un personnage extrêmement arrogant et vaniteux, un homme ambitieux qui utilisait les autres comme il

(1) *Grand jury :* jury qui décide des mises en accusation.

jugeait bon de le faire. Ses croisades contre le vice et la corruption servaient surtout ses intérêts personnels, et il continuerait dans cette voie tant qu'il en tirerait profit.

Je ne lui en tenais pas grief, cependant. Après son élection, il avait joué franc-jeu, s'entourant de collaborateurs dignes de confiance dans l'espoir de nettoyer la ville. DiMarco, le premier choisi, avait été nommé district attorney adjoint ; c'était un homme brun, débordant d'énergie, et qui avait du talent à revendre. Ross avait peut-être le titre, mais c'était DiMarco qui menait la danse. Puis Ross m'avait débauché de la brigade criminelle pour m'offrir le poste d'inspecteur principal dans son équipe. Et, ces trois dernières années, on s'en était donné à cœur joie, DiMarco et moi.

Nous n'avions pas encore réussi à nettoyer la ville. Personne n'aurait pu le faire en si peu de temps, d'autant plus que l'administration tout entière refusait de coopérer. Beaucoup de personnages influents étaient encore à leur poste, dont le maire lui-même, qui avait soudain commencé à mener un train de vie fastueux peu après son élection ; et plusieurs conseillers qui ne demandaient pas mieux — si on y mettait le prix — que de proposer et faire adopter des arrêtés municipaux de caractère exceptionnel, servant uniquement les intérêts de groupes privés. Sans oublier un certain nombre de chefs de service qui accordaient des marchés juteux à des entreprises, sans autre critère de jugement que le montant de leur pot-de-vin. Parfois, je me demandais s'il y avait un seul homme honnête dans l'administration en place. Il était si facile de se remplir les poches... Comment résister à la tentation ? Surtout quand les autres s'enrichissaient sans scrupules.

Nous étions également aux prises avec plusieurs personnalités extérieures, au premier rang desquelles se trouvait Carleton Weaver. Il possédait une excellente couverture, car c'était l'un des plus gros entrepreneurs de la ville. Mais en fait, il gagnait surtout de l'argent en négociant des contrats véreux, tout en dirigeant un réseau de trafic de drogue, de prostitution et de cercles de jeux qu'il avait mis des années à organiser, avant d'opter officiellement pour des activités légales.

Il semblait bien, aujourd'hui, que DiMarco avait réussi à le coincer. Non pour un délit quelconque, mais grâce à un point de procédure. Convoqué en tant que témoin dans une affaire d'escroquerie à la construction, portant sur plusieurs millions de dollars, Weaver avait évidemment refusé de comparaître. Aussitôt, DiMarco s'était engagé à abandonner toutes poursuites judiciaires à son encontre s'il revenait sur sa décision. Weaver avait refusé une seconde fois, ce que souhaitait DiMarco. Il ne restait plus, alors, qu'à l'inculper d'outrage à la Cour. On devait lui laisser une nouvelle chance de témoigner. S'il refusait, le juge était prêt à le condamner à la peine maximum : deux ans de prison. Une bagatelle, si l'on considérait ce que représentait Weaver, mais c'était déjà quelque chose. L'ennui, c'était que DiMarco avait travaillé seul sur cette affaire. Et maintenant qu'il était mort, personne n'était prêt à prendre la suite, à part Ross.

Même dans ces conditions, l'examen du cas Weaver allait devoir être repoussé à plus tard, et finirait sans doute par être enterré.

Passant en revue ma garde-robe, je choisis les vêtements les plus chauds que je pus trouver. Quelques jours auparavant, une tempête de neige avait déferlé sur la ville, en provenance du nord-est. Inévitablement, une vague de froid l'avait suivie, et les rues étaient encore couvertes de neige fondue pendant le jour, et verglacées la nuit. A une heure pareille, les rives du fleuve devaient être glaciales, et mon corps n'était pas suffisamment enrobé de graisse, ni plus assez jeune, pour braver les intempéries.

Je n'eus aucun mal à découvrir l'endroit de l'accident. Des barrières et des feux clignotants jaunes canalisaient la circulation en une seule file, qui contournait un groupe de véhicules de police et un énorme camion-grue. La scène était éclairée par des projecteurs portatifs. S'il ne s'était pas agi de DiMarco, l'opération n'aurait pas commencé avant l'aube.

Je tirai par-dessus mes oreilles la capuche de ma parka, montrai mon insigne à l'agent de service, et dévalai le remblai vers l'endroit où une poignée d'hommes s'affairaient autour de l'épave.

La voiture de sport de DiMarco, d'un modèle assez répandu, conservait ses lignes aérodynamiques, malgré un avant enfoncé et un toit aplati. Lentement, je m'approchai du petit homme engoncé dans son manteau qui surveillait la manœuvre.

— Alors, Beckett, dis-je, ça fait un bail...

Beckett sourit.

— Je savais que tu serais là, Jack, puisque c'était un gars de ton équipe. C'est Ross qui t'a tiré du lit ?

— C'est pour ça qu'il me paie. Qu'as-tu appris ?

Beckett haussa les épaules sous son pardessus épais.

— En prenant le virage, il a semblé perdre le contrôle de sa voiture, il a percuté le parapet, et il est passé par-dessus. On le sait parce qu'il y a eu un témoin, un gars qui roulait en sens inverse. DiMarco a failli lui rentrer dedans. Il a dit que c'était « dingue », ce qui te donne une idée du genre de témoin auquel on a affaire. Une autre voiture suivait celle de DiMarco, une Olds ou une Caddy, le témoin n'est pas sûr de la marque, il sait seulement qu'elle était de couleur sombre. Le deuxième conducteur ne s'est même pas arrêté. Il ne voulait pas avoir d'ennuis, je suppose.

L'un des mécanos lança un ordre et fit un grand geste. Dans le camion-grue, le gémissement du moteur monta d'un ton, le câble d'acier qui courait le long de la pente se tendit, et la voiture accidentée s'ébranla. Ses roues reprirent contact avec le sol, et elle commença d'escalader le remblai : on aurait dit un monstre contrefait, meurtri, aux formes soulignées par des ombres dures, qui se hissait péniblement vers son refuge en traversant la neige souillée.

— On a de la chance de pouvoir la treuiller, fit observer Beckett. Dans une demi-heure, elle sera au garage ; et là, on pourra la passer au peigne fin. Tu veux me rejoindre là-bas ?

— Tu n'arriverais pas à m'en empêcher, répondis-je.

Le garage de la police se cachait dans un quartier de la ville, au bord du fleuve, qui consistait en une succession pratiquement interminable de cimetières de voitures. Je me garai derrière Beckett et pénétrai à sa suite dans le bureau où régnait une douce chaleur. Otant ma parka, je m'étirai. Après avoir subi le vent glacial du fleuve, le visage me cuisait sous l'effet de la température ambiante.

Beckett faisait passer son troisième chandail par-dessus sa tête. Il sourit.

— Je me suis retrouvé si souvent dans ce genre d'expéditions, m'expliqua-t-il, que j'ai appris à m'habiller en conséquence. Tu veux du café ?

— Je ne refuse jamais.

Beckett versa deux tasses de café noir et brûlant.

— Qui remplace DiMarco ?

— Personne, répondis-je.

Je ne plaisantais pas. Ross occupait le devant de la scène. Mais c'était DiMarco et moi qui avions fait tout le travail.

Un brouhaha soudain, provenant du garage, signala l'arrivée du camion-grue. Beckett avala son café d'un trait.

— Je ferais mieux de les aider à monter la voiture sur le pont. On ne trouvera rien, mais je vais chercher quand même, puisque Ross insiste.

Je bus mon café à petites gorgées, en pensant à DiMarco, à Ross et à Weaver, et à la façon dont nos existences s'étaient tellement imbriquées que même la mort de l'un de nous ne parvenait pas à dénouer les liens qui nous enchaînaient. Au contraire, elle semblait les avoir resserrés encore plus.

Je finis ma tasse et rejoignis Beckett.

Il avait enfilé une combinaison blanche. Armé d'un tournevis et d'une baladeuse de forte puissance, il sondait le dessous de la voiture.

— Je pensais que c'était le travail d'un mécanicien, fis-je.

— En temps normal, oui. Mais pas cette fois-ci. Je ne veux pas que Ross me coince avec des questions vicieuses. (Il recula d'un pas.) C'est bien ce que je pensais. Elle est en parfait état, cette voiture. Amortisseurs avant, freins, pot d'échappement, et le reste : rien à signaler.

— Tu en es sûr ?

— J'en mettrais ma main au feu. Et ça veut dire que le conducteur, lui, n'était pas dans un état normal. DiMarco ne crachait pas sur l'alcool, et il avait travaillé tard. S'il a pris quelques verres, et qu'il était fatigué, par-dessus le marché... L'autopsie nous renseignera.

Ce n'était pas moi qui allais le contredire.

— Tu as examiné l'intérieur de la voiture ?

— Pas encore.

Enfonçant l'interrupteur qui commandait la descente du pont, Beckett ouvrit la portière, du côté passager, éclaira l'intérieur du véhicule, et s'y engouffra, en se baissant pour passer sous le toit aplati. Je fis de même de l'autre côté.

L'intérieur de la voiture était jonché d'éclats de verre provenant des vitres brisées. Méticuleusement, Beckett examina le plancher, aussi bien à l'arrière qu'à l'avant, à la lumière de sa baladeuse. Il semblait ne rien y avoir d'intéressant.

Soudain, le faisceau rencontra un objet, sur le tapis de sol avant, qui réfléchit sa lumière, émergeant comme une balise d'un océan de verre pulvérisé. Je le saisis délicatement, et je le présentai sous la lampe de Beckett, le faisant lentement tourner sur lui-même. C'était un morceau de verre transparent, mince et incurvé.

— Ce n'est pas du verre à vitres, déclara Beckett. On dirait que ça vient d'une sorte de petite bouteille.

— Il doit y en avoir d'autres, fis-je.

En scrutant le plancher, Beckett et moi découvrîmes plusieurs autres fragments, les alignant à mesure sur le siège taché de sang. De toute évidence, ils provenaient d'un petit flacon cylindrique, un tube de verre d'environ douze millimètres de diamètre, et long de plus de cinq centimètres.

— Je t'écoute, fis-je. Ça vient d'où ?

Beckett poussa un grognement.

— Ce n'est pas une pièce de la voiture.

— Une ampoule que transportait DiMarco, peut-être ?

— Je ne pense pas. Un objet aussi petit, il l'aurait mis dans sa poche.

Plongeant sa baladeuse sous le tableau de bord, Beckett scruta la zone éclairée. Il grogna de nouveau.

— Il y a un fil, branché sur le chauffage, qui n'a aucune raison d'être là.

Avec son tournevis, il explora l'installation. J'entendis quelque chose tomber. Beckett repoussa un boîtier rectangulaire en plastique noir, d'environ vingt centimètres de large sur cinq de profondeur, que j'identifiai comme étant le déflecteur fixé à la sortie du circuit de ventilation. Un petit circuit imprimé de sept centimètres sur dix, connecté au fil de branchement, était sorti du déflecteur. Cela ressemblait à un récepteur de radio, mais je compris qu'il n'était pas fait pour écouter de la musique.

Sans y toucher, Beckett l'examina attentivement, le sondant en douceur du bout de son tournevis.

— Maintenant, tu sais comment DiMarco est mort, dit-il.

— Je ne sais rien du tout, protestai-je.

— Le tube de verre était tenu en place par ces deux supports, expliqua-t-il, désignant les pièces métalliques à l'aide de son tournevis. La partie supérieure est encore intacte. (Le tournevis se déplaça.) Cette tige d'acier, dans la partie inférieure, est retenue par un solénoïde. On a relié l'appareil au câblage de la clé de contact, du côté batterie, pour avoir un voltage maximal. Quand on a fait passer le courant, le solénoïde s'est déplacé ; la tige s'est redressée d'un seul coup, et l'ampoule s'est brisée.

Le reste du circuit n'existe que pour ça : activer le solénoïde quand il reçoit un signal en provenance d'un émetteur.

— Quel émetteur ?

— Un appareil qui devait se trouver dans les parages, à cent ou deux cents mètres, peut-être.

— Par exemple, dans une voiture qui suivait DiMarco, suggérai-je.

— C'est possible.

— Donc, le tube se casse, en laissant échapper quelque chose qui tue DiMarco.

— Pas nécessairement. Il suffisait que DiMarco s'évanouisse pour qu'il perde le contrôle de sa voiture dans le virage. Le tube de verre contenait sûrement une substance qui s'est vaporisée dans le courant d'air chaud ; la nuit était froide, DiMarco avait certainement ouvert son chauffage.

— Un anesthésiant. Un gaz neuroplégique.

— Tu n'as que l'embarras du choix. Le labo découvrira forcément quelque chose. (Beckett s'extirpa de la voiture.) On va tout laisser tel quel pour les gars de la Criminelle. Je ne peux rien faire de plus, et je ne m'en plains pas. C'est une façon sacrément moderne de tuer un type. J'ai l'habitude de la dynamite sous le capot, des circuits de freinage sectionnés, mais ce système-là paraît sortir d'un roman d'espionnage. Il a fallu beaucoup d'argent et de matière grise pour mettre cet engin au point.

— Ça me paraît un peu compliqué, dis-je.

— Pas tellement, quand on pense à ce qu'on arrive à faire de nos jours. On a des interrupteurs qui réagissent à la voix. On expédie des vaisseaux sur la lune ou dans l'espace, et on les commande à distance. On peut même se procurer un petit émetteur qui ouvre ou qui ferme une porte de garage sans qu'on ait besoin de descendre de voiture. Briser un petit tube en verre au moment voulu, ça n'a rien de bien sorcier. Celui qui a fait ça est vraiment malin. Il voulait tuer DiMarco sans laisser de traces, et ça a failli marcher. En temps normal, je ne m'attarde pas trop à l'intérieur des voitures, sinon pour chercher des bouteilles de whisky. (Beckett secoua la tête.) On dirait qu'il y a mille et une façon de tuer un type.

Il avait raison. Une idée pareille ne pouvait pas germer dans le cerveau du premier venu. En revanche, elle venait peut-être d'un homme comme Weaver, qui possédait les ressources nécessaires pour monter ce genre d'opération. La seule difficulté, pour lui, aurait été de trouver le technicien capable de fabriquer l'appareil.

Oui, il était possible que Weaver fût derrière tout ça. En fait, ce ne pouvait être que lui ; mais il n'y avait pas beaucoup d'hommes, dans cette ville, capables de construire un appareil de ce genre et de garder le secret ensuite.

Beckett regagna le bureau. Je lui emboîtai le pas.

— Tu veux appeler Ross ? proposa-t-il.

Je consultai ma montre. Il était cinq heures trente.

— Pas encore, répondis-je. Laissons-le dormir quelques heures. Cette histoire va lui flanquer un sacré choc. Il lui faudra du temps pour s'en remettre. Et puis, je dois vérifier quelque chose, avant.

— Je peux t'aider ?

J'enfilai ma parka.

— Tu donnes tous les détails à la Criminelle, et tu leur dis que je les tiendrai au courant.

L'aube n'était pas encore levée. L'air était glacial, mais le vent avait cessé. En montant dans ma voiture, j'eus l'impression de m'enfermer dans une chambre froide. Je mis le moteur en marche, et le fis monter en régime pour injecter de l'air chaud dans le circuit de ventilation. Mon haleine embuait les vitres.

Exécutant un demi-tour, je me dirigeai vers la ville. Les compétences techniques de Beckett lui avaient permis de comprendre comment fonctionnait l'engin. Quant à moi, je connaissais, par expérience, l'homme qui aurait pu le construire, ou, du moins, qui m'indiquerait les spécialistes capables de le fabriquer : Clint Brazil. Ce ne serait pas une mauvaise idée de lui rendre visite avant que la Criminelle ne songe à le faire.

C'était un vieil homme, aujourd'hui, mais il était toujours aussi jeune d'esprit quand il s'agissait de trouver des idées nouvelles. Il s'était spécialisé dans les systèmes de surveillance électronique, qu'il fournissait à quiconque avait les moyens de se les offrir. Il travaillait pour tous les organismes chargés de faire respecter la loi, pour les détectives privés, et même — sans que personne n'eût jamais cherché à l'en empêcher — pour les malfaiteurs disposés à y mettre le prix. Si Brazil n'avait pas dans ses réserves le gadget de vos rêves, il était capable de l'inventer.

L'engin qui avait tué DiMarco était tout à fait dans ses cordes.

En conduisant lentement à cause du verglas, je mis près d'une heure pour atteindre la rue où vivait Brazil. Je m'y engageai, et j'écrasai aussitôt la pédale de frein.

Au rez-de-chaussée, Brazil possédait un magasin où il vendait des installations d'alarme électronique — un commerce qui, aussi florissant qu'il fût, n'était qu'une couverture pour ses véritables activités.

A une heure pareille, je m'attendais à trouver la rue déserte ; c'est pourquoi j'avais été surpris de découvrir des voitures de police et une ambulance devant le magasin. Me garant à mon tour, je me dirigeai vers la porte. Un homme en uniforme m'arrêta d'un geste. Je brandis mon insigne.

— Que se passe-t-il ?

— On a tué le vieux qui possédait la boutique, répondit l'agent. L'inspecteur Solkowsky est à l'intérieur. Il pourra vous mettre au courant.

Solkowsky et moi avions fréquenté l'école de police en même temps, et, autrefois, nous avions travaillé dans la même circonscription. Je le découvris, à l'intérieur, en train de surveiller le travail de l'interne de service, qui donnait des directives aux ambulanciers. Solkowsky était une sorte de colosse, aux cheveux coupés en brosse, dont la qualité principale, en tant qu'enquêteur, était de manquer d'imagination. Solkowsky ne perdait jamais son temps avec des hypothèses. Pour passer à l'action, il attendait d'avoir tout compris : sinon, il ne bougeait pas le petit doigt.

La boutique dans laquelle il se trouvait n'était pas bien grande. La partie réservée à l'accueil de la clientèle était somptueusement décorée, et séparée du reste de la pièce par un comptoir en verre, d'environ un mètre de haut. Derrière ce comptoir, se trouvaient deux bureaux, surmontés d'étagères murales où s'alignaient des petites boîtes de couleurs vives. Dans le fond de la boutique, une porte ouverte révélait un atelier rempli d'établis, d'outils et d'appareils de mesure d'aspect complexe.

— Est-ce que je peux le déplacer ? s'enquit l'interne.

— Est-ce qu'il peut le déplacer ? demanda Solkowsky au photographe.

Ce dernier hocha la tête.

— Allez-y, dit Solkowsky. (Il s'aperçut de ma présence.) Vous êtes entré vous réchauffer ?

— Non, je suis seulement venu vérifier quelque chose.

— Il n'y a pas moyen de joindre Brazil, là où il se trouve maintenant. On lui a tiré deux balles de 38 dans la poitrine, à bout portant, vers minuit. Pour l'instant, on ne peut pas déterminer l'heure du décès avec plus de précision.

— Qui a découvert le corps ? demandai-je.

— Une voiture de police est passée deux ou trois fois devant le magasin. Les gars ont remarqué qu'il y avait de la lumière, alors ils se sont arrêtés pour jeter un coup d'œil. La porte était ouverte. Ils sont entrés, et ils ont trouvé le vieux. Sinon, il serait encore là, par terre, en train de se rigidifier, et personne n'en saurait rien.

De toute évidence, le client pour qui Brazil avait construit l'engin était revenu l'empêcher de parler — mais pourquoi ne pas tuer Brazil au moment de la livraison ?

Cela aussi tombait sous le sens. Brazil ne devait être réglé que si l'engin fonctionnait. En guise de paiement, Brazil avait récolté deux balles dans la peau.

— Vous avez trouvé autre chose ? demandai-je.

— Nous venons tout juste d'arriver. A propos, qu'est-ce qui vous amène ici ?

Prenant Solkowsky à part, je lui expliquai ce qui était arrivé à DiMarco. Solkowsky, le menton levé, se gratta le cou d'un air pensif.

— Vous vous rendez compte que cette histoire paraît complètement insensée ?

— Sans doute, mais, à mon avis, c'est une hypothèse qui tient debout. C'est pourquoi je vous demande de boucler le magasin à double tour en attendant qu'on puisse prouver que l'appareil sort bien des mains de Clint Brazil. Pour la même raison, je veux que vous mettiez le paquet, dans cette enquête. Celui qui a tué DiMarco a aussi tué Brazil et, pour l'instant, le suspect numéro un, c'est Weaver.

— Vous pensez l'arrêter ?

— C'est Ross qui en décidera. Je vais aller lui rendre visite tout de suite. Il vous tiendra au courant. Limitez vos recherches à ce qui se trouve ici même. Enfin, je n'ai pas besoin de vous apprendre votre métier.

— Il va falloir que j'en réfère au commissaire. Beckett l'aura probablement prévenu, pour DiMarco.

— Le commissaire devrait vous confier les deux affaires. Dites-lui que Ross y porte un intérêt tout particulier.

— Où pourrai-je vous joindre ?

— Au bureau, dans un moment. C'est moi qui vous appellerai. Il faut que j'aille réveiller Ross et le mettre au courant de ce qui s'est passé.

Dehors, une aube grise était apparue. On pouvait voir, dans les rues, se presser les lève-tôt chargés tous les matins de la remise en route de la cité.

Ross habitait, en face d'un parc, un élégant hôtel particulier dont les trois étages de grès brun étaient noyés dans l'ombre des immeubles et des ensembles de grand standing environnants. Je m'étais souvent demandé comment il pouvait se permettre un tel luxe. Le salaire d'un district attorney n'a rien de mirobolant, mais Ross avait eu, dans le passé, un cabinet qui rapportait gros, et sa femme appartenait à l'une des plus anciennes familles de la ville.

Au coin de la rue, je me garai sur l'aire de stationnement réservée aux riverains. Grimpant les marches de marbre du perron, j'appuyai sur la sonnette.

Ce fut Ross lui-même, en bras de chemise, sans cravate, tenant son journal à la main, qui vint m'ouvrir la porte.

— J'attendais votre appel, me dit-il avant de me faire entrer dans la salle à manger. Voulez-vous prendre un petit déjeuner ?

D'un signe de tête, je refusai. Je ne retrouverais pas l'appétit avant d'avoir résolu cette affaire.

— Vous feriez bien de vous asseoir, commençai-je. Vous allez avoir du mal à croire ce que je vais vous raconter.

— DiMarco a été assassiné ?

— Il n'y a pas que ça. Il s'agit de la méthode employée par le tueur.

Et je lui relatai en détail toute l'affaire, tandis qu'il sirotait son café.

— Comment avez-vous trouvé l'engin ?

— Rien n'échappe au regard de Beckett.

Je me gardai bien de lui dire que c'était moi qui avais eu l'idée d'inspecter l'intérieur de la voiture.

— Vous avez eu de la chance. J'aurais cru qu'un tel dispositif serait totalement indécelable. Qu'a-t-on fait du tube ?

— Il est sans doute au labo.

— Je veux un jeu complet de photos et tous les résultats des analyses. A ma connaissance, c'est la première fois qu'un engin pareil est utilisé. Ça ne va pas être facile à expliquer au jury, si l'affaire arrive jusque-là.

— L'homme qui a installé l'appareil devait le savoir.

— Je vous laisse carte blanche, dit Ross. C'est vous qui serez chargé de la coordination avec la Criminelle.

— On tient peut-être là l'occasion de coincer Weaver.

Il secoua la tête.

— Ça m'étonnerait. Il a dû s'arranger pour brouiller les pistes.

Son manque d'intérêt soudain pour Weaver me laissa perplexe. On aurait dit qu'il oubliait les crimes commis, comme s'il n'escomptait pas en tirer d'éléments nouveaux. Peut-être avait-il raison. Les meurtres pouvaient très bien nous mener dans une impasse. Ross avait l'art d'analyser très rapidement ce genre de situations et d'aller tout de suite à l'essentiel.

Il était sur le point d'ajouter quelque chose quand il fut interrompu par l'arrivée de sa femme.

Je me levai.

Harriet Ross, qui avait au bas mot quinze ans de moins que son mari, était grande et pleine de charme. C'était une vraie blonde, au teint clair et lumineux, et aux yeux sombres légèrement en amande. Son visage se fendit d'un mince sourire en m'apercevant.

Elle portait une vaporeuse tenue d'intérieur rose, qui lui descendait jusqu'aux pieds, dissimulant un corps parfait que la plupart des femmes lui enviaient.

Tout en restant aimable et polie, elle se comportait comme s'il lui était difficile d'admettre l'existence d'un être tel que moi.

— Vous êtes bien matinal, monsieur Cochrane, dit-elle.

Dans sa bouche, la phrase sonnait comme un reproche.

— Il n'y a pas d'heure, dans ce métier, répondis-je, et ne voyant pas de raison de m'attarder, j'ajoutai à l'intention de son mari : je vous verrai au bureau.

— Allez au fond des choses, fit-il. Inutile de vous dire quel est mon sentiment au sujet de DiMarco. Je veux l'homme qui l'a tué.

— Vous allez sans doute faire une déclaration à la presse. Les journalistes vont se précipiter au bureau, ce matin.

Il secoua la tête.

— Je ne ferai aucun commentaire. Nous n'allons

pas leur dire ce que nous savons, et je vais prendre des dispositions pour que la Criminelle ne laisse rien filtrer de son côté.

« C'est la bonne tactique à adopter », me disais-je en rentrant par cette froide matinée d'hiver : même si Ross n'avait pas coutume d'agir ainsi. D'ordinaire, il aurait sauté sur une occasion comme l'assassinat de DiMarco pour se faire un peu de publicité.

Il n'y avait personne au bureau quand j'arrivai. Je travaillai pendant quelques instants avant d'appeler Solkowsky.

— Vous avez du nouveau ? demandai-je.

— Laissez-nous le temps, dit-il. On commence tout juste à faire le point. Beckett est là, et on n'attend plus que vous. On a cherché des empreintes sur l'engin et sur le radiateur de la voiture. On n'a rien trouvé. Mais le labo a reconstitué le tube à partir des morceaux de verre brisé, et on y a relevé une trace de doigt. Il ne sera pas possible de s'en servir devant un tribunal. Mais je pense qu'on doit pouvoir l'identifier. Pour l'instant, on n'a rien trouvé dans nos fichiers. Il va probablement falloir l'envoyer au F.B.I.

— Est-ce que le labo a pu établir un rapport entre l'appareil utilisé et le matériel qui se trouve dans l'atelier de Brazil ?

— On travaille dessus en ce moment. Mais, à première vue, il s'agit de composants électroniques courants qu'on peut se procurer n'importe où dans le commerce.

— Les gars du labo ont-ils une idée du contenu du tube ?

— Il ne restait pas suffisamment de produit. A l'heure qu'il est, ils sont en train de potasser tous les bouquins de médecine disponibles pour essayer de trouver ce qui a bien pu être utilisé. Savez-vous combien il existe d'anesthésiants ?

— Je n'en ai pas la moindre idée.

— Il y en a des douzaines, paraît-il. Cela m'étonnerait qu'ils trouvent quoi que ce soit.

— C'est aussi mon avis.

Je reposai le combiné. Il était invraisemblable qu'on ait découvert une empreinte sur le tube, surtout dans une opération aussi bien montée que celle-ci. Quelqu'un avait dû commettre une erreur.

Le personnel du bureau commençait à arriver : dactylos, secrétaires, assistants judiciaires, l'autre district attorney adjoint. Sur tous les visages, on pouvait lire le choc qu'avait provoqué la nouvelle de la mort de DiMarco. Par petits groupes, tous vinrent me poser des questions, croyant que DiMarco était mort accidentellement. Je n'avais pas l'intention de les détromper. Ils se pressaient autour de moi, et leurs questions incessantes me mirent les nerfs à vif. L'idée qui me tracassait au plus haut point, c'était que la situation se présentait très mal. J'avais besoin de prendre l'air, de marcher seul quelques instants.

Fuyant le bureau, je sortis dans le vent glacial qui balayait la place de l'Hôtel de Ville, juste au moment où l'horloge de la tour se mettait à sonner avec régularité. Il était neuf heures.

Face au vent, je m'engageai sur la place devant la station de taxi qui fait l'angle.

Des coups d'avertisseurs, brefs et perçants, retentirent. Un chauffeur de taxi me fit signe, et, ouvrant sa portière, vint à ma rencontre. Contournant l'avant de son véhicule, il marchait avec précaution sur le sol verglacé ; son visage émacié exprimait une certaine préoccupation.

— Je suis content de tomber sur vous, Cochrane, dit-il. Je suis désolé pour DiMarco.

Je hochai la tête.

L'une des raisons de notre réussite était l'aide que nous apportaient des gens comme Lennie Brecker — ces hommes qui sont témoins de tout ce qui se passe dans une ville sans que personne ne les remarque, car ils font partie du paysage. Nous pouvions compter sur Lennie pour nous fournir toutes sortes d'informations qu'il glanait en sillonnant la ville dans son taxi.

— J'avais l'intention de demander à DiMarco s'il avait tiré quelque chose de l'histoire que je lui ai racontée, l'autre jour. Mais je ne le saurai jamais, maintenant.

— Pourquoi ne pas m'en parler ? Je vous donnerai mon avis.

Mettant ses mains en boule devant sa bouche, il souffla pour les réchauffer, puis les frotta rapidement l'une contre l'autre.

— Ecoutez, Cochrane, dit-il, montons dans ma voiture. Ce froid ne vaut rien de bon à mon arthrite.

Je grimpai à l'arrière, tandis qu'il se glissait derrière son volant. Se tournant vers moi, il passa un bras par-dessus le dossier de son siège. Lennie était petit et fluet ; il portait des lunettes aux verres si épais que je me demandais comment il avait pu obtenir son permis de conduire.

— Voilà, commença-t-il. Il y a trois ou quatre jours, j'ai pris un client devant l'immeuble où se trouvent les bureaux de Weaver. C'était un de ces gros bras que Weaver fait passer pour ses hommes d'affaires. Je sais que ce type travaille pour Weaver, parce que je l'ai souvent vu traîner dans le secteur, et je suis toujours content quand j'ai l'occasion de charger des clients comme lui, parce qu'ils ont le pourboire facile. Et où croyez-vous que ce type voulait aller ?

— Je n'en ai pas la moindre idée.

— Il me demande de l'emmener dans le parc, à la Pagode Japonaise. Vous savez comme moi que personne n'y va jamais, en hiver. Ça m'étonne, mais après tout, c'est son affaire. Je l'emmène donc. Les seules personnes qui se trouvent là sont un couple de touristes qui n'a rien de mieux à faire, et une bonne femme brune. Elle a l'air d'attendre mon client. Lui me demande de rester, et il va la rejoindre. Pendant une minute, ils parlent, puis il lui tend une enveloppe avant de remonter dans le taxi. Alors, je le raccompagne en ville. J'ai l'impression de connaître cette bonne femme, mais je n'arrive pas à la situer exactement. C'est sans doute à cause de ça, s'excusa Lennie en me montrant ses lunettes. Toujours est-il qu'environ une heure plus tard, en descendant Chestnut Street, je tombe sur la même bonne femme qui sort de la banque, dans la Neuvième Rue. Cette fois, j'étais beaucoup plus près, et je la reconnais. On dirait la femme du district attorney, mais je n'en suis pas sûr à cent pour cent parce que je la croyais blonde. Quelques heures plus tard, je charge DiMarco devant l'Hôtel de Ville ; alors, je lui raconte ma petite histoire. Il me demande de ne rien dire à personne, il m'en reparlera plus tard. Et voilà que j'apprends sa mort.

On pouvait résumer en une seule phrase tout ce que Lennie venait de me révéler : ce dont il avait été le témoin sentait à cent lieues le pot-de-vin.

— Vous en faites une drôle de tête, Cochrane, dit Lennie.

Je ne m'attendais pas à ce que Lennie venait de m'apprendre, mais c'était plutôt une bonne surprise.

— Ecoutez, Lennie, dis-je, voilà ce que nous allons faire. On va vérifier ça tout de suite. Et pour commencer, conduisez-moi aux bureaux du journal.

Il me fallut seulement une demi-heure pour trouver, aux archives du journal, une photographie de Harriet Ross, qui devait servir pour un article de la rubrique mondaine. C'était un bon portrait, où elle portait ses cheveux tirés très en arrière. De ce fait, qu'elle soit brune ou blonde n'avait pas d'importance.

Je montrai le cliché à Lennie.

— C'est la femme que vous avez vue ?

— Je serais prêt à le jurer.

— Très bien, fis-je. Allons maintenant à la banque.

Je n'eus guère de succès avec les premières personnes auprès desquelles je me renseignai. Ils ne la connaissaient pas, et ce ne fut qu'au service des coffres privés que la chance me sourit à nouveau.

Le gardien des coffres, un homme âgé et corpulent du nom de Gordon, jeta un coup d'œil à la photo.

— C'est Mme Pierce, dit-il.

— Vous êtes sûr du nom ?

— Evidemment, que j'en suis sûr. Elle vient souvent ici. Au moins une fois par mois. Je peux vérifier dans son dossier.

— Faites donc, dis-je.

D'après la fiche, cela faisait un semestre que cette cliente se présentait à la banque dans les premiers jours du mois. Le carton portait la signature de H. Pierce, fermement tracée d'une écriture élégante et typiquement féminine.

— J'aimerais avoir une copie de cette fiche, demandai-je à Gordon.

— Je suis pas sûr que ce soit permis.

— Moi si, et je vous demande de garder ça pour vous. Si on vous pose des questions, vous ne m'avez jamais vu.

Se dandinant comme un canard, Gordon se dirigea vers la photocopieuse et me tendit un double de la fiche que j'empochai avec la photo.

— C'est une enquête officielle, je suppose ?

— Tout ce qu'il y a de plus officielle ! répliquai-je.

La situation évoluait maintenant dans le sens où je voulais qu'elle aille. Je regagnai le taxi de Lennie qui était garé en double file, sous l'œil courroucé du contractuel du coin.

— Qu'est-ce que c'est que cette histoire ? demanda Lennie. La femme du D.A...

— Oubliez tout ça, Lennie. A moins que je ne vous demande personnellement de vous en souvenir.

— Comme vous voudrez. Où allons-nous maintenant ?

— Au siège de la police.

Lennie me déposa devant le quartier général, et je pris l'ascenseur jusqu'au troisième étage où se trouvaient les laboratoires d'anthropométrie. Humphrey, le responsable du service des empreintes, n'était pas particulièrement content de me voir.

— Je suppose que vous venez pour l'empreinte, me dit-il.

— Vous avez gagné. Alors, est-ce que vous l'avez identifiée ?

— Elle n'est pas très nette, et ça prend du temps.

— Et si je vous mettais sur la voie ? Est-ce que ça vous aiderait ?

— Vous savez bien que oui.

Me penchant sur son bureau, j'inscrivis le nom de Ross sur un bloc-notes.

Humphrey était en train de prendre une cigarette quand il découvrit le nom. Comme s'il avait perdu tout contrôle, il laissa échapper le paquet de ses mains.

— C'est une plaisanterie !

— Dans une affaire pareille, certainement pas.

— Ça va prendre quelques minutes.

Il récupéra son paquet de cigarettes, et, les mains encore tremblantes, parvint à en extraire une.

— J'attendrai.

— Je suppose que vous savez ce que vous faites.

— Je ne sais jamais, dis-je. Je me contente d'agir, et parfois, ça marche.

Posant les pieds sur son bureau, je m'installai confortablement ; je ne me sentais pas fatigué, bien que je n'eusse pas dormi la nuit précédente. J'étais sans doute sous le coup d'une poussée d'adrénaline, due au succès de mes démarches et à la perspective de l'épreuve de force. Je devais admettre que la situation se présentait plutôt bien, à présent.

Humphrey revint.

— Ce n'est pas évident.

— Qu'est-ce que ça veut dire ?

— Ça signifie que l'empreinte n'est pas parfaitement nette. Ça pourrait être la sienne, ou celle de quelqu'un d'autre. Je ne peux pas m'engager.

— Ça ne tiendra pas devant un tribunal ?

— Même avec un mauvais avocat de la défense.

— On n'en arrivera probablement pas jusque-là, dis-je. Si on vous le demande, vous ne m'avez jamais vu. Tout ceci doit rester entre nous, à moins que je ne vous donne d'autres instructions.

— Il faudrait que j'en réfère à Solkowsky.

— Pourquoi le mettre dans tous ses états ? Si ça marche, je lui en parlerai moi-même. Entre-temps, continuez à feuilleter les fichiers pour mériter votre salaire. Vous allez peut-être dénicher une empreinte qui vous plaira davantage, et ça occupera Solkowsky.

Je le quittai alors qu'il cherchait une autre cigarette. J'avais établi que l'empreinte ne pouvait pas être identifiée, j'avais mis Humphrey sur la piste de Ross, et ces deux points me semblaient positifs.

Dans la rue, je relevai la capuche de ma parka et me dirigeai vers l'entrepôt des véhicules municipaux, situé à un bloc de distance. L'endroit était aussi glacial qu'une tombe et, dans l'atmosphère humide, des nuages de buée s'échappaient de ma bouche, alors que je descendais la rampe d'accès menant aux emplacements réservés aux voitures officielles.

La Cadillac de Ross était à sa place, les clés sur le contact. Je fouillai consciencieusement l'intérieur de l'habitacle et ne trouvai rien. Prenant les clés, j'ouvris le coffre.

Ce que je cherchais ne pouvait être que là, et je ne m'étais pas trompé. Le boîtier, peint en noir, mesurait vingt centimètres de haut et quinze centimètres de côté. Il était muni, sur le dessus, d'une antenne télescopique et, sur la face avant, d'un cadran et de boutons. On aurait dit un banal appareil de mesure électronique, semblable à ceux que j'avais vus dans l'atelier de Brazil. Mais je savais qu'il n'était pas destiné à faire des essais. C'était l'émetteur qui avait servi à déclencher le mécanisme dans la voiture de DiMarco. Je refermai le coffre. Le moment était venu d'aller voir Ross.

Il se trouvait à son bureau, de retour du tribunal où il venait de faire repousser le jugement de l'affaire Weaver. L'air contrarié, il me jeta un bref coup d'œil.

— Je n'ai pas le temps de vous voir maintenant, Jack.

Je ne crois pas l'avoir jamais autant détesté qu'à ce moment-là. Fermant la porte, je me dirigeai vers la fenêtre et m'assis en biais sur le rebord ; la lumière qui venait de derrière mon dos éclairait le visage de Ross, tandis que le mien restait dans l'ombre. Pour me regarder, il fallait qu'il lève les yeux, ce qui le plaçait dans une situation embarrassante et me donnait un net avantage sur lui.

— Il faudra bien que vous preniez le temps, déclarai-je. Je sais qui a tué DiMarco.

Il se redressa sur son siège.

— Vous en êtes certain ?

— J'ai de quoi faire prononcer une condamnation à coup sûr.

— C'est à moi d'en décider. Qu'est-ce que vous avez découvert ?

Je lui tendis la photocopie de la fiche concernant le coffre à la banque. Il y jeta un coup d'œil avant de la laisser tomber sur son bureau.

— Qu'est-ce que c'est, au juste ?

— Une fiche des dépôts que votre femme a effectués dans un coffre, au début de chaque mois, après avoir reçu une enveloppe des mains d'un homme de Weaver. Elle a loué ce coffre sous son nom de jeune fille et porte une perruque brune. Je suis sûr que le tribunal ordonnera l'ouverture du coffre qu'on trouvera rempli d'argent liquide.

Son visage était impassible. Se carrant dans son fauteuil, il croisa les bras.

— J'ignore tout de ce coffre.

— Ce n'est pas fini, dis-je. J'ai aussi une empreinte trouvée sur le tube faisant partie de l'engin qui a causé la mort de DiMarco. Il se pourrait que ce soit la vôtre.

— C'est impossible, dit-il d'un ton sec.

— Je sais également, poursuivis-je, où est l'émetteur qui a servi à déclencher le mécanisme. Il se trouve dans la malle arrière de votre Cadillac. Le témoin de l'accident a déclaré que la voiture qui suivait DiMarco était de couleur sombre. La vôtre est marron foncé.

— Mais qu'est-ce que tout cela signifie ?

— Cela veut dire que vous êtes à la solde de Weaver. C'est votre femme qui encaissait l'argent. DiMarco l'a découvert, et vous avez dû l'éliminer. De toute façon, vous auriez été obligé de le faire, car il s'apprêtait à coincer Weaver, et si Weaver vous arrosait, c'était pour se débarrasser de DiMarco.

— Je suppose que vous pouvez également prouver que c'est moi qui ai tué Brazil.

— Il y a un .38 dans le tiroir de votre bureau, que j'aimerais bien faire examiner par les services de la balistique.

Jamais Ross n'avait paru aussi calme.

— C'est un coup monté, évidemment. Bien monté, certes, mais ce n'est pas autre chose.

Je le dévisageai attentivement. Cela m'ennuyait de l'admettre, mais j'avais tendance à penser comme lui. Ross n'avait rien d'un assassin. C'était un homme capable de comploter un meurtre, mais il avait une trop haute idée de lui-même pour l'exécuter de ses propres mains. Il aurait laissé cela à d'autres.

— C'est possible, mais votre femme, elle, a bien été vue en compagnie d'un homme de Weaver. Et ça, ce n'était pas une mise en scène.

— Non, reconnut-il. C'est une chose impossible à simuler.

Il semblait plus préoccupé qu'inquiet.

— Bon, fis-je. Je veux bien croire à une machination. N'importe qui a pu déposer l'émetteur dans le coffre de votre voiture. Mais en ce qui concerne votre femme, il va falloir que vous me donniez une meilleure explication.

— Elle seule peut le faire.

— Je pourrais aller la chercher et l'amener ici, mais ce serait plus simple que ce soit vous qui l'appeliez pour lui demander de venir au bureau.

— Non, répondit-il, vous allez venir avec moi et nous lui parlerons tous les deux.

Je ne voyais pas les choses tout à fait de la même façon. Le fait d'être questionné dans les locaux de la police avait tendance à enlever aux gens de leur assurance. Si on l'interrogeait chez elle, dans son cadre habituel, elle se sentirait plus à l'aise.

— D'accord, fis-je. Finissons-en.

Nous sortîmes par une porte dérobée afin d'éviter les journalistes qui auraient pu se trouver dans le hall, et nous empruntâmes la voiture de Ross. Aucun de nous deux ne fit allusion à l'émetteur qui se trouvait encore dans la malle arrière, mais je savais que Ross y pensait, tout comme moi. Je préférais qu'il reste dans le coffre, afin de ne pas le perdre de vue.

Arrivé à son domicile, Ross me guida jusqu'à son bureau, et s'écarta pour me laisser entrer le premier.

J'avançai d'un pas, et soudain, ma tête explosa. J'ignorai avec quoi Rosss m'avait frappé, mais mes jambes cédèrent sous moi et je m'écroulai alors que les trente-six chandelles qui s'étaient allumées sous mon crâne s'éteignaient avant même d'avoir eu le temps de briller.

Quand je revins à moi, les poils rêches du tapis m'irritaient le visage, et la douleur irradiait d'un point situé à l'arrière de mon crâne. A quelques centimètres de moi, je découvris les chaussures bien cirées de Ross, démesurées du fait de leur proximité. Péniblement, je roulai sur moi-même. Tenant mon revolver à la main, Ross me dominait de toute sa taille. Cette perspective étrange me fit cligner des yeux. Ross me paraissait immense.

— Je regrette d'avoir dû agir ainsi, déclara-t-il.

Lentement, je m'assis, espérant que ma tête n'allait pas tomber par terre. Vu sous cet angle, Ross semblait moins impressionnant.

— Alors, ce n'était pas un coup monté, dis-je d'une voix pâteuse. C'est bien vous qui avez tué DiMarco.

— Non, fit-il, je n'ai pas tué DiMarco. C'est Weaver qui l'a fait exécuter, comme, de toute évidence, il a fait liquider Brazil. Mais je ne sais pas qui il a chargé de ce travail.

— Et quel est votre rôle, dans tout ça ?

— Cela fait des mois que Weaver me paie pour fermer les yeux sur ses activités. J'ai fait ce que j'ai pu, mais je n'étais pas en mesure d'empêcher DiMarco de faire son travail. Puis, quand ce dernier a découvert que je me faisais acheter, il est venu me trouver. J'ai essayé de gagner du temps. Weaver, lui, voulait tuer DiMarco : s'il parlait, cela nous aurait mis tous les deux en fâcheuse posture. Je n'étais pas d'accord ; si on tuait DiMarco, les journaux ne manqueraient pas de soulever une foule de questions, ce qui risquerait d'alerter la commission d'enquête de l'Etat. Weaver m'a dit de ne pas me faire de souci. Personne n'était censé s'apercevoir que DiMarco avait été assassiné. Mais Beckett et vous avez découvert le pot-aux-roses. Ce n'était pas le résultat que j'escomptais quand j'ai feint de vous confier l'enquête.

— Pourquoi Weaver aurait-il fait placer l'émetteur dans votre voiture ?

— Pour deux raisons, je suppose. Ma tâche consistait, au besoin, à empêcher les enquêteurs de s'y intéresser. Mais vous m'avez coiffé au poteau. C'est peut-être aussi, de la part de Weaver, une manière subtile de me signifier que je suis aussi vulnérable que DiMarco.

Je tentai de me relever. D'une main, Ross me repoussa.

— Restez où vous êtes. Je me sens plus en sécurité quand vous êtes à terre.

— Bon, et alors ? demandai-je.

— Vous constituez une menace, Cochrane. Il faut que vous disparaissiez. J'ai appelé Weaver pendant que vous étiez inconscient, et il envoie quelqu'un qui se chargera de vous.

La tête me tournait, et ce n'était pas seulement parce qu'il m'avait frappé. J'étais assailli par un tourbillon de pensées concernant Ross et DiMarco, sans oublier Weaver et la façon dont DiMarco avait été exécuté par des professionnels aux méthodes ultramodernes. Maintenant, c'était mon tour. Le pouvoir et l'argent. Je me demandais s'il existait une chose que Weaver ne pourrait acheter.

A ce moment précis, j'aurais eu bien besoin d'un coup de main.

— Votre femme pourrait arriver d'un instant à l'autre, dis-je, en souhaitant que ce soit le cas.

— Cela m'étonnerait. Ses occupations vont la retenir en ville pendant toute la journée. Je le savais quand je vous ai proposé de venir chez moi.

— Si on me retrouve mort, vous allez devoir fournir un tas d'explications.

— Vous avez de nombreux ennemis. Je pense que j'arriverai à maquiller les faits de façon plausible, étant donné que c'est moi qui dirigerai l'enquête.

Cela ne faisait aucun doute. Ce qui m'arrivait était de ma faute. Au lieu de m'adresser à Solkowsky, j'étais allé voir Ross directement, voulant agir seul et jouer au petit héros. A présent, je ne pouvais compter sur le secours de personne. Les gens qui ont établi les procédures d'enquêtes ne sont pas des imbéciles, et je suis depuis assez longtemps dans ce métier pour savoir que chaque règle a une raison valable — particulièrement celle qui veut qu'on ne travaille jamais seul. J'étais livré à moi-même, et il fallait que j'entreprenne quelque chose avant l'arrivée des hommes de Weaver.

Mme Ross avait décoré son intérieur avec beaucoup de goût, montrant une préférence marquée pour les parquets luisants, couverts, aux endroits de passage fréquent, de petits tapis tressés. Ross se tenait sur l'une de ces carpettes.

Sans réfléchir, sans même essayer d'imaginer la suite, je tendis la main, et, agrippant l'extrémité du tapis, je tirai de toutes mes forces.

Ross ne s'écroula pas. Ce genre de choses n'arrive que dans les films. Mais il perdit brièvement l'équilibre, et pendant cette fraction de seconde, je ne fus plus dans la ligne de mire du revolver. Je me jetai entre les jambes de Ross, et il bascula ; le coup partit, mais la balle passa au-dessus de ma tête. Malgré la douleur qui me martelait le crâne, je parvins assez facilement à le maîtriser, lui brisant presque les doigts pour lui arracher mon arme, avant de me relever péniblement.

A bout de forces, je m'adossai contre le mur, les tempes battantes, les yeux fixés sur Ross qui était resté par terre. Mais lui ne me regardait pas. Notre brève bagarre nous avait entraînés dans le couloir, et son regard était dirigé vers la porte d'entrée qui se trouvait derrière moi.

Le frisson qui me parcourut l'échine n'était pas seulement dû au courant d'air.

Une voix ordonna :

— Jette ton arme, Cochrane.

Je laissai tomber mon revolver sur le parquet.

— Passe à côté, dit la voix.

J'entrai dans le bureau de Ross.

— Toi aussi, intima la voix à l'intention de Ross.

Sous l'effet de la surprise, Ross perdit son sourire, mais il se redressa et me suivit sans dire un mot.

Me retournant, j'examinai les deux hommes qui pénétraient dans la pièce. Ils représentaient parfaitement le genre d'individus qu'employait Weaver, conformes en tous points au nouveau style de criminels en vogue. Bien habillés, portant une mallette d'homme d'affaires, ils ressemblaient plus à de jeunes cadres dynamiques qu'à des voyous, jusqu'à ce qu'on se rende compte, en observant attentivement leur visage, que peu de jeunes hommes d'affaires sont dotés d'un regard aussi froid et aussi morne...

— Emmenez-le, et finissons-en, dit Ross.

L'un des deux hommes était vêtu d'un épais manteau brun à col de fourrure ; le second portait un pardessus de cachemire bleu bien coupé. L'homme au col de fourrure avait mon revolver à la main, son compagnon tenait un pistolet muni d'un silencieux.

— Ferme-la, ordonna l'homme au cachemire.

— Ne me parlez pas sur ce ton, répliqua Ross, sèchement. Weaver n'aimerait pas ça.

L'homme eut un sourire glacial.

— Weaver, il s'en tape. Tu es fini. Il m'a chargé de te dire que tu lui causes trop d'ennuis pour les services que tu lui rends. (Me désignant du pouce, il ajouta :) Cochrane ne sera pas le seul à déguster. Toi aussi, tu vas y avoir droit. Weaver pense que c'est une occasion à ne pas rater. On va arranger les choses pour faire croire que Cochrane et toi vous êtes disputés et tiré dessus. Les gars de la Criminelle vont avoir du boulot pour démêler cette embrouille. Ça va les occuper pendant tout l'hiver.

Ross était complètement abasourdi. Je jaugeai l'homme au col de fourrure, me demandant combien de mètres j'arriverais à franchir avant qu'il m'abatte. Car il n'était pas question que je reste là sans rien faire.

Ce fut Ross qui précipita les choses. Il lui avait fallu un sacré cran pour arriver au poste qu'il occupait, et il comptait sur son audace pour aller encore plus loin, jusqu'à celui de gouverneur, et, qui sait, de membre du Sénat. Il ne laisserait personne compromettre ses projets sans se battre jusqu'au bout.

La mâchoire crispée, les poings en avant, il se lança sur l'homme au pardessus de cachemire.

Ce dernier n'avait pas le choix. Il tira sur Ross avant que le poing tendu ne l'atteigne. La balle partit avec une détonation discrète, et le manteau de Ross se souleva légèrement au moment de l'impact.

Cela détourna brièvement l'attention du deuxième homme, ce qui me permit d'entrer en action. Je m'y pris d'une manière un peu plus scientifique que Ross. D'une main, je saisis le revolver que tenait mon adversaire, tandis que de l'autre je lui donnai un coup sec sur l'avant-bras. J'avais à peine récupéré mon arme quand l'homme au cachemire, se tournant, fit feu sur moi. La balle me traversa le bras gauche, mais, ayant retrouvé le contact familier de mon revolver, j'avais eu le temps d'ajuster mon tir. J'appuyai sur la détente.

L'étoffe du pardessus se souleva légèrement, tout comme pour Ross. L'homme s'effondra.

Avant que j'aie le temps de me ressaisir, Col-de-Fourrure se précipita dans le couloir, et gagna la rue à toutes jambes, sans prendre le temps de refermer la porte.

Je m'écroulai dans un fauteuil, tandis que l'air froid et sec envahissait la pièce, chassant l'âcre odeur de cordite. Ross et l'homme au cachemire étaient tombés tout près l'un de l'autre, comme deux frères qui se seraient depuis longtemps perdus de vue, pour se retrouver enfin dans la mort.

Je contemplai le cadavre de Ross. Il était mort dignement. Le fait qu'il eût été corrompu par Weaver semblait, en quelque sorte, ne plus avoir d'importance. S'il ne s'était pas littéralement jeté sur l'arme qui le menaçait, je serais probablement mort, et je lui restais redevable de son geste, même s'il ne l'avait pas accompli pour moi.

S'il y avait quelque chose que je pouvais faire, c'était bien de préserver ce qui lui tenait le plus à cœur — sa réputation. Cela n'aurait servi à rien de la salir, à présent.

Je ne dirais rien au sujet des sommes déposées dans le coffre à la banque. Telle que je connaissais Mme Ross, elle refuserait certainement de révéler la provenance de cet argent. Qu'elle le garde ! Puisse-t-il la consoler de la perte de son mari en ces longues nuits d'hiver solitaires.

Je remettrais l'émetteur à Solkowsky, en lui précisant que c'était Ross lui-même qui l'avait découvert dans sa voiture. Comme Solkowsky n'avait aucune imagination, il accepterait la thèse du coup monté sans trop poser de questions. C'était le genre d'explication qu'il comprendrait facilement.

L'émetteur ne nous apprendrait rien. On se contenterait de la répertorier dans les annales, en tant que procédé nouveau — et original — pour commettre un meurtre à distance, et compliquer encore plus la tâche des inspecteurs de police.

En attendant, Weaver allait s'en tirer une fois de plus, sans risquer d'être inquiété pour les meurtres de DiMarco, de Brazil et de Ross. Il était beaucoup trop difficile d'établir un lien entre Weaver et les trois assassinats.

Mais, pour l'instant, il me fallait trouver une histoire pour expliquer la mort de Ross. Posant la tête sur mes genoux, je tentai de réfléchir malgré la douleur qui irradiait de ma blessure au bras.

Un criminel tue le D.A.
et blesse son assistant.

Les mots m'étaient venus je ne sais comment, et ils sonnaient bien. J'allais raconter qu'un individu armé avait surgi chez Ross alors que nous avions tous deux un entretien, et que l'homme avait tiré sur nous avant que je le descende. Les questions ne manqueraient pas, mais je m'efforcerais de tenir bon jusqu'à ce que je sois en état de penser clairement.

En soupirant, je me levai et me dirigeai vers le téléphone.

Combines, intrigues et corruption. C'était cela, la ville. Ross en avait fait partie, et il en était mort.

Beckett avait déclaré qu'il existait mille et une façons de tuer un homme. Il y avait aussi bon nombre de chemins menant à la mort.

Un homme aussi intelligent que Ross aurait dû y penser avant de se laisser acheter par Weaver.

Dead End
Traduction de Jean-Paul Gratias

je m'efforcerais de tenir bon jusqu'à ce que je sois en état de penser clairement.

En soupirant, je me levai et me dirigeai vers le téléphone.

Combines, intrigues et corruption. C'était cela, la ville. Ross en avait fait partie, et il en était mort.

Beckett avait déclaré qu'il existait mille et une façons de tuer un homme. Il y avait aussi bon nombre de chemins menant à la mort.

Un homme aussi intelligent que Ross aurait dû y penser avant de se laisser acheter par Weaver.

Dean Bird.
Traduction de Jean-Paul Gratias

Une mort éloquente

par

NANCY SCHACHTERLE

O'Hara se sentait frustré et quand Daniel Epstein O'Hara se sentait frustré, les conséquences s'étendaient à des kilomètres à la ronde. Les infirmières houspillées éprouvaient le soudain désir de le voir trépasser sans retard, puisqu'il était définitivement établi qu'il ne quitterait pas l'hôpital de sitôt. Dans leur désespoir, elles évaluaient la possibilité de provoquer elles-mêmes ce décès. Elles estimaient parfois que la punition qui en découlerait n'arriverait jamais à contrebalancer le soulagement qu'elles en éprouveraient.

Car non seulement O'Hara était cloué au lit, mais il s'y trouvait en extension continue et O'Hara en extension n'était pas à prendre avec des pincettes. Ce n'était pas seulement son confinement à l'hôpital qui frustrait O'Hara, mais la nature même de sa blessure. Il ne s'agissait pas d'une blessure honorable reçue dans l'accomplissement de son devoir. C'était une fracture en spirale de la jambe gauche, récoltée durant le dernier week-end de la saison de ski, qui le tenait ficelé « comme une oie de Noël », pour reprendre l'expression dont il usait lui-même.

Le bain du matin et son chapelet d'insultes terminés, O'Hara et la plus grande partie de sa maigre longueur étaient étendus dans le fouillis des draps, entourés par les pages des deux journaux du matin. Son torse se balançait dangereusement au bord du lit, dans ses efforts pour récupérer la partie du *Clarion-Register* qui avait glissé sur le plancher et, l'espace d'un instant, il sembla comme suspendu à sa jambe plâtrée que la poulie d'extension tirait vers le plafond.

— Je vous le ramasse !

Le sergent Giovanni arrivait juste à temps pour plonger et récupérer le journal, évitant que O'Hara ne s'écroule en catastrophe.

— Il est grand temps ! grogna O'Hara, dominant de la voix les prévisions météorologiques données par un journaliste apparaissant sur l'appareil de télévision encastré dans le mur en face de lui. C'est le meurtre du siècle et je suis ici comme un dindon sur sa broche, obligé de dénicher quelques précisions dans les journaux comme le dernier des quidams ?

— Vous êtes en congé de maladie, lui rappela Giovanni.

— Je vais devenir fou, si je n'ai pas quelque chose pour m'occuper. Mon corps est réduit à l'inaction, mais pas mon esprit.

— J'étais seulement censé vous apporter le courrier qui se trouvait sur votre bureau, dit Giovanni, en lui remettant plusieurs enveloppes liées ensemble par un élastique.

Le patient les regarda à peine avant de les glisser dans le tiroir de la table de nuit. Puis, se laissant aller contre les oreillers, ses cheveux poivre et sel rageusement hérissés, O'Hara croisa les bras d'un geste résolu, en disant :

— Allons, Giovanni, mets-moi au parfum.

— Oh ! répondit Giovanni en montrant les journaux, vous avez à peu près tout, là.

— Ne me raconte pas d'histoire, mon garçon ! Il n'y a rien là-dedans. Probyn est mort, voilà tout ce qu'ils disent. Commence par le commencement. Comment veux-tu que je contribue à élucider cette affaire si je n'en connais pas les détails ?

— Ma foi...

Giovanni hésita, son regard se porta vers la porte.

— Je pense que quelques minutes ne feront pas tellement de différence. Le corps était celui de Gérald

Probyn, commença-t-il comme s'il lisait son carnet de notes.

— Cela, je le sais, coupa O'Hara. N'importe quel écolier sait qui est Gérald Probyn. Il possède des mines, des usines... et je crois même, si l'on allait y voir, le sénateur de notre Etat. Il habite, ou plutôt habitait *La Grille,* une propriété qui mérite bien son nom, située à huit miles à l'est de cette ville, où il est encore plus difficile d'entrer que de pénétrer à Fort Knox (1), et pourtant quelqu'un l'a tué. Vas-tu maintenant me donner les détails ou dois-je m'en aller à cloche-pied jusqu'au commissariat pour les y réclamer moi-même ?

Giovanni rougit. C'était un homme doux, trapu et paisible, toujours un peu impressionné par O'Hara, encore qu'après six mois d'association avec lui, il se fût presque habitué à ses façons. Il demeura près de la fenêtre, à distance respectueuse.

— Nous ne savons pas à quel moment Probyn a été abattu d'un coup de feu. Il semblait avoir l'habitude de passer le plus clair de son temps dans la serre et il s'y trouvait depuis le début de l'après-midi. Il avait un grand berger allemand nommé Vulcain en liberté dans la propriété, mais c'était davantage un compagnon qu'un chien de garde. Peu avant cinq heures — elle ne peut se montrer plus précise — la cuisinière entendit Vulcain hurler à la mort d'une façon tellement sinistre qu'elle envoya aussitôt une bonne voir ce qui se passait. La domestique trouva Probyn gisant hors de la serre, mort, et le chien hurlant sur son corps.

Penché en avant, O'Hara écoutait attentivement. Il jeta un coup d'œil meurtrier à la T.V. qui distillait un feuilleton-guimauve.

— Arrête ce bon sang d'appareil !

Giovanni étudia le récepteur.

— C'est vous qui en avez les commandes, fit-il remarquer.

O'Hara malmena les draps du lit et en extirpa le clavier de commande à distance. L'écran passa

(1) Où se trouve la réserve-or des Etats-Unis.

d'anciens westerns à des variétés en délire tandis qu'il pressait les différents boutons. Enfin l'écran s'éteignit.

— Voilà qui est mieux. Et maintenant, si tu te rapprochais un peu, ça m'éviterait de gueuler. Je ne suis pas contagieux, tu sais !

Giovanni se rapprocha du lit et O'Hara s'enquit :

— Il était mort depuis combien de temps ?

— Vous comprenez, s'agissant d'une blessure abdominale le médecin dit qu'il a pu survivre entre dix minutes et une demi-heure. Il s'est traîné dans la serre en laissant une trace sanglante qu'il est possible de suivre sur le sol. Je n'ai vraiment pas compris pourquoi il a fait ça... De la façon dont il s'y est pris, ça ne menait à rien. Je vous explique : il se trouvait dans une allée, loin de l'entrée, lorsqu'il a reçu la balle de revolver. D'après moi, l'assassin a dû avoir peur du chien, sans quoi il eût achevé le vieux. Ce dernier est resté un moment à l'endroit où il est tombé, puis il s'est mis à ramper. Il y a trois grandes allées dans la serre, comme ceci...

Giovanni se pencha au-dessus du lit, dessinant un grossier croquis avec un bout de crayon émoussé sur la première feuille de journal qu'il avait sous la main.

— ... coupées perpendiculairement en leur milieu par celle qui part de la porte. Probyn se trouvait au bout de l'allée médiane. Pour atteindre la porte, en quête de secours, il lui fallait se traîner jusqu'à l'allée centrale et tourner à droite. Je suppose qu'il ne devait plus avoir sa tête car c'est à gauche qu'il a tourné. Il a quand même dû s'apercevoir de son erreur vu qu'il a fait demi-tour lorsqu'il est arrivé près de ces fleurs. Mais voilà-t-il pas que, au lieu d'aller droit vers la porte, il est revenu à son point de départ ! Et une fois là, il a continué jusqu'au bout de l'allée médiane. Là, il a tourné dans ce qu'ils appellent l'allée extérieure, celle qui longe les parois vitrées de la serre. Seulement, là encore, au lieu de suivre cette allée en direction de la porte, il s'est traîné de nouveau du côté opposé, jusqu'au même endroit, où il a sans doute voulu se cramponner aux fleurs. Il est retombé en les arrachant et c'est là, avec ces fleurs dans la main, qu'il est mort.

— Quelle sorte de fleurs était-ce ?

Giovanni haussa les épaules.

— Je ne sais pas, je n'y connais rien en fleurs.

La jambe en extension vacilla dangereusement quand O'Hara redressa soudain le torse.

— Alors, renseigne-toi, bon sang de bois !

La porte s'ouvrit avec un bruit feutré et une infirmière d'âge mûr, puissamment bâtie, au buste proéminent, s'avança vers O'Hara.

— Ne voyez-vous pas que nous sommes occupés ? lui lança-t-il.

— Allons, monsieur O'Hara, ne soyez donc pas comme ça.

Elle glissa un thermomètre sous la langue du policier au moment où il ouvrait la bouche pour protester, puis lui prit le pouls en observant sa montre.

De sa main libre, O'Hara intima à Giovanni de continuer. L'autre hésita, se racla la gorge et reprit :

— C'est là que la bonne l'a trouvé vers cinq heures. La veille, Probyn avait souffert d'une grippe intestinale qui se prolongeait encore ce jour-là, aussi n'avait-il pas mangé comme à l'ordinaire. Simplement du thé chaud et des biscottes chaque fois qu'il en éprouvait le besoin. On ne peut donc tabler sur le contenu de l'estomac pour déterminer l'heure exacte du décès. Et, par ailleurs, comme Vulcain s'était couché sur son maître, le refroidissement du corps n'a pas suivi son cours normal. En conséquence de quoi, le toubib dit que l'agression a pu se produire au minimum une demi-heure et au maximum deux heures avant qu'on ne découvre le drame.

L'infirmière retira le thermomètre de la bouche d'O'Hara et d'un tour de main très professionnel l'orienta de façon à pouvoir lire la température.

— Eh bien, monsieur O'Hara, déclara-t-elle, pour ce pauvre M. Probyn, je ne peux pas me prononcer, mais, en ce qui vous concerne, le refroidissement du corps suit son cours normal.

Elle nota la température sur la feuille tandis qu'O'Hara lui lançait d'un air peiné :

— Y a donc personne de sérieux ici !

L'infirmière s'éclipsa avec un sourire d'aise.

— Ici, on ne vous laisse aucun répit, dit O'Hara, mais je dois reconnaître qu'il est agréable d'avoir cet ange de miséricorde près de soi quand la douleur finit par vous excéder.

Il remua avec gêne dans les draps emmêlés, comme s'il craignait d'avoir paru faible aux yeux de Giovanni qu'il foudroya du regard.

— Allez, la suite ! Qui as-tu comme suspects ?

— Personne de sûr pour le moment. Il y a d'abord, outre Probyn lui-même, les membres de la maisonnée habitant là, sa belle-sœur qui semble être une sorte de parente pauvre et sa petite-fille Marla... Marla...

— Wyman, compléta O'Hara. Je l'ai vue en ville : un amour de fille dans les vingt ans.

Le seizième de sang irlandais qui coulait dans les veines d'O'Hara avait tendance à s'extérioriser dans sa façon de parler.

— De longs cheveux noirs dignes de Deirdre la Douce et des yeux aussi bleus que la rivière Shannon !

A part soi, Giovanni se demanda jusqu'à quel point cette rivière pouvait être bleue.

— C'est bien elle, opina-t-il. Puis il y a un maître d'hôtel avec sa femme, qui est la cuisinière, deux bonnes, un chauffeur-homme à tout faire, le vieux qui s'occupe de la conciergerie et sa femme. Personne, O'Hara, ne peut pénétrer dans la propriété sans la permission de Probyn.

— Ne t'avais-je pas dit que c'était comme Fort Knox ? Le mur de pierre doit être haut de trois mètres. Il entoure complètement la propriété et la seule porte qui n'est pas verrouillée est gardée jour et nuit.

— C'est exact, confirma Giovanni. La femme du concierge jure que ce dernier n'a pas quitté son poste de toute la journée. Donc, à moins de trouver quelqu'un qui jure le contraire, nous pouvons l'éliminer. Et trois personnes seulement sont entrées après que Probyn fut allé pour la dernière fois à la cuisine prendre du thé.

Sur le front coloré d'O'Hara, les rides s'accentuèrent tandis qu'il réfléchissait profondément.

— Es-tu sûr qu'il s'agissait d'une grippe intestinale et non d'un peu d'arsenic ou autre poison, que quelqu'un aurait mélangé furtivement à ses aliments ? Il se pourrait que ce coup de feu soit une seconde tentative de meurtre ?

Giovanni se rengorgea comme un écolier se voyant attribuer une bonne note qu'il n'escomptait pas.

— C'est la première chose à laquelle j'ai pensé. Le toubib doit regarder ça en pratiquant l'autopsie. Nous n'allons pas tarder à recevoir son rapport.

— Qui s'occupe de cette affaire en dehors de nous ?

Giovanni hésita. Une des premières choses dont on l'avait averti lorsqu'il avait été changé de secteur, c'était qu'avec O'Hara on ne savait jamais sur quel pied danser. Et le fait d'être cloué sur un lit d'hôpital n'était pas de nature à améliorer sa susceptibilité ombrageuse.

— Lindstrom et moi avons été chargés de l'enquête préliminaire.

O'Hara opina, avec une grimace qui tordit sa bouche :

— Il commence à se faire. Il s'est bien débrouillé dans l'affaire Masterson.

Giovanni n'en revenait pas. La dernière fois qu'O'Hara lui avait parlé de Lindstrom, il l'avait qualifié de « gros lourdaud ».

— Mais, continua O'Hara, je vais travailler avec vous deux jusqu'à la fin. Sois sans inquiétude, je ne vous laisserai pas tomber.

Il en vint presque à sourire de contentement, en imaginant le réconfort que cette assurance devait apporter à ses collègues.

— Quels sont les trois dont tu m'as parlé, qui ont été admis à pénétrer dans la forteresse ?

Giovanni consulta ses notes :

— Rupert Kendall est arrivé à trois heures précises. J'ai parlé avec le secrétaire de Probyn à l'usine, et Kendall me semble constituer un suspect de choix. Il a fait beaucoup de bruit ces dernières semaines, en prétendant que le vieux lui avait volé un procédé de fabrication dont il était l'inventeur.

— Le promoteur.

Giovanni eut un haussement d'épaules :

— En tout cas, c'est censé permettre d'économiser des millions ou, au moins, des milliers de dollars et le gars en a fait tout un foin. Hawkins, le chauffeur, lavait alors une des voitures hors du garage qui peut en contenir quatre, à cinquante mètres de la serre. D'après ce qu'il a pu entendre, la discussion était violente. Il m'a dit que Kendall avait traité le vieux de tous les noms.

— Kendall, musa O'Hara, c'est un nom qui semble me dire quelque chose.

— La quarantaine, grand, élancé, brun avec un début de calvitie sur le front. Un regard ardent qui donne vraiment l'impression de lire en vous.

O'Hara approuva de la tête avec satisfaction :

— Je le connais ! Un nez aquilin, une bouche sensuelle. Un mélange de poète et de pirate. Qu'a-t-il dit pour son compte ?

— Il admet qu'ils ont eu une altercation, dit Giovanni, mais jure que Probyn était vivant quand il l'a quitté.

— A sa place, t'en ferais pas autant ?

— Je suppose que si... De toute façon, le concierge affirme qu'il est parti à 15 heures 20. Dix minutes plus tard, un nommé John Maine est arrivé.

— Lui, je le connais : taille moyenne, la cinquantaine, le genre sarcastique. Il a été marié avec une fille de Probyn. Pas la mère de Marla, l'autre. Elle est morte maintenant et lui travaille pour le vieux... ou du moins c'était le cas la dernière fois que j'ai entendu parler de lui.

— C'est bien de lui dont il s'agit, un comptable. Il s'est pointé à la maison et le maître d'hôtel l'a informé que Probyn était dans la serre. Il est donc parti dans cette direction, mais prétend s'être ravisé en cours de route et n'avoir pas voulu déranger le vieux. Toutefois, il n'est ressorti de la propriété qu'à 15 heures 45. Quand je lui ai demandé ce qui l'avait retardé, il m'a déclaré avoir remarqué la Ferrari de Marla dans le garage et être resté à l'admirer en se demandant s'il pourrait jamais s'en offrir une.

— Le chauffeur n'était plus là ?

Giovanni secoua la tête :

— Il a fini de laver la voiture à peu près au moment où Kendall est parti. Après quoi, il est allé en ville faire une commission pour la cuisinière. Le concierge confirme qu'il a quitté la propriété peu après Kendall, et il a été vu au marché.

O'Hara se pencha en travers du lit afin d'atteindre la table de nuit et extirpa du tiroir une de ses lettres dont il se servit pour consigner des notes au verso.

— Maine est parti à 15 heures 45 ?

— Oui, confirma Giovanni. Nous avons deux témoins pour l'attester. Au moment où il s'en allait, est arrivé le soupirant de la petite-fille, Loren Renaldi. Un type déplaisant, si vous voulez mon avis. Dans les vingt-trois ans à ce qu'il me semble. Il est grand, bien bâti, mais, avec la gueule qu'il a, ça peut être aussi bien un génie en herbe qu'un débile mental. Des cheveux longs et raides qui recouvrent son col et ne sont probablement pas très propres. Quant à ses vêtements, vous n'avez pas idée ! Il est vrai que le vieux Probyn lui-même avait un vieux pantalon déformé et une veste qui semblait avoir ramoné un tuyau de poêle.

— Les millionnaires peuvent se permettre de ressembler à des vagabonds, remarqua O'Hara. Le soupirant est-il allé dans la serre ?

— Il prétend que non. Mlle Wyman et sa tante confirment toutes deux qu'il a passé environ vingt minutes avec elles, avant de se mettre en quête du vieux. Renaldi voulait convaincre Probyn de lui laisser épouser sa petite-fille. Il dit que le courage lui a manqué et qu'il a essayé d'y remédier en se promenant dans le parc, mais qu'il a fini par s'en aller, estimant préférable de revenir quand le vieux ne souffrirait plus de ce que Renaldi appelle « ses coliques ».

— Si ce garçon épousait Marla maintenant que le vieux est mort, il épouserait la grosse dot ! Mais il eût été plus malin de se marier d'abord et de liquider le vieux ensuite... si c'est vraiment lui qui a fait le coup.

O'Hara pencha la tête de côté ; ses yeux vifs, semblables à ceux d'un oiseau, parurent considérer des impondérables voltigeant autour de lui.

— Non, à la réflexion, mieux valait liquider le vieil homme d'abord. De toute façon, Marla héritait, mais de surcroît Probyn n'était plus là pour élever des objections…

Il ramena son regard vers Giovanni :

— Comment va être partagé le gâteau maintenant que Probyn est mort ?

— La plus grosse part va à une fondation pour la recherche médicale, à une nouvelle bibliothèque pour la ville et d'autres legs du même genre, avec un conseil contrôlant la chose. Marla reçoit trois millions nets de droit, en *fideicommis* jusqu'à vingt et un ans, plus des actions de l'usine. Sa tante ou grand-tante — c'est la veuve d'un frère — reçoit une pension de 20 000 dollars par an si elle continue d'habiter *La Grille;* 35 000 si, pour une raison quelconque, elle préfère résider ailleurs. Tous les domestiques reçoivent une bonne somme, à l'exception d'une femme de chambre nouvellement arrivée. Ça oscille entre 5 000 et 15 000 dollars par tête de pipe selon le temps qu'ils ont passé à *La Grille.* Il y a encore quelques autres petits bénéficiaires, mais qui ne peuvent pas être mis en cause.

— Trois millions, siffla O'Hara. Des nurses, des gouvernantes quand elle était petite, les meilleures écoles ici et en Angleterre, une année à la Sorbonne et maintenant tout ce fric. Y en a qui ont rudement de la veine. Mais je ne crois pas que cette petite mignonne aurait fait une chose pareille, surtout qu'elle avait déjà la belle vie. Peut-elle être suspectée ?

— Guère… car elle s'est trouvée avec sa tante ou une des domestiques, sauf pendant une vingtaine de minutes, juste après le départ de son soupirant. Elle déclare qu'elle était alors dans la bibliothèque à prendre des notes pour un rapport auquel elle travaille. Elle suit des cours à l'Université. Personne ne l'a vue durant ce laps de temps. En théorie, elle aurait pu se glisser dehors et tuer le vieux, mais je suis de votre avis, je ne crois pas que ce soit son genre. Elle paraît très bouleversée par la mort tragique de son grand-père.

— Et les autres ?

— Tous ont été interrogés. Pendant que Marla se trouvait dans la bibliothèque, la tante était à l'office avec la cuisinière, discutant de nouvelles recettes. Les bonnes travaillaient toutes les deux au premier étage. Pour les soupçonner, il faudrait donc les supposer complices.

— Et le maître d'hôtel ?

— Il s'est senti patraque toute la journée, probablement le même truc que Probyn. Renaldi parti, Marla lui a dit d'aller se coucher. Une des bonnes l'a vu monter et, comme elle a travaillé dans cette partie de la maison durant un long moment, elle l'aurait certainement vu descendre le cas échéant.

O'Hara griffonna sur le dos de l'enveloppe :

— Voilà pour les gens de la maison. Qu'avons-nous maintenant comme pièces à conviction ?

— Pas grand-chose, la balle qui l'a tué est de calibre 38. Il y a plusieurs fusils dans la maison, mais un seul revolver de calibre 22 qui se trouvait dans le bureau de Probyn et qui n'a pas servi depuis la dernière fois qu'on l'a nettoyé. Il n'était même pas chargé.

— Aucune empreinte digitale significative ?

— Le labo s'en occupe, mais jusqu'à présent ils n'ont rien trouvé qui puisse nous être utile.

— Des marques de pas ?

Giovanni acquiesça :

— Une. Le sol de la serre est de terre très dure, mais le chauffeur, qui s'occupe également des plantes, a renversé un arrosoir près de la porte d'entrée, voici deux jours. Entre-temps, le sol est redevenu à peu près sec. Nous y avons néanmoins relevé une empreinte qui paraît prometteuse. Hawkins, le chauffeur, nous a dit que le vieux monsieur ne permettait plus à Vulcain d'entrer dans la serre, car, en agitant la queue, il renversait souvent des pots ou brisait des plantes. Notre empreinte a une patte de Vulcain imprimée par-dessus, en direction de la porte. Cela semble indiquer qu'elle a été faite lorsque le chien a effrayé l'assassin. Personne n'a été à cet endroit depuis que l'eau a été renversée, sauf cet après-midi. L'empreinte est parfaitement lisse, mais il y a une sorte de coupure comme faite par une pierre qui se serait fichée dans la semelle de la chaussure, puis s'en serait ensuite délogée. Cette entaille est bien marquée.

Les joues d'O'Hara se creusèrent dans un large sourire.

— Parfait ! Voilà au moins quelque chose de concret. Si cette empreinte a été laissée par l'assassin et que celui-ci ignore que nous l'avons, nous pourrions la comparer avec la chaussure avant qu'il ne pense à s'en débarrasser.

Giovanni regarda sa montre avec étonnement :

— Chef, je sais que vous voulez connaître tous les détails, mais j'était censé vous apporter seulement votre courrier et continuer l'enquête. Lindstrom doit m'attendre...

— Bon... bon, grommela O'Hara, file ! Mais continue à me tenir au courant, tu entends ? Et surtout n'oublie pas de te renseigner sur le genre de fleurs que le vieux tenait dans sa main.

Giovanni se dirigea vers la porte :

— Je vais faire de mon mieux et reviendrai soit ce soir, soit demain matin pour vous tenir au courant.

— Ce soir ! cria impérieusement O'Hara alors que le sergent s'éclipsait.

Le malade demeura un instant à regarder fixement la porte fermée, puis se rencoigna dans son lit. Pour réfléchir.

C'est beaucoup plus du fait de sa frustration que par réelle méchanceté qu'O'Hara rendit la vie impossible au personnel du deuxième étage durant tout le reste de la journée. Quand la relève du personnel s'effectua au cours de l'après-midi, la première des recommandations ne concernait pas la violente réaction de Mme Hurley à son nouveau traitement, ni l'ordre donné par le Dr MacCallum de veiller à ce que les visiteurs de

M. Janeway ne lui apportent pas d'alcool en cachette. Non, ce qu'on recommandait avant tout, c'était de « faire gaffe à O'Hara ».

L'infirmière-chef laissa échapper un soupir de soulagement quand, juste après souper, elle vit le sergent Giovanni déambuler dans le corridor en direction du 204. Peut-être la situation allait-elle maintenant s'améliorer.

— Alors ? grogna O'Hara, quand le sergent ouvrit la porte. Tu en as mis du temps ! Où es-tu donc allé ?

— J'ai eu beaucoup à faire, du travail à rattraper à cause du temps que j'ai passé ici ce matin, répondit le sergent Giovanni en ayant beaucoup moins l'air de s'excuser qu'il ne l'eût fait quelques mois auparavant. J'ai néanmoins appris pas mal de choses.

— Par exemple ?

— D'abord, il n'y a aucune trace de poison, même pas l'infime quantité qui aurait pu provoquer un trouble ressemblant à une grippe intestinale. Aucune empreinte dans la serre sauf celles que l'on pouvait s'attendre à y trouver normalement. Nous avons pris un excellent moulage de l'empreinte de chaussure, montrant clairement l'entaille de la semelle et le chauffeur m'a dit que c'était des gouets (1) que le vieux tenait dans la main.

— Des gouets ?

— C'est ce qu'il a dit, moi je n'y connais rien.

— De quelle couleur étaient ces fleurs ? A quoi ressemblaient-elles ?

— Mais le vieux a juste tenté de s'y accrocher. C'est comme ça qu'ils les a arrachées. Alors, quelle importance ? fit Giovanni avec une hardiesse sans précédent.

— Quelle importance ? Je vais t'en foutre de l'importance... Non mais ! Tu les as vues, n'est-ce pas ?

— Ouais... si vous tenez à le savoir, elles sont blanches et ressemblent un peu à des cornets de dragées.

— Enfin, je n'ignore pas que seul le mauvais ouvrier

(1) Nom vulgaire de l'arum.

se plaint de ses outils ! soupira O'Hara en levant les yeux vers le plafond.

Giovanni resta silencieux devant cette repartie qui lui semblait décousue.

— Rien d'autre ? Avez-vous retrouvé les chaussures qui ont laissé cette empreinte ?

Giovanni secoua la tête :

— Au stade où en est l'affaire, le juge Clayton se refuse à délivrer un mandat de perquisition au domicile des suspects. Il dit que si nous pouvions lui présenter quelque chose tendant à accuser l'un d'eux, il n'en demanderait pas plus. Mais, pour l'instant, il estime que nos soupçons ne sont pas suffisamment étayés.

— Et pendant ce temps, ce quelqu'un va réfléchir et conclure qu'il lui faut se débarrasser des chaussures. Ce serait bien notre veine. Malédiction ! Ah ! si j'étais hors d'ici, je les aurais retrouvées ces godasses, moi, avec ou sans mandat !

Giovanni s'écarta instinctivement du lit.

— Si vous n'avez plus besoin de moi, je vais...

O'Hara le renvoya d'un geste absent, tout en étudiant ses notes au dos de l'enveloppe.

— Va... va ! Je vais travailler avec ce que j'ai.

Les infirmières de garde échangèrent des regards pleins d'appréhension en voyant Giovanni quitter l'étage. Le répit avait été de courte durée.

Malgré tout, la soirée fut relativement calme. Après l'heure des visites, la tranquillité régna durant un temps inhabituel. Les fiches furent mises à jour, les étagères nettoyées, puis on se polit les ongles en cancanant à mi-voix. Soudain ce fut comme la chute d'un couperet : le voyant d'O'Hara s'était allumé.

— Pas moi ! s'écrièrent plusieurs infirmières en parfait unisson.

— Je vais y aller moi-même, proposa l'infirmière principale, et d'un pas aussi rapide que silencieux, elle se dirigea vers le fond du corridor.

— Qu'y a-t-il, monsieur O'Hara ? Auriez-vous besoin d'un somnifère ?

La chambre était préparée pour la nuit, avec la seule

clarté de la veilleuse placée derrière le lit. Mais cela suffisait à l'infirmière pour voir le bord du lit, l'appareil d'extension à bout de course, et O'Hara, une main appuyée sur la table de nuit pendant que l'autre tentait de saisir le téléphone qui se trouvait hors d'atteinte.

— Un somnifère ? Il me faut arrêter un assassin et pour cela, ce n'est pas de dormir que j'ai besoin, mais de téléphoner à l'extérieur.

— Voyons, monsieur O'Hara ! Vous allez réveiller les autres malades. Ne vous rendez-vous pas compte qu'il est plus de deux heures du matin ?

— Appelez-moi le numéro dont j'ai besoin ou, non seulement je vais réveiller les malades, mais aussi les morts ! menaça-t-il encore mais d'une voix légèrement radoucie.

— Monsieur O'Hara !

— Je vous en prie...

Cette supplication était tellement inattendue que l'infirmière eut le récepteur en main avant de se rendre compte de ce qu'elle faisait.

— Quel numéro désirez-vous ?

O'Hara l'indiqua. Un moment après, elle lui passa le récepteur.

— Ici O'Hara, je voudrais parler à Giovanni.

Il y eut une courte attente, puis une voix ensommeillée lui parvint à travers le récepteur.

— Giovanni, j'ai trouvé l'indice dont tu as besoin. Réveille Lindstrom et voyez si le juge Clayton accepte maintenant de signer le mandat de perquisition. Sortez-le de son lit, s'il le faut, mais trouvez-moi ces chaussures avant qu'il ne soit trop tard !

Le récepteur se mit à vibrer de protestations entremêlées de questions. En quelques phrases concises, O'Hara dit à son sergent ce qu'il avait trouvé et qui cela accusait. L'infirmière qui, demeurée près de lui, écoutait attentivement, laissa échapper une exclamation de surprise.

— Maintenant, grouille-toi, mon gars, et viens au rapport demain matin.

O'Hara rendit le récepteur à l'infirmière.

— A présent, ma belle, je vous serais obligé de vous retirer. On ne vous a donc jamais appris que les malades ont besoin de beaucoup de repos ?

Il se nicha dans ses oreillers, cherchant la position la plus confortable eu égard aux circonstances. Il décocha une œillade appuyée à l'infirmière, puis ferma les yeux et se prépara à dormir.

Dans le corridor, des employés poussaient les chariots chargés des plateaux du petit déjeuner, quand Giovanni reparut au 204. O'Hara le salua d'un sourire satisfait, à l'effet quelque peu gâté par une bouchée d'œufs brouillés.

— Tu les as trouvées ?

Giovanni hocha la tête :

— Le juge Clayton a accepté de courir le risque en se basant sur votre raisonnement et il a signé un mandat de perquisition. Les chaussures se trouvaient au fond d'un sac. L'entaille dans la semelle est nette et la chaussure correspond très exactement au moulage. Du reste nous avons eu droit à un supplément !

Rayonnant de satisfaction, il attendit la réaction de son supérieur.

Un haussement de sourcils et un silence attentif l'incitèrent à poursuivre.

— Le revolver ! Il a été nettoyé, mais nous avons réveillé les gars de la balistique et c'est bien l'arme dont s'est servi l'assassin.

Le visage d'O'Hara s'épanouit.

— Du bon travail. J'avais bien escompté trouver la réponse avant que la pièce à conviction ait disparu. Maintenant je suppose que tu aimerais savoir comment j'ai élucidé cette affaire ?

Giovanni balança. O'Hara aurait-il oublié leur conversation téléphonique de deux heures du matin ? Non, mais il méritait bien qu'on lui fasse ce plaisir.

— Ma foi, je n'ai pas bien compris cette nuit... Je veux dire quelle ligne a suivi votre raisonnement ? concéda-t-il finalement. Ça m'a eu plutôt l'air d'un coup de veine...

O'Hara plaqua un triangle de toast sur le plateau :

— Un coup de veine ? Pas du tout, c'est mon expérience des choses de ce monde qui m'a fourni la solution. C'est en cela que nous, qui avons davantage vécu, possédons une supériorité sur vous, les jeunes. Mais ne te bile pas : ça te viendra avec le temps et tu m'auras vite rattrapé ! C'est la conduite du vieux Probyn, après qu'il eut été atteint par la balle, qui m'a donné la clef de toute l'affaire. Tu en avais eu toi-même conscience mais tu n'avais pas su l'interpréter. Pourquoi s'est-il ainsi traîné par terre pour aller par deux fois à l'opposé de la porte en empruntant de surcroît un chemin différent ? C'était pourtant du côté de la porte qu'il pouvait espérer trouver du secours, ça me paraît clair.

— Maintenant, dit Giovanni. Mais avant, je pensais simplement que la douleur avait pu lui déranger le cerveau.

— J'ai eu davantage que toi le temps d'y réfléchir, admit O'Hara. Probyn n'a pas cherché à se cramponner aux fleurs parce qu'il s'effondrait. Non, il s'est traîné, délibérément traîné à deux reprises vers ces fleurs parce qu'il craignait de n'avoir guère de chance de survivre à une pareille blessure. De son sang avec lequel s'enfuyait sa vie, il nous a tracé une piste par tous les chemins s'offrant à lui pour nous mener jusqu'à son assassin.

— Un vieux qui en avait drôlement dans le ventre ! murmura Giovanni avec respect sans se rendre compte qu'il jouait sur les mots.

— Mais le fait que vous ayez identifié ces fleurs comme étant des gouets a bien failli rendre vain le mal qu'il s'était donné avant de mourir.

Giovanni se piqua :

— Je vous avais prévenu que je ne m'y connaissais pas en fleurs et le chauffeur-jardinier m'a dit que c'étaient des gouets. Ce n'était pas ça ?

— Si... c'est leur nom usuel, mais Probyn ne le connaissait pas plus que moi... qui ai dû le chercher dans le dictionnaire que m'a prêté l'ange de miséricorde. Pour le dictionnaire, comme pour moi, ces fleurs blanches qui te font penser à des cornets de dragées, ce sont des arums.

— Ce nom-là ne m'en dit pas davantage, chef...

— Réfléchis : par deux fois, en utilisant tous les chemins de la serre s'offrant à lui, Probyn s'est traîné vers ces arums.

— Je ne vois toujours pas comment...

— Ecoute bien, Giovanni. Tous les chemins... arums. Tous les chemins... arums. Ça te fait penser à quoi ?

— Au proverbe : tous les chemins mènent à Rome.

— Et voilà ! Tous les chemins *mènent* à Rome ; c'est ce mot que Probyn a voulu nous crier par-dessus la tombe. Mènent ou Maine, ça s'entend pareillement.

— Ouais... ouais... Eh bien, Maine, quand nous avons découvert les chaussures et lui avons montré l'empreinte dans la serre, il a prétendu n'y avoir pas mis les pieds. Puis, après avoir longtemps tourné autour du pot, il a fini par convenir qu'il y était allé pour parler au vieux monsieur, mais a juré ses grands dieux qu'il l'y avait laissé bien vivant. Toutefois, quand nous lui avons assené l'accusation du moribond, il s'est effondré et a tout avoué. — L'éternelle histoire : excellent comptable, il s'était mis à trafiquer les livres et avait ainsi de côté un joli magot. Mais le vieux Probyn fut plus malin et sut voir ce qui avait échappé à plusieurs vérifications. Je suppose que, se sentant de la famille — encore que par alliance ! —, Maine pensait que Probyn ne voudrait pas le faire aller en prison. Mais c'était mal connaître la mentalité des millionnaires. Dans la serre, Probyn annonça tout net qu'il allait porter plainte et que Maine finirait en prison. Alors celui-ci l'abattit d'un coup de revolver. Le fait qu'il ait apporté l'arme avec lui ne laisse aucun doute quant à la préméditation.

— Grâce au vieux Probyn, cette affaire nous a vraiment été présentée sur un plateau d'argent comme la tête de saint Jean-Baptiste par Salomé.

— Ouais... dit Giovanni.

— Si bien que maintenant, déclara O'Hara en étendant de la confiture sur un toast, tu peux aller t'occuper d'autre chose.

— Bon... Alors, merci pour votre aide, dit Giovanni

en gagnant la porte. Mais c'était *à* Salomé et non *par* Salomé, ajouta-t-il.

Seulement il se garda bien de le faire avant d'avoir refermé la porte derrière lui.

Speak Well for the Dead
Traduction d'Irène H. Perrée

Cadeau-Souvenir

par

DONALD OLSON

Une fois la saison terminée, à Glen Avon, j'avais coutume de rester encore une semaine ou deux au Pavier, ayant constaté que cette brève période était particulièrement bénéfique pour ma production littéraire. A mes moments perdus, j'aidais Margit, ma propriétaire, à préparer pour l'hiver sa vénérable demeure aménagée en résidence estivale pour hôtes payants. Elle avait partagé avec sa grand-mère et une tante âgée une existence terne et migratoire, ouvrant la maison en mai, la fermant en septembre, après la fête du Travail, et allant séjourner à Saint-Petersbourg durant les mois d'hiver. Les deux vieilles dames étaient mortes deux ans auparavant, à quelques semaines d'intervalle, mais Margit observait toujours le même rituel ; elle me faisait penser à un oiseau voyant enfin sa cage ouverte mais ne sachant trop où aller, ni même si ses ailes pourront fonctionner convenablement.

Un jour où je me trouvais seul dans la maison, profondément absorbé par mon travail, m'efforçant de boucler l'ultime chapitre de mon roman, la sonnerie de l'entrée me fit légèrement sursauter. Je descendis ouvrir la porte et aperçus, scrutant l'intérieur du hall à travers le grillage, une jeune femme aux yeux bleus et aux cheveux cannelle, plutôt séduisante, mais à l'air las, désabusé, comme résigné. Une voiture de sport étrangère stationnait au bord du trottoir.

— Je voudrais voir Miss Fanchon. Je suis Helen Maier.

A ce nom, sur le moment, je ne réagis pas, l'esprit ailleurs. Je lui appris que Margit était sortie faire un tour mais ne tarderait pas à rentrer.

— On m'a dit que le « Fillmore » — c'est bien ce nom-là ? — était le seul hôtel encore ouvert. Peut-être devrais-je me dépêcher d'y faire un saut et d'y réserver une chambre pour la nuit. Ça fait des heures que je tiens le volant.

M'ayant suivi dans le petit salon, elle laissa échapper un cri bref mais perçant et je tendis une main secourable, pensant qu'elle avait pu manquer la marche en pénétrant dans la pièce et se tordre la cheville. Son visage était devenu tout pâle ; notant la direction de son regard, je sus aussitôt qui elle était.

— Mon Dieu, suis-je bête ! Vous devez être la femme de Paul.

Elle continuait de fixer intensément une des sculptures ornant le dessus de cheminée.

— Qui est l'artiste ? finit-elle par murmurer.

— Margit. Miss Fanchon. (Puis, dans un effort maladroit pour dissiper le malaise ambiant, j'ajoutai :) La tête du milieu c'est la mienne.

Je me sentais toujours obligé de fournir cette précision, parce qu'à vrai dire l'œuvre en question ne me ressemblait qu'assez vaguement. Margit prétendait que seul un Rodin aurait pu rendre avec succès ma physionomie toute particulière.

La question suivante de Mme Maier allait de soi.

— Et la femme ? Serait-ce elle ?

— Juliette Bardo. Oui.

Elle examina la tête avec cette expression faussement détachée qu'arborent certains visiteurs dans les galeries d'art, et lâcha :

— J'aurais pu me douter que c'était une tombeuse.

Elle me demanda si j'avais connu Paul et je répondis que oui, assez bien, ma foi, aussi bien que peuvent se connaître les locataires d'une même résidence durant une saison d'été relativement courte.

— Asseyez-vous donc, je vous en prie, enchaînai-je. Ou bien préférez-vous attendre dans une autre pièce ? Je n'aurais pas dû vous faire entrer ici.

Elle reprenait des couleurs et déjà son désarroi s'estompait.

— Ne prenez pas la peine de vous excuser. Que mon mari avait des *pieds* d'argile, ça, voyez-vous, je le savais depuis longtemps. Il a été premier violon dans cet orchestre pendant quinze ans, et moi, pendant douze ans, j'ai été second violon dans sa vie. Cette Juliette Bardo fut simplement la dernière d'une longue série. Jusque-là, honnêtement, cela ne me préoccupait pas outre mesure. Je ne suis ni naïve ni romantique. A la fin de chaque saison, Paul me revenait toujours. Au cours des longs mois d'hiver, il a toujours été entièrement à moi. (Voyant mon expression, elle eut un brusque et léger éclat de rire.) Ne vous méprenez pas. Je ne suis nullement à sa poursuite. J'ai passé l'été à Lake Placid et en revenant vers le sud, pour rentrer, j'ai pensé qu'il pourrait être piquant de connaître cet endroit. Durant tous ces étés où il s'est produit avec l'orchestre symphonique, pas une seule fois je ne suis venue le rejoindre. Il ne m'y a jamais incitée. Naturellement. Mais je dois avouer qu'en recevant sa lettre, ou plutôt en la lisant, j'ai eu un choc. Aussi sèche et compassée qu'une lettre de démission — c'est bien ce que c'était, d'ailleurs. Et tapée à la machine de surcroît ! M'annonçant que, tombé amoureux de cette Juliette Bardo, il partait avec elle entamer une nouvelle vie. Oh, c'était un petit chef-d'œuvre de cruauté, cette lettre. Je regrette à présent de l'avoir brûlée. Alors, voilà ; soudain, l'envie m'a prise de voir le lieu où cette merveilleuse idylle a pu croître et embellir.

Elle promena sur le petit salon désuet, fané, un regard morne accompagné d'une moue de désappointement ; celle que pourrait avoir un fervent de Shakespeare en voyant Vérone pour la première fois.

En réponse à ma question, elle me déclara que, depuis cette lettre, Paul ne lui avait pas donné le moindre signe de vie.

— Il était trop honteux, je suppose. Il n'a même jamais essayé de récupérer l'argent qui lui revient. Pourtant, actuellement, il ne joue dans aucun orchestre de quelque renom ; sinon, je le saurais. Mais, n'est-ce pas, j'imagine qu'ils vivent de l'air du temps, au Pays de l'Amour Fou, où les soucis matériels sont sans importance. Elle aussi, vous la connaissiez, je présume ?

J'acquiesçai d'un signe de tête mais jugeai peu nécessaire de préciser que Juliette Bardo m'avait paru être, somme toute, une jeune créature assez délicieuse et attachante. Pas innocente, certes — elle était plus ou moins actrice et avait pas mal roulé sa bosse —, mais rien de racoleur, chez elle, rien de tapageur ni de frelaté. Tout à fait le genre de fille susceptible de s'éprendre d'un beau violoniste aux yeux sombres au point de le suivre sans hésiter jusqu'au bout du monde.

— Vous étiez là quand ils sont partis ? s'enquit-elle.

Une fois encore, je me demandai si, malgré ses dires, son secret dessein n'était pas de faire la chasse aux tourtereaux. En tout cas, je n'étais certainement pas en mesure de lui fournir une quelconque indication quant à leur destination. Ce jour-là, Margit m'avait prié de lui rendre service en allant déposer pour elle, dans la ville voisine, quelques vêtements chez le teinturier. A mon retour, elle m'avait appris la nouvelle : le couple s'était envolé.

Je fis part de ces maigres détails à Mme Maier, sur quoi elle consulta sa montre et fronça le sourcil.

— J'ai faim et je suis fatiguée. Et franchement, cet endroit me flanque le bourdon. Je suppose que c'est le genre d'ambiance que seul un écrivain — ou un musicien — est à même d'apprécier. (Elle se leva et drapa son étole de fourrure autour de ses épaules.) Dites à Miss Fanchon que je suis passée, voulez-vous ? Si elle n'y voit pas d'inconvénient, je compte revenir ce soir pour une brève visite. (Puis, lançant un coup d'œil en arrière, elle ajouta :) Peut-être pourrais-je la persuader de me les vendre, ces têtes. Imaginez un peu quelle joie ce serait de pouvoir les fracasser contre un mur de briques !

Je ris doucement.

— Si elle vous soupçonnait de les destiner à cet usage, elle ne vous les céderait jamais. C'est de loin ce qu'elle a fait de mieux.

Quant à moi, je suppose, j'avais hérité du pire — cette tête de jeune Adonis (aide-serveur dans la vie ordinaire) que j'ai vue naître péniblement sous ses doigts l'année où je l'ai connue ; en fait, sa première et laborieuse création.

Au cas où vous n'y seriez jamais allé, laissez-moi vous dire que Glen Avon ressemble à Tanglewood, ou Chantauqua, ou bien encore à cette localité du Vermont où mon vieux professeur de lettres (à l'Université) allait se refaire une santé tout en donnant des conférences sur les poètes métaphysiques. On y trouve un panorama de la Terre Sainte en réduction, une place abritée, centre d'attractions et festivités diverses, un amphithéâtre où Glenn Miller *et* Toscanini se sont exhibés — bref, c'était une villégiature où il y en avait pour tous les goûts, et suffisamment pittoresque pour satisfaire les plus exigeants en la matière : un réseau de rues étroites et vieillottes où étaient groupés hôtels, villas et résidences touristiques, tout un ensemble fort original d'aspect, formant un fouillis ombreux et feuillu, d'où l'on émergeait brusquement en débouchant sur un large tapis de verdure, qui se déroulait depuis le beffroi jusqu'à la plage, au bord d'un lac ravissant, un des plus beaux des Adirondacks.

Sa saison estivale battait son plein pendant huit semaines, offrant un pot-pourri d'opéras, concerts, pièces de théâtre, conférences, cours et concours artistiques, et puis, sitôt passée la fête du Travail, tout y mourait, tout s'arrêtait, sa population paraissait fondre et presque se réduire à une poignée de rescapés. C'est alors que je m'y plaisais le mieux, quand son atmosphère semblait devenir moelleuse, étrangement mélancolique et mélodieuse, comme si de fantomales bribes de musique flottaient encore dans l'air tranquille, quand une légère brume automnale commençait à s'élever au-dessus du lac, quand le carillon du beffroi, style

Westminster, égrenait des sons, qui, dans les étroites rues dépeuplées, prenaient une insolite et plutôt lugubre résonance ; les écoutant, distrait de mon travail, j'éprouvais l'agréable sensation d'être douillettement à l'abri, protégé, comme dans un cocon, et cela me rappelait ces moments de jeunesse où, potassant dans ma turne, en fin d'été, je me trouvais quasiment seul dans un campus déserté.

La demeure qui m'abritait en été, depuis quatre ans d'affilée, était une maison à charpente de bois, typique de la région, située au cœur de la zone ombragée, humide et touffue ; enserrée de haies, de buissons et de massifs où dominaient le muguet et le rhododendron. Un arbre-symbole, un pavier, marronnier à fleurs rouges, flanquait la petite véranda de l'entrée, et sur un panneau de bois, cloué au-dessus de la porte, on pouvait lire en lettres peintes : *Le Pavier;* autant de témoignages d'une époque antédiluvienne où la tante et la grand-mère de Margit avaient émigré de leur Ohio natal (1).

Mon actuelle logeuse, qui avait survécu, toujours célibataire, à ces deux impressionnantes bien que vétustes créatures, de vrais dragons, était « une jeune-vieille fille, gauche et dégingandée, dotée d'un visage sans beauté, mais à l'expression chaleureuse et bienveillante, un visage ayant la même luminosité cireuse que celui d'une carmélite, d'une nonne cloîtrée, et semblant ignorer tout autant les émotions charnelles et les tourments de la passion » — ainsi la décrivais-je dans une histoire que j'avais entrepris d'écrire à son sujet lors de ma première saison en ces lieux, histoire jamais terminée, soit dit en passant, pour la simple raison que je ne parvenais pas à placer le personnage principal au centre d'une situation authentiquement dramatique.

Du vivant des deux dragons femelles, il m'arrivait parfois de trouver Margit assise, solitaire, sur un des bancs près du beffroi, contemplant les évolutions des

(1) En Amérique, l'Etat de l'Ohio est surnommé *the Buckeye State,* l'Etat du Pavier. (*N.d.T.*)

plus qu'il ne lui offrait. Le bel éphèbe qui servait de modèle n'était rien d'autre qu'une paire de grands yeux bleus au-dessus d'un joli menton, alors que Margit s'efforçait d'insuffler à ses traits je ne sais quelle spiritualité saugrenue ; j'avais envie de m'approcher d'elle et de lui murmurer à l'oreille, par-dessus l'épaule :

— Ne cherchez pas, chère mademoiselle. Apollon n'a *pas* d'âme.

Je m'en abstins, cependant, et attendis que les spectateurs et les autres concurrents se dispersent, la laissant seule, clouée sur place, fixant d'un œil désolé le résultat de ses infructueux efforts ; elle faisait peine à voir et, dans un élan de générosité, je lui déclarai que je désirais acheter son œuvre. Elle me considéra en battant des paupières, incrédule, assez effarée.

— Pourquoi donc ? C'est affreux.

Devant ma lourde insistance, elle consentit à me la céder, mais tint absolument à m'en faire don. Je l'ai toujours, cette tête d'éphèbe ; sur mon bureau. Affreuse, oui, peut-être, par la facture, mais révélant pour moi une sincérité singulière, touchante, qui me la rend chère. En un sens, je l'estime supérieure à ces têtes de Paul et de Juliette, apparemment impeccables, mais d'une séduction trop banale, à mon avis, formelle, sans âme précisément.

Helen Maier partit pour le Fillmore à bord de sa voiture de sport et je retournai me colleter avec le chapitre XV. J'entendis Margit rentrer environ une demi-heure plus tard et quand je descendis je la trouvai s'affairant aux préparatifs du thé. Tante Belle et Mamie,

Je lui appris la nouvelle du jour, qui ne manqua pas de la surprendre.

— La *femme* de Paul ? Comme c'est bizarre. Qu'est-ce qui a bien pu l'attirer ici, *elle ?*

— Elle prétend être venue par simple curiosité, sur le chemin du retour après des vacances à Lake Placid. Mais, entre nous, j'ai plutôt l'impression, bien qu'elle s'attache à n'en rien laisser paraître, qu'il s'agit là d'une sorte de pèlerinage sentimental.

— Que voulez-vous dire ?

— Ou bien alors qu'elle est en fait à sa poursuite et tente ainsi tout bonnement de retrouver sa trace. Peut-être est-ce pour cela qu'elle désire vous voir.

Margit prit un air dédaigneux, légèrement indigné.

— Juste ciel ! Je serais bien incapable de lui apprendre quoi que ce soit. Si elle s'imagine que j'ai joué les Frère Laurent auprès de *cette* Juliette et de son Roméo, j'aurai vite fait de la détromper. Je ne peux rien lui dire qu'elle ne sache déjà. Son mari était un charmant homme, mais un perfide séducteur. C'est tout ce que je pourrai lui dire.

Je m'assis à table et elle versa le thé.

— Votre tante et votre grand-mère étaient des vieilles dames tellement strictes que je me suis souvent demandé pourquoi elles lui avaient permis d'habiter ici.

— Oh, il se montrait tout sucre et tout miel, enjôleur en diable, vous avez pu le constater. Il savait s'attirer les bonnes grâces d'une femme, quelle qu'elle fût — sans trop d'effort ; il s'y entendait admirablement.

Je décelai un soupçon de rougeur sur ses pommettes et il me traversa l'esprit que Margit avait pu elle aussi éprouver quelque romantique attirance pour ce violoneux ravageur. Tante Belle est Mamie n'étant plus de ce monde, Paul disparu au loin et sûrement pas près de revenir, je crus pouvoir me risquer à la taquiner sur ce chapitre.

— Je me trompe peut-être, mais je crois me souvenir qu'il a même un tantinet flirté avec vous.

Elle réagit en rougissant si franchement, les traits soudain crispés, que je me sentis gêné et m'empressai de rectifier.

— Mais, bien entendu, j'étais probablement victime de ma débordante imagination d'écrivain.

Elle devint subitement pensive, buvant son thé à petites gorgées, l'air rêveur, le regard lointain, puis, de but en blanc, elle posa sa tasse et me regarda avec une expression si vaillante, si intrépide, qu'elle revêtait presque l'apparence d'un défi.

— Si vous ne comptiez pas vous rendre en Europe l'été prochain, c'est ce que j'aimerais volontiers vous laisser croire... Que vous avez été victime de votre imagination, j'entends.

Son visage s'illuminait, envahi par une exaltation inaccoutumée : et, une fois de plus, ses joues s'empourprèrent.

J'étais passablement intrigué.

— Dois-je comprendre que mon imagination ne m'a pas induit en erreur ?

— Ma foi, (prise de pudeur, elle semblait redevenir timide, hésitante), pas entièrement, peut-être.

Je crus qu'elle allait perdre contenance et prétendre avoir plaisanté, mais je me trompais.

— Vous ne reviendrez pas ici, n'est-ce pas ? Je veux dire, après vos vacances européennes ? Vous irez ailleurs, visiter d'autres lieux. Vous ne reviendrez jamais ici.

Il était inutile de mentir.

— Non, je ne le pense pas. Mais, après tout, qui sait ? J'aime beaucoup cet endroit, vous savez, et cette maison.

Elle continuait de secouer la tête.

— Vous ne reviendrez jamais. J'en suis sûre. Rien qu'à voir le regard que vous posez sur les choses.

Emmagasinant des détails, vous constituant une réserve où vous puiserez le moment venu ; n'est-il pas vrai ?

J'admirais l'acuité de sa faculté d'observation.

— Vous auriez dû vous adonner à l'écriture plutôt qu'à la sculpture.

— Vous avez dit naguère que vous écririez une histoire sur Tante Belle et Mamie. Vous vous souvenez ? Mon Dieu, ce qu'elles ont pu se sentir flattées ! Et vous prêtiez une oreille si patiente à leurs anecdotes et leurs réminiscences... Vous allez écrire sur elles un jour, n'est-ce pas ?

— C'est très probable.

Ce qu'elle dit ensuite me prit au dépourvu.

— Moi aussi, j'aimerais bien qu'un jour vous écriviez quelque chose sur moi.

A la lire, cette phrase peut paraître anodine, mais à l'entendre il en émanait une poignante mélancolie. Assise en face de moi, cette femme plus toute jeune, sans attraits, au visage ingrat, me fixait de ses yeux doux et tristes, et sa douloureuse sincérité me plongeait dans l'embarras.

— Oh, mais je n'y manquerai pas, fis-je, sans aucun doute.

Elle baissa les yeux et secoua la tête.

— Non. Je ne suis pas le genre de personne propre à inspirer un écrivain. Ma vie est trop terne.

Je ne pus m'empêcher de penser à cette histoire que j'avais tenté d'écrire sur elle, sans y parvenir. Au bout d'un temps, elle leva de nouveau les yeux et m'adressa un lent sourire, appuyé, presque provocant.

— Si je vous dis quelque chose — quelque chose que je ne confierais jamais, à aucun prix, à quelqu'un d'autre — me promettez-vous d'écrire une histoire à mon sujet ?

Songeant toujours à ma tentative avortée, et masquant de mon mieux le léger remords que j'en éprouvais, j'inclinai gravement la tête.

— Et il faut que vous me promettiez de ne jamais en parler à personne. Dans une nouvelle ou un roman, n'est-ce pas, c'est différent. On ne saura pas qu'il s'agit de moi. Vous pourrez changer mon nom, modifier mon apparence, et le reste à l'avenant.

— Bien sûr.

Elle rapprocha sa chaise de la table.

— Eh bien, voilà, pour tout vous dire, c'est vrai, Paul a bien flirté avec moi. Quand je lui montais ses serviettes, ou autre chose. Simple badinage, bien entendu. Je savais qu'il n'était pas sérieux, mais, n'empêche, Tante Belle et Mamie ne se sont pas privées de m'envoyer des piques à cet égard. Et puis, un soir, nous nous sommes rencontrés par hasard sur la place ; il m'a emmenée au stand de rafraîchissements et m'a offert un cornet de glace, puis raccompagnée à la maison. Je suis allée à tous les concerts cette saison-là. Et aux répétitions. Dans l'amphithéâtre, je veillais à m'installer tout en haut, à une place où il ne pouvait pas me voir. Mais il savait que j'étais là. Il savait toujours, il a toujours su... Voulez-vous qu'on réchauffe un peu votre thé ?

Ceci avec une brusquerie presque cassante, comme pour se débarrasser, par ce dérivatif, du trop-plein d'émotion qui la gagnait — et en profitant peut-être aussi, pensai-je, pour préciser dans sa tête l'histoire qu'elle me contait ; elle inventait tout, j'en étais presque sûr.

— Et puis, une nuit, quelques jours seulement avant la fin de la saison, après le dernier concert, je l'ai attendu et il est rentré avec moi ; en me tenant par la main. Nous avons fait un détour en longeant le rivage. Près du beffroi, il m'a embrassée. Cette nuit-là, quand le silence a régné dans la maison, quand tout le monde a été endormi, il est venu dans ma chambre.

Curieusement, elle dit cela sans rougir.

— Je ne puis croire que Tante Belle et Mamie aient vraiment su ce qui s'était passé. Non, pas vraiment. Elles ne pouvaient pas le savoir. Mais, quand même, le lendemain matin, j'ai trouvé qu'elles me regardaient d'une drôle de façon... mais elles n'ont rien dit, la saison s'est achevée, et Paul est parti. Rejoindre sa femme, je suppose, mais à cette époque-là nous ne savions même pas qu'il était marié. Franchement, je ne m'attendais pas à le revoir, vous savez.

Elle but son thé, lentement, par saccades, avec un soupçon d'aigreur dans l'expression, comme si elle trouvait le breuvage — ou le souvenir — amer.

— Je n'ai pas espéré son retour, ici, au Pavier ; au contraire même, je crois bien. Mais, miracle des miracles, il est revenu. J'ai interprété cela comme un signe du destin, comme un message du ciel. Je me suis laissée aller, naïvement, follement, tout en m'efforçant d'être discrète, bien sûr, et en le suppliant de l'être aussi. C'est pourquoi vous m'avez sidérée, tout à l'heure, en me disant que vous pensiez qu'il avait flirté avec moi. Ce fut un merveilleux été... J'étais plus âgée que toutes ces charmantes créatures qui tournoyaient autour de Paul, se pâmant sur son Haydn et sur son Bach ; si délurées, si à la page, si élastiques ; elles ont du ressort, de la défense. Moi, de la défense, il ne m'en restait plus guère, et c'est pourquoi j'aurais dû me méfier, y réfléchir à deux fois. Mais, pour moi, c'était maintenant ou jamais, et je le savais. L'âge survient si brusquement quand on manque de repères pour vous signaler la fuite du temps, quand la vie n'est qu'un paysage sans personnages. Pas d'enfants qui grandissent, pas de mari qui s'épaissit, prend de la bouteille, pas de collègues de travail, pas d'amis. Tante Belle et Mamie ? Vous plaisantez. Elles ont toujours été vieilles, je les ai toujours connues vieilles. Des momies ambulantes. Deux momies et une zombie, un beau trio !

Elle vida sa tasse et croisa les mains sur ses genoux.

— Mais tout cela ne fut que comédie. S'il s'était introduit de force dans la maison pour... m'agresser, et puis s'enfuir après, c'eût été moins cruel. Mais les concerts, les promenades, le soir tombé, le long du lac, notre banc de prédilection près du beffroi, ce drôle de petit salon de thé où ils étaient toujours à court de fourchettes, et ce tour du lac, une nuit, à bord du *Gadfly*, la brume le long des berges et le reflet du clair de lune sur l'eau. Tout cela... ne signifiait rien... ! Cet hiver-là, Tante Belle et Mamie sont mortes — d'une façon si soudaine, inattendue. J'aurais été désemparée, mais libérée en quelque sorte, si Paul n'avait à ce point occupé mes pensées. Paul... et l'été qui s'annonçait. J'étais presque sûre qu'il ne reviendrait pas.

Plus elle en disait, plus je me sentais mal à l'aise, parce que ma conviction ne faisait que croître : tout son récit n'était que fabulation ; une tentative pour plier la réalité à ses rêves et ses désirs, la conformer à ses chimères.

— Mais il est venu, ponctuai-je, l'incitant quand même à poursuivre.

— Oh, il est venu. Oui, certes, il est venu. La disparition de Tante Belle et de Mamie a paru grandement l'affecter, et durant un temps il s'est bien comporté, s'est montré tendre, empressé. Mais, comme vous le savez, nous avons eu une nouvelle locataire cette saison-là — la chère Juliette. J'ai d'abord remarqué les coups d'œil qu'ils échangeaient quand ils se croyaient à l'abri de mes regards. Et puis, à mesure que le temps passait, ils ont pris de moins en moins de précautions et ont fini par s'afficher effrontément. Enfin ; je n'ai pas à m'étendre là-dessus. Vous étiez ici, sur place, et vous le savez aussi bien que moi. Oh, oui, ils ne se sont guère gênés pour les étaler, leurs sentiments l'un pour l'autre. Vous pouvez imaginer ce que je ressentais. D'ailleurs, il se voyait, mon désarroi, au moins en partie — mais vous l'avez tous attribué à la disparition de Tante Belle et de Mamie. Eh bien, maintenant, vous connaissez la vérité. Finalement, cette situation m'est devenue intolérable. Nous avons eu une explication très orageuse, Paul et moi. Et c'est alors qu'il m'a tout dit.

Elle tira un petit mouchoir de sa manche et s'en tamponna les yeux, un geste qui me parut un peu théâtral, un peu voulu.

— La raison pour laquelle il était revenu loger au Pavier, après cette première saison, c'était, tenez-vous bien, parce que Tante Belle et Mamie lui avaient dit qu'il pourrait loger ici *gratis !* Du moment qu'il se montrait *gentil* avec *moi !* Oui. Parfaitement. Et ce n'est pas tout. Elles le payaient ! Elles lui offraient en plus *de l'argent.* Et il l'acceptait ! Voilà le genre d'homme qu'il était. Ces pauvres gourdes, ces deux chères et ridicules vieilles reliques lui avaient *graissé la patte* pour qu'il me fasse la cour. Elles essayaient ni plus ni moins de *m'acheter* un mari.

Mon air ébahi parut la ravir.

— Alors ? Ce n'est pas une histoire pour vous, ça ?

Une histoire, oui, un conte — autrement dit de la fiction — voilà ce que c'était ; j'en restais persuadé, mais je me contentai de dire :

— Ça s'arrête là ? C'est la fin de l'histoire ?

— Ah, ma foi... vous pouvez lui donner la fin qui vous plaira. Je vous en laisse entièrement libre. Ils se sont enfuis ensemble quand la saison s'est achevée. Si ça vous chante, vous pourrez dire qu'ils ont coulé des jours heureux en filant le parfait amour ; peu m'importe.

— Juliette a-t-elle su ce qu'il y avait entre vous et Paul ?

— Bien sûr. J'ai tenu à le lui dire. J'estimais que c'était mon devoir. Je voulais qu'elle sache avec quel triste individu elle s'engageait. Mais cela n'a servi à rien. Elle était trop mordue pour en tenir compte.

Je n'irai pas jusqu'à dire que je croyais son histoire *entièrement* fausse. Qu'elle eût été amoureuse de Paul Maier, j'en étais sûr, et sûr aussi qu'il avait effectivement flirté avec elle, d'une façon anodine, à moitié par jeu ; mais, bien qu'il ne me parût pas inconcevable que les deux vieilles dames eussent été capables d'un pareil stratagème pour tenter de fournir un mari à leur petite-fille et nièce désespérément célibataire, je voyais mal Paul Maier s'y prêter, en séducteur bassement vénal. Il ne m'avait pas fait l'effet d'être un personnage aussi dépravé. Je considérais cette portion du récit, ainsi que celle concernant sa coucherie avec Margit, comme purement imaginaire. Telle qu'elle la présentait, l'histoire devenait certes beaucoup plus intéressante et dramatique, mais, pour l'étayer, je n'avais pas l'ombre de ce qu'en jargon juridique on nomme une « preuve concrète ».

Ce soir-là, comme elle l'avait annoncé, Helen Maier revint au Pavier. Margit l'accueillit chaleureusement. Je me retirai dans ma chambre et poursuivis un peu mon travail ; quand je redescendis, la visiteuse s'apprêtait à prendre congé.

— Cette tête que vous avez faite de Paul, était-elle en train de dire à Margit, puis-je vous l'acheter ?

Margit sourit ; un sourire franc et généreux.

— Non. Mais je vous en fais volontiers cadeau.

Une fois qu'elle l'eut entre les mains, Helen la considéra de son air apparemment détaché.

— Comme je l'ai dit à votre ami ici présent, j'ai toujours su que mon mari avait des *pieds* d'argile. Ce sera donc un souvenir-symbole de notre mariage tout à fait approprié.

— Vous pouvez aussi prendre l'autre, si vous en avez envie.

— Non, merci. Je pense qu'il est grand temps que ces deux amants soient séparés.

Je crois qu'elle espérait plus ou moins tirer de cette « transaction » quelque pouvoir occulte, du genre vaudou ; et qu'en privant l'effigie de Paul de la compagnie de celle de sa maîtresse, elle procédait à distance à une sorte de séparation magique de leurs deux corps.

Une fois qu'elle fut partie, Margit me dévisagea avec une ironie un peu triste mêlée de satisfaction.

— Je vois ce que vous pensez. Non, je ne lui ai absolument rien dit de ce que je vous ai confié. Cela, c'est *notre* secret. Votre histoire, vous pourrez lui en envoyer un exemplaire — enfin, si jamais vous l'écrivez.

Le lendemain matin, encadrés d'un côté par des belles-de-jour et de l'autre par l'arbre-symbole, nous nous retrouvions sur la véranda, devant l'entrée de cette attachante demeure, toute blanche dans son ossature en bois, et j'allais à mon tour prendre congé, faire mes adieux.

— Moi aussi, je devrais avoir droit à un souvenir, dis-je. Puis-je avoir l'autre tête ? Celle de Juliette ?

Ses yeux pétillèrent légèrement.

— Transigeons. Rendez-moi celle que j'ai faite de vous. Ne protestez pas. Vous ne l'avez jamais aimée. Et vous pourrez avoir la sienne.

Nous procédâmes à l'échange et elle déclara :

— Voilà. A présent vous possédez mes première et dernière productions artistiques. La pire aussi bien que la meilleure.

Je ne l'ai plus revue, et quant à cette histoire la concernant, je pensais ne jamais pouvoir me résoudre à l'écrire. J'imagine même que j'aurais peut-être fini par l'oublier, Margit, si je n'avais eu ces deux têtes pour me la rappeler. Celle du jeune Adonis, quoique artistiquement déplorable, n'en constitue pas moins un splendide presse-papiers. Celle de Juliette, je m'en servais comme serre-livres ; mes amis l'admiraient beaucoup, s'extasiant sur le superbe sens plastique du sculpteur et présumant qu'il devait s'agir d'un artiste de renom. Je me contentais de sourire et gardais pour moi ce petit secret.

Et puis un jour, alors que je tendais la main pour saisir un livre, je heurtai maladroitement la tête, qui bascula, tomba de l'étagère et se brisa sur le parquet en bois dur. M'étant agenouillé pour examiner les dégâts de plus près, je découvris pourquoi elle était une reproduction quasi parfaite de la tête de la jeune femme, car l'argile n'était pas modelé sur l'armature classique mais adhérait en fait à un authentique crâne humain — un crâne qui ne pouvait être que celui de Juliette Bardo.

Je compris alors pourquoi Margit m'avait envoyé faire une course lointaine le soir où Paul et Juliette s'étaient « enfuis ensemble », et pourquoi elle m'avait déclaré qu'elle comptait rester à la fin de cette saison-là un peu plus longtemps que d'habitude au Pavier, afin d'y procéder à quelques travaux de « remise en ordre indispensable ».

En tant qu'homme, j'étais naturellement horrifié par cette découverte, mais en tant qu'artiste je dois admettre que je n'aurais pu être davantage comblé, car

désormais je pouvais étoffer et terminer mon ébauche d'histoire consacrée à Margit.
Je tenais ma preuve concrète.

Souvenir
Traduction de Philippe Kellerson

Tombe à pic

par

GIL BREWER

Il était étendu sur le banc d'ardoise grise chauffé par le soleil, au sommet des chutes, près de l'eau bouillonnante. Il regardait, vers le bas, le bungalow dans la clairière proche du bassin. Sous la lumière de ce début d'après-midi, l'eau semblait constellée de petits diamants. Il tenait son fusil d'une main moite. Bien qu'il ne pût les voir, il savait que Harvey se trouvait là-bas avec Terese.

Il s'était installé au bord du banc d'ardoise, un point d'observation idéal. La cabine était située non loin du pied des chutes, à quarante mètres de profondeur.

Il s'efforçait de se convaincre qu'il agissait par amour.

Dans l'eau qui bordait l'ardoise poussaient des racines tubuleuses qui s'élevaient d'une quinzaine de centimètres à l'air libre. Il y en avait des centaines, de couleur marron, et dont les vrilles luisantes se terminaient par un bouton vert. On en voyait même tout au bord du plateau.

L'air était déchiré par le fracas de la cataracte tombant sur les rochers.

La crosse du fusil reposait dans l'eau. Il l'en retira et la plaça sur l'ardoise. C'était une arme allemande, Volksturm Gewehr de calibre 7.92, à répétition, équipée d'un chargeur pour trente cartouches. Sa portée efficace était d'environ 250 mètres, et Rex Booth savait qu'il pourrait facilement faire mouche en visant Harvey Thrum. D'ailleurs, il était très bon tireur. Son fusil le passionnait. A ses yeux, c'était une merveille, et il avait limé avec soin la détente permettant de tirer au coup par coup ou par rafales, afin qu'une légère pression puisse l'actionner. Une seule balle serait suffisante, mais il en avait vingt-neuf en réserve dans le chargeur, en cas de besoin. Rex Booth ne voulait prendre aucun risque.

C'était par amour et non pour de l'argent. Il lui semblait que la pensée de l'argent ternirait ce qu'il allait faire, que l'acte qu'il préméditait en serait avili.

Le bungalow n'avait qu'une seule porte, en façade, bien visible et abritée par un porche. A une petite distance, deux voitures étaient rangées sur l'allée sablée : la M.G. rouge de Terese et la Cadillac de Harvey Thrum. Rex était donc certain que celui-ci était là, en compagnie de Terese.

Il était fou de colère ; il ressentait aussi de la peur, mais il la maîtrisait. Etendu à plat ventre et agrippant son fusil allemand, il attendait. La haine et la crainte le tenaillaient, accroissant sa tension nerveuse. Il s'efforçait de rester calme, sans y parvenir.

— Je suis content de savoir qu'avec Terese et vous ça ne colle plus, lui avait dit Harvey l'autre nuit. Terese m'a confié qu'entre vous deux c'était fini. Somme toute, elle a bien pris la chose.

— Ah !

Sous le choc, c'est tout ce qu'il avait trouvé à dire.

Terese était riche de tout l'argent légué par son frère. Il s'était suicidé quelques mois auparavant, après avoir appris que la petite toux qui le préoccupait était le symptôme d'un mal incurable. Ce frère, un des plus habiles spéculateurs de Wall Street, avait géré la grosse fortune de la famille. Terese avait hérité de tous ses biens. Dès ce moment, Rex s'était considéré comme un homme arrivé. Il aimait Terese, se disait-il, parce qu'elle avait tout ce qu'un homme peut désirer : une magnifique beauté blonde, la richesse, la sécurité assurée. Ils se marieraient, c'était certain.

Et soudain, le coup de tonnerre de Harvey Thrum.

Il avait bien remarqué chez Terese certains change-

voiliers ou simplement le coucher du soleil, et nous n'échangions alors que de timides salutations. Et puis, un certain jour, je la vis au festival d'Art plastique, sur la place, où, en compagnie d'autres néophytes de l'atelier de sculpture, elle tentait de reproduire dans la glaise, sur une armature de fil de fer, la tête d'un modèle. Tandis que je la regardais peiner pathétiquement à l'ouvrage, je compris vite que son entreprise était vouée à l'échec, non point tant par manque de talent que parce qu'elle s'ingéniait à tirer de son sujet plus qu'il ne lui offrait. Le bel éphèbe qui servait de modèle n'était rien d'autre qu'une paire de grands yeux bleus au-dessus d'un joli menton, alors que Margit s'efforçait d'insuffler à ses traits je ne sais quelle spiritualité saugrenue ; j'avais envie de m'approcher d'elle et de lui murmurer à l'oreille, par-dessus l'épaule :

— Ne cherchez pas, chère mademoiselle. Apollon n'a *pas* d'âme.

Je m'en abstins, cependant, et attendis que les spectateurs et les autres concurrents se dispersent, la laissant seule, clouée sur place, fixant d'un œil désolé le résultat de ses infructueux efforts ; elle faisait peine à voir et, dans un élan de générosité, je lui déclarai que je désirais acheter son œuvre. Elle me considéra en battant des paupières, incrédule, assez effarée.

— Pourquoi donc ? C'est affreux.

Devant ma lourde insistance, elle consentit à me la céder, mais tint absolument à m'en faire don. Je l'ai toujours, cette tête d'éphèbe ; sur mon bureau. Affreuse, oui, peut-être, par la facture, mais révélant pour moi une sincérité singulière, touchante, qui me la rend chère. En un sens, je l'estime supérieure à ces têtes de Paul et de Juliette, apparemment impeccables, mais d'une séduction trop banale, à mon avis, formelle, sans âme précisément.

Helen Maier partit pour le Fillmore à bord de sa voiture de sport et je retournai me colleter avec le chapitre XV. J'entendis Margit rentrer environ une demi-heure plus tard et quand je descendis je la trouvai s'affairant aux préparatifs du thé. Tante Belle et Mamie, aux mœurs farouchement britanniques, avaient toujours scrupuleusement observé le rite du thé en fin d'après-midi et Margit respectait cette tradition. Ses locataires saisonniers s'y pliaient docilement et même l'appréciaient ; je ne faisais pas exception.

Je lui appris la nouvelle du jour, qui ne manqua pas de la surprendre.

— La *femme* de Paul ? Comme c'est bizarre. Qu'est-ce qui a bien pu l'attirer ici, *elle ?*

— Elle prétend être venue par simple curiosité, sur le chemin du retour après des vacances à Lake Placid. Mais, entre nous, j'ai plutôt l'impression, bien qu'elle s'attache à n'en rien laisser paraître, qu'il s'agit là d'une sorte de pèlerinage sentimental.

— Que voulez-vous dire ?

— Ou bien alors qu'elle est en fait à sa poursuite et tente ainsi tout bonnement de retrouver sa trace. Peut-être est-ce pour cela qu'elle désire vous voir.

Margit prit un air dédaigneux, légèrement indigné.

— Juste ciel ! Je serais bien incapable de lui apprendre quoi que ce soit. Si elle s'imagine que j'ai joué les Frère Laurent auprès de *cette* Juliette et de son Roméo, j'aurai vite fait de la détromper. Je ne peux rien lui dire qu'elle ne sache déjà. Son mari était un charmant homme, mais un perfide séducteur. C'est tout ce que je pourrai lui dire.

Je m'assis à table et elle versa le thé.

— Votre tante et votre grand-mère étaient des vieilles dames tellement strictes que je me suis souvent demandé pourquoi elles lui avaient permis d'habiter ici.

— Oh, il se montrait tout sucre et tout miel, enjôleur en diable, vous avez pu le constater. Il savait s'attirer les bonnes grâces d'une femme, quelle qu'elle fût — sans trop d'effort ; il s'y entendait admirablement.

Je décelai un soupçon de rougeur sur ses pommettes et il me traversa l'esprit que Margit avait pu elle aussi éprouver quelque romantique attirance pour ce violoneux ravageur. Tante Belle est Mamie n'étant plus de ce monde, Paul disparu au loin et sûrement pas près de revenir, je crus pouvoir me risquer à la taquiner sur ce chapitre.

— Je me trompe peut-être, mais je crois me souvenir qu'il a même un tantinet flirté avec vous.

Elle réagit en rougissant si franchement, les traits soudain crispés, que je me sentis gêné et m'empressai de rectifier.

— Mais, bien entendu, j'étais probablement victime de ma débordante imagination d'écrivain.

Elle devint subitement pensive, buvant son thé à petites gorgées, l'air rêveur, le regard lointain, puis, de but en blanc, elle posa sa tasse et me regarda avec une expression si vaillante, si intrépide, qu'elle revêtait presque l'apparence d'un défi.

— Si vous ne comptiez pas vous rendre en Europe l'été prochain, c'est ce que j'aimerais volontiers vous laisser croire... Que vous avez été victime de votre imagination, j'entends.

Son visage s'illuminait, envahi par une exaltation inaccoutumée : et, une fois de plus, ses joues s'empourprèrent.

J'étais passablement intrigué.

— Dois-je comprendre que mon imagination ne m'a pas induit en erreur ?

— Ma foi, (prise de pudeur, elle semblait redevenir timide, hésitante), pas entièrement, peut-être.

Je crus qu'elle allait perdre contenance et prétendre avoir plaisanté, mais je me trompais.

— Vous ne reviendrez pas ici, n'est-ce pas ? Je veux dire, après vos vacances européennes ? Vous irez ailleurs, visiter d'autres lieux. Vous ne reviendrez jamais ici.

Il était inutile de mentir.

— Non, je ne le pense pas. Mais, après tout, qui sait ? J'aime beaucoup cet endroit, vous savez, et cette maison.

Elle continuait de secouer la tête.

— Vous ne reviendrez jamais. J'en suis sûre. Rien qu'à voir le regard que vous posez sur les choses.

Emmagasinant des détails, vous constituant une réserve où vous puiserez le moment venu ; n'est-il pas vrai ?

J'admirais l'acuité de sa faculté d'observation.

— Vous auriez dû vous adonner à l'écriture plutôt qu'à la sculpture.

— Vous avez dit naguère que vous écririez une histoire sur Tante Belle et Mamie. Vous vous souvenez ? Mon Dieu, ce qu'elles ont pu se sentir flattées ! Et vous prêtiez une oreille si patiente à leurs anecdotes et leurs réminiscences... Vous allez écrire sur elles un jour, n'est-ce pas ?

— C'est très probable.

Ce qu'elle dit ensuite me prit au dépourvu.

— Moi aussi, j'aimerais bien qu'un jour vous écriviez quelque chose sur moi.

A la lire, cette phrase peut paraître anodine, mais à l'entendre il en émanait une poignante mélancolie. Assise en face de moi, cette femme plus toute jeune, sans attraits, au visage ingrat, me fixait de ses yeux doux et tristes, et sa douloureuse sincérité me plongeait dans l'embarras.

— Oh, mais je n'y manquerai pas, fis-je, sans aucun doute.

Elle baissa les yeux et secoua la tête.

— Non. Je ne suis pas le genre de personne propre à inspirer un écrivain. Ma vie est trop terne.

Je ne pus m'empêcher de penser à cette histoire que j'avais tenté d'écrire sur elle, sans y parvenir. Au bout d'un temps, elle leva de nouveau les yeux et m'adressa un lent sourire, appuyé, presque provocant.

— Si je vous dis quelque chose — quelque chose que je ne confierais jamais, à aucun prix, à quelqu'un d'autre — me promettez-vous d'écrire une histoire à mon sujet ?

Songeant toujours à ma tentative avortée, et masquant de mon mieux le léger remords que j'en éprouvais, j'inclinai gravement la tête.

— Et il faut que vous me promettiez de ne jamais en parler à personne. Dans une nouvelle ou un roman, n'est-ce pas, c'est différent. On ne saura pas qu'il s'agit de moi. Vous pourrez changer mon nom, modifier mon apparence, et le reste à l'avenant.

— Bien sûr.

Elle rapprocha sa chaise de la table.

— Eh bien, voilà, pour tout vous dire, c'est vrai, Paul a bien flirté avec moi. Quand je lui montais ses serviettes, ou autre chose. Simple badinage, bien entendu. Je savais qu'il n'était pas sérieux, mais, n'empêche, Tante Belle et Mamie ne se sont pas privées de m'envoyer des piques à cet égard. Et puis, un soir, nous nous sommes rencontrés par hasard sur la place ; il m'a emmenée au stand de rafraîchissements et m'a offert un cornet de glace, puis raccompagnée à la maison. Je suis allée à tous les concerts cette saison-là. Et aux répétitions. Dans l'amphithéâtre, je veillais à m'installer tout en haut, à une place où il ne pouvait pas me voir. Mais il savait que j'étais là. Il savait toujours, il a toujours su... Voulez-vous qu'on réchauffe un peu votre thé ?

Ceci avec une brusquerie presque cassante, comme pour se débarrasser, par ce dérivatif, du trop-plein d'émotion qui la gagnait — et en profitant peut-être aussi, pensai-je, pour préciser dans sa tête l'histoire qu'elle me contait ; elle inventait tout, j'en étais presque sûr.

— Et puis, une nuit, quelques jours seulement avant la fin de la saison, après le dernier concert, je l'ai attendu et il est rentré avec moi ; en me tenant par la main. Nous avons fait un détour en longeant le rivage. Près du beffroi, il m'a embrassée. Cette nuit-là, quand le silence a régné dans la maison, quand tout le monde a été endormi, il est venu dans ma chambre.

Curieusement, elle dit cela sans rougir.

— Je ne puis croire que Tante Belle et Mamie aient vraiment su ce qui s'était passé. Non, pas vraiment. Elles ne pouvaient pas le savoir. Mais, quand même, le lendemain matin, j'ai trouvé qu'elles me regardaient d'une drôle de façon... mais elles n'ont rien dit, la saison s'est achevée, et Paul est parti. Rejoindre sa femme, je suppose, mais à cette époque-là nous ne savions même pas qu'il était marié. Franchement, je ne m'attendais pas à le revoir, vous savez.

Elle but son thé, lentement, par saccades, avec un soupçon d'aigreur dans l'expression, comme si elle trouvait le breuvage — ou le souvenir — amer.

— Je n'ai pas espéré son retour, ici, au Pavier ; au contraire même, je crois bien. Mais, miracle des miracles, il est revenu. J'ai interprété cela comme un signe du destin, comme un message du ciel. Je me suis laissée aller, naïvement, follement, tout en m'efforçant d'être discrète, bien sûr, et en le suppliant de l'être aussi. C'est pourquoi vous m'avez sidérée, tout à l'heure, en me disant que vous pensiez qu'il avait flirté avec moi. Ce fut un merveilleux été... J'étais plus âgée que toutes ces charmantes créatures qui tournoyaient autour de Paul, se pâmant sur son Haydn et sur son Bach ; si délurées, si à la page, si élastiques ; elles ont du ressort, de la défense. Moi, de la défense, il ne m'en restait plus guère, et c'est pourquoi j'aurais dû me méfier, y réfléchir à deux fois. Mais, pour moi, c'était maintenant ou jamais, et je le savais. L'âge survient si brusquement quand on manque de repères pour vous signaler la fuite du temps, quand la vie n'est qu'un paysage sans personnages. Pas d'enfants qui grandissent, pas de mari qui s'épaissit, prend de la bouteille, pas de collègues de travail, pas d'amis. Tante Belle et Mamie ? Vous plaisantez. Elles ont toujours été vieilles, je les ai toujours connues vieilles. Des momies ambulantes. Deux momies et une zombie, un beau trio !

Elle vida sa tasse et croisa les mains sur ses genoux.

— Mais tout cela ne fut que comédie. S'il s'était introduit de force dans la maison pour... m'agresser, et puis s'enfuir après, c'eût été moins cruel. Mais les concerts, les promenades, le soir tombé, le long du lac, notre banc de prédilection près du beffroi, ce drôle de petit salon de thé où ils étaient toujours à court de fourchettes, et ce tour du lac, une nuit, à bord du *Gadfly,* la brume le long des berges et le reflet du clair de lune sur l'eau. Tout cela... ne signifiait rien... ! Cet hiver-là, Tante Belle et Mamie sont mortes — d'une façon si soudaine, inattendue. J'aurais été désemparée, mais libérée en quelque sorte, si Paul n'avait à ce point occupé mes pensées. Paul… et l'été qui s'annonçait. J'étais presque sûre qu'il ne reviendrait pas.

Plus elle en disait, plus je me sentais mal à l'aise, parce que ma conviction ne faisait que croître : tout son récit n'était que fabulation ; une tentative pour plier la réalité à ses rêves et ses désirs, la conformer à ses chimères.

— Mais il est venu, ponctuai-je, l'incitant quand même à poursuivre.

— Oh, il est venu. Oui, certes, il est venu. La disparition de Tante Belle et de Mamie a paru grandement l'affecter, et durant un temps il s'est bien comporté, s'est montré tendre, empressé. Mais, comme vous le savez, nous avons eu une nouvelle locataire cette saison-là — la chère Juliette. J'ai d'abord remarqué les coups d'œil qu'ils échangeaient quand ils se croyaient à l'abri de mes regards. Et puis, à mesure que le temps passait, ils ont pris de moins en moins de précautions et ont fini par s'afficher effrontément. Enfin ; je n'ai pas à m'étendre là-dessus. Vous étiez ici, sur place, et vous le savez aussi bien que moi. Oh, oui, ils ne se sont guère gênés pour les étaler, leurs sentiments l'un pour l'autre. Vous pouvez imaginer ce que je ressentais. D'ailleurs, il se voyait, mon désarroi, au moins en partie — mais vous l'avez tous attribué à la disparition de Tante Belle et de Mamie. Eh bien, maintenant, vous connaissez la vérité. Finalement, cette situation m'est devenue intolérable. Nous avons eu une explication très orageuse, Paul et moi. Et c'est alors qu'il m'a tout dit.

Elle tira un petit mouchoir de sa manche et s'en tamponna les yeux, un geste qui me parut un peu théâtral, un peu voulu.

— La raison pour laquelle il était revenu loger au Pavier, après cette première saison, c'était, tenez-vous bien, parce que Tante Belle et Mamie lui avaient dit qu'il pourrait loger ici *gratis !* Du moment qu'il se montrait *gentil* avec *moi !* Oui. Parfaitement. Et ce n'est pas tout. Elles le payaient ! Elles lui offraient en plus *de l'argent.* Et il l'acceptait ! Voilà le genre d'homme qu'il était. Ces pauvres gourdes, ces deux chères et ridicules vieilles reliques lui avaient *graissé la patte* pour qu'il me fasse la cour. Elles essayaient ni plus ni moins de *m'acheter* un mari.

Mon air ébahi parut la ravir.

— Alors ? Ce n'est pas une histoire pour vous, ça ?

Une histoire, oui, un conte — autrement dit de la fiction — voilà ce que c'était ; j'en restais persuadé, mais je me contentai de dire :

— Ça s'arrête là ? C'est la fin de l'histoire ?

— Ah, ma foi... vous pouvez lui donner la fin qui vous plaira. Je vous en laisse entièrement libre. Ils se sont enfuis ensemble quand la saison s'est achevée. Si ça vous chante, vous pourrez dire qu'ils ont coulé des jours heureux en filant le parfait amour ; peu m'importe.

— Juliette a-t-elle su ce qu'il y avait entre vous et Paul ?

— Bien sûr. J'ai tenu à le lui dire. J'estimais que c'était mon devoir. Je voulais qu'elle sache avec quel triste individu elle s'engageait. Mais cela n'a servi à rien. Elle était trop mordue pour en tenir compte.

Je n'irai pas jusqu'à dire que je croyais son histoire *entièrement* fausse. Qu'elle eût été amoureuse de Paul Maier, j'en étais sûr, et sûr aussi qu'il avait effectivement flirté avec elle, d'une façon anodine, à moitié par jeu ; mais, bien qu'il ne me parût pas inconcevable que les deux vieilles dames eussent été capables d'un pareil stratagème pour tenter de fournir un mari à leur petite-fille et nièce désespérément célibataire, je voyais mal Paul Maier s'y prêter, en séducteur bassement vénal. Il ne m'avait pas fait l'effet d'être un personnage aussi dépravé. Je considérais cette portion du récit, ainsi que celle concernant sa coucherie avec Margit, comme purement imaginaire. Telle qu'elle la présentait, l'histoire devenait certes beaucoup plus intéressante et dramatique, mais, pour l'étayer, je n'avais pas l'ombre de ce qu'en jargon juridique on nomme une « preuve concrète ».

Ce soir-là, comme elle l'avait annoncé, Helen Maier revint au Pavier. Margit l'accueillit chaleureusement. Je me retirai dans ma chambre et poursuivis un peu mon travail ; quand je redescendis, la visiteuse s'apprêtait à prendre congé.

— Cette tête que vous avez faite de Paul, était-elle en train de dire à Margit, puis-je vous l'acheter ?

Margit sourit ; un sourire franc et généreux.

— Non. Mais je vous en fais volontiers cadeau.

Une fois qu'elle l'eut entre les mains, Helen la considéra de son air apparemment détaché.

— Comme je l'ai dit à votre ami ici présent, j'ai toujours su que mon mari avait des *pieds* d'argile. Ce sera donc un souvenir-symbole de notre mariage tout à fait approprié.

— Vous pouvez aussi prendre l'autre, si vous en avez envie.

— Non, merci. Je pense qu'il est grand temps que ces deux amants soient séparés.

Je crois qu'elle espérait plus ou moins tirer de cette « transaction » quelque pouvoir occulte, du genre vaudou ; et qu'en privant l'effigie de Paul de la compagnie de celle de sa maîtresse, elle procédait à distance à une sorte de séparation magique de leurs deux corps.

Une fois qu'elle fut partie, Margit me dévisagea avec une ironie un peu triste mêlée de satisfaction.

— Je vois ce que vous pensez. Non, je ne lui ai absolument rien dit de ce que je vous ai confié. Cela, c'est *notre* secret. Votre histoire, vous pourrez lui en envoyer un exemplaire — enfin, si jamais vous l'écrivez.

Le lendemain matin, encadrés d'un côté par des belles-de-jour et de l'autre par l'arbre-symbole, nous nous retrouvions sur la véranda, devant l'entrée de cette attachante demeure, toute blanche dans son ossature en bois, et j'allais à mon tour prendre congé, faire mes adieux.

— Moi aussi, je devrais avoir droit à un souvenir, dis-je. Puis-je avoir l'autre tête ? Celle de Juliette ?

Ses yeux pétillèrent légèrement.

— Transigeons. Rendez-moi celle que j'ai faite de vous. Ne protestez pas. Vous ne l'avez jamais aimée. Et vous pourrez avoir la sienne.

Nous procédâmes à l'échange et elle déclara :

— Voilà. A présent vous possédez mes première et dernière productions artistiques. La pire aussi bien que la meilleure.

Je ne l'ai plus revue, et quant à cette histoire la concernant, je pensais ne jamais pouvoir me résoudre à l'écrire. J'imagine même que j'aurais peut-être fini par l'oublier, Margit, si je n'avais eu ces deux têtes pour me la rappeler. Celle du jeune Adonis, quoique artistiquement déplorable, n'en constitue pas moins un splendide presse-papiers. Celle de Juliette, je m'en servais comme serre-livres ; mes amis l'admiraient beaucoup, s'extasiant sur le superbe sens plastique du sculpteur et présumant qu'il devait s'agir d'un artiste de renom. Je me contentais de sourire et gardais pour moi ce petit secret.

Et puis un jour, alors que je tendais la main pour saisir un livre, je heurtai maladroitement la tête, qui bascula, tomba de l'étagère et se brisa sur le parquet en bois dur. M'étant agenouillé pour examiner les dégâts de plus près, je découvris pourquoi elle était une reproduction quasi parfaite de la tête de la jeune femme, car l'argile n'était pas modelé sur l'armature classique mais adhérait en fait à un authentique crâne humain — un crâne qui ne pouvait être que celui de Juliette Bardo.

Je compris alors pourquoi Margit m'avait envoyé faire une course lointaine le soir où Paul et Juliette s'étaient « enfuis ensemble », et pourquoi elle m'avait déclaré qu'elle comptait rester à la fin de cette saison-là un peu plus longtemps que d'habitude au Pavier, afin d'y procéder à quelques travaux de « remise en ordre indispensable ».

En tant qu'homme, j'étais naturellement horrifié par cette découverte, mais en tant qu'artiste je dois admettre que je n'aurais pu être davantage comblé, car désormais je pouvais étoffer et terminer mon ébauche d'histoire consacrée à Margit.

Je tenais ma preuve concrète.

Souvenir
Traduction de Philippe Kellerson

Tombe à pic

par

GIL BREWER

Il était étendu sur le banc d'ardoise grise chauffé par le soleil, au sommet des chutes, près de l'eau bouillonnante. Il regardait, vers le bas, le bungalow dans la clairière proche du bassin. Sous la lumière de ce début d'après-midi, l'eau semblait constellée de petits diamants. Il tenait son fusil d'une main moite. Bien qu'il ne pût les voir, il savait que Harvey se trouvait là-bas avec Terese.

Il s'était installé au bord du banc d'ardoise, un point d'observation idéal. La cabine était située non loin du pied des chutes, à quarante mètres de profondeur.

Il s'efforçait de se convaincre qu'il agissait par amour.

Dans l'eau qui bordait l'ardoise poussaient des racines tubuleuses qui s'élevaient d'une quinzaine de centimètres à l'air libre. Il y en avait des centaines, de couleur marron, et dont les vrilles luisantes se terminaient par un bouton vert. On en voyait même tout au bord du plateau.

L'air était déchiré par le fracas de la cataracte tombant sur les rochers.

La crosse du fusil reposait dans l'eau. Il l'en retira et la plaça sur l'ardoise. C'était une arme allemande, Volksturm Gewehr de calibre 7.92, à répétition, équipée d'un chargeur pour trente cartouches. Sa portée efficace était d'environ 250 mètres, et Rex Booth savait qu'il pourrait facilement faire mouche en visant Harvey Thrum. D'ailleurs, il était très bon tireur. Son fusil le passionnait. A ses yeux, c'était une merveille, et il avait limé avec soin la détente permettant de tirer au coup par coup ou par rafales, afin qu'une légère pression puisse l'actionner. Une seule balle serait suffisante, mais il en avait vingt-neuf en réserve dans le chargeur, en cas de besoin. Rex Booth ne voulait prendre aucun risque.

C'était par amour et non pour de l'argent. Il lui semblait que la pensée de l'argent ternirait ce qu'il allait faire, que l'acte qu'il préméditait en serait avili.

Le bungalow n'avait qu'une seule porte, en façade, bien visible et abritée par un porche. A une petite distance, deux voitures étaient rangées sur l'allée sablée : la M.G. rouge de Terese et la Cadillac de Harvey Thrum. Rex était donc certain que celui-ci était là, en compagnie de Terese.

Il était fou de colère ; il ressentait aussi de la peur, mais il la maîtrisait. Etendu à plat ventre et agrippant son fusil allemand, il attendait. La haine et la crainte le tenaillaient, accroissant sa tension nerveuse. Il s'efforçait de rester calme, sans y parvenir.

— Je suis content de savoir qu'avec Terese et vous ça ne colle plus, lui avait dit Harvey l'autre nuit. Terese m'a confié qu'entre vous deux c'était fini. Somme toute, elle a bien pris la chose.

— Ah !

Sous le choc, c'est tout ce qu'il avait trouvé à dire.

Terese était riche de tout l'argent légué par son frère. Il s'était suicidé quelques mois auparavant, après avoir appris que la petite toux qui le préoccupait était le symptôme d'un mal incurable. Ce frère, un des plus habiles spéculateurs de Wall Street, avait géré la grosse fortune de la famille. Terese avait hérité de tous ses biens. Dès ce moment, Rex s'était considéré comme un homme arrivé. Il aimait Terese, se disait-il, parce qu'elle avait tout ce qu'un homme peut désirer : une magnifique beauté blonde, la richesse, la sécurité assurée. Ils se marieraient, c'était certain.

Et soudain, le coup de tonnerre de Harvey Thrum.

Il avait bien remarqué chez Terese certains changements : une légère froideur, une absence d'élans et des préoccupations terre à terre qui l'avaient troublé. Mais il s'était persuadé qu'il avait atteint son but.

— Elle est au bungalow, avait poursuivit Harvey.

C'était un grand gaillard, large d'épaules, avec des yeux brillants, des cheveux noirs et une fossette au menton.

— Vraiment ? fit Rex.

— Oui, reprit l'autre avec un large sourire, je vais y aller demain. En fait, Terese et moi nous nous voyons assez souvent depuis quelque temps. Maintenant, on n'a rien à cacher. C'est régulier, n'est-ce pas ? Mais vous encaissez bien le coup, vous aussi.

— Nous sommes d'accord en quelque sorte, s'entendit-il répondre.

— C'est ce qu'il y a de mieux à faire.

— Oui, on avait trop de problèmes.

Ils étaient assis dans un bar discret, aux lumières tamisées, et buvaient du whisky. Harvey se pencha en disant :

— Avec Terese, un gars doit être à la hauteur. Je peux bien vous le dire, nous avons décidé d'aller jusqu'au bout.

Rex porta son verre à ses lèvres. Il ne saisissait pas ce que Harvey entendait par là ; mais il ne tenait pas à le lui demander.

— Quoi ! s'exclama Harvey, vous ne me félicitez pas ?

— Pourquoi donc ?

— On va se marier, mon vieux.

— Est-ce que vous n'allez pas un peu vite ? fit Rex.

— Elle et moi sommes vraiment intimes, avait répondu Harvey en lui tapant sur l'épaule. J'étais sûr que vous comprendriez.

Il restait étendu sur le banc d'ardoise, observant le bungalow. Bien sûr, il comprenait, mais il eût voulu ne pas penser continuellement à l'argent. Il aurait dû tenir davantage à elle qu'à sa fortune. Mais, bon Dieu ! il fallait regarder les choses en face. Il avait toujours vécu d'expédients. Devait-il rater une occasion pareille? Fallait-il baisser les bras sans réagir?

Il demeurait immobile, le menton posé sur son poing.

Le sol était rocheux sous l'eau peu profonde qui s'écoulait rapidement vers le sommet des chutes en agitant sur son passage les tiges des racines. Un petit scintillement attira le regard de Rex. Il plongea la main dans l'eau glacée et ramassa un fragment de roche. Le soleil y allumait par endroits des lueurs dorées.

De la pyrite de fer. Certains l'appelaient l'or des sots. Il se rappelait à quel point il s'y était intéressé. Il avait couru la campagne en tous sens afin d'en ramasser le plus possible. Cette matière l'avait séduit, bien qu'étant sans valeur. Elle n'était d'aucune utilité, sauf sous la forme de petits cristaux pour équiper naguère les postes de radio à galène. Il se souvenait d'en avoir bricolé quelques-uns.

Il posa le fragment de roche sur l'ardoise, plongea la main dans l'eau et en retira un autre. Sur celui-ci, la couche de pyrite était plus épaisse. Il se pencha pour regarder dans l'eau et s'aperçut que le fond était couvert de roches aux reflets dorés. C'était un endroit rêvé pour des jeux d'enfants.

Levant le bras, il rejeta violemment au fond le morceau de roche et serra dans sa main mouillée la crosse du fusil. Il reporta les yeux vers le bungalow. Tuer Harvey, c'était là l'essentiel. S'il le supprimait, Terese lui appartiendrait de nouveau. Il se revoyait venant souvent avec elle au bungalow et la regardant peindre. Elle était douée, il n'en doutait pas, bien qu'il fût incapable de faire la différence entre une œuvre d'art et une bande dessinée. Mais c'était évident, ses tableaux vous impressionnaient, faisaient vibrer en vous des cordes sensibles.

Il fallait faire front. Terese devait être à lui. Il était donc allé chez elle.

— J'admets que j'aurais dû te le dire, avait-elle reconnu.

— Mais, Terese...

— Je regrette, Rex. Oui, j'aurais dû t'en parler, mais j'en étais incapable. Tu es si...

— Si quoi ?

— Ah ! je ne sais pas, avait-elle répondu.

Elle s'était rapprochée de lui. Elle portait une robe légère en tissu imprimé et une guimpe qui effleura les doigts de Rex. Il percevait son odeur et un violent désir le saisit. Mais il allait la perdre. C'est à cet instant, pendant qu'elle parlait, qu'il avait résolu de tuer Harvey.

— Je dois t'avouer, reprit-elle, que Harvey Thrumb me fait quelque chose, me bouleverse ; je me sens prise dans un piège et je n'y peux rien. Tâche de comprendre.

Elle le regardait de ses grands yeux bleu clair. Ses lèvres rouges et pulpeuses étaient si douces, si attirantes. Et elle était, de surcroît, riche à millions.

Après un moment de silence, elle avait dit :

— Si ce n'était Harvey, nous resterions ensemble, j'en suis sûre, Rex.

— Mais il y a Harvey.

— Oui.

— Ah ! Terese, pour l'amour du ciel !

— Je suis désolée, Rex.

Il était parti.

Toujours étendu sur le banc d'ardoise, il ne quittait pas des yeux le bungalow, dominé par son idée fixe. Il voulait tuer Harvey en lui tirant une balle dans la tête, rien de plus. Le couple ne pouvait sortir que par la porte qu'il surveillait.

Cette porte s'ouvrit et Terese traversa le porche en courant pour gagner la petite plate-forme proche du bassin sous les chutes. Elle riait et était vêtue d'une robe d'un ton bleu pâle. Le soleil faisait briller ses cheveux blonds, qui se détachaient sur le fond vert des arbustes.

Harvey parut. Terese, qui s'était élancée pour prendre le sentier s'élevant à travers bois sur un côté de la cataracte, fit volte-face et revint en courant vers le bungalow. Harvey descendit les quelques marches du porche. Terese le rejoignit et s'arrêta tout près de lui. On distinguait les mouvements de ses lèvres tandis qu'elle lui parlait, mais sa voix était couverte par le bruit assourdissant des chutes.

Harvey racontait maintenant quelque chose en souriant. Il portait un sweat-shirt blanc et un pantalon beige clair.

Rex épaula son arme posément et visa. Bien qu'étant en proie à une colère furieuse, ses gestes étaient assurés.

Harvey Thrum leva la tête vers les hauteurs. Il regardait presque directement Rex, qui prit le visage de son rival dans la ligne de mire. Il haussa d'un rien le canon de son arme, l'immobilisa sur le front de Harvey et pressa doucement sur la détente. Le coup de fusil claqua et Harvey tomba comme une masse.

Terese se mit à crier. Rex n'entendait que les chutes, mais il savait que la jeune femme hurlait. Elle se précipita vers l'homme abattu et se tordit les mains. Puis, son regard se porta vers le sommet d'où tombaient les chutes. Les bras agités de mouvements convulsifs, elle prit sa course en direction du sentier menant jusqu'en haut.

Rex exultait. Cette femme était maintenant à lui, il ne pouvait penser à rien d'autre. Il la vit qui se hâtait vers le sentier.

Il ne devait pas rester là. Il lui fallait partir à travers bois pour regagner sa voiture.

La crosse du fusil avait glissé dans l'eau par-dessus le bord de l'ardoise. Il s'en approcha, mais ne remarqua pas que la tige d'une racine s'était enroulée autour de la détente. Pour reprendre son arme, il se courba un peu, empoigna le canon et le tira vers le haut.

Son geste déclencha une rafale dont les échos se répercutèrent tels un staccato tragique dans l'après-midi paisible. Les balles lui fendirent le corps comme un trait de scie, de l'abdomen jusqu'à la tête. Foudroyé, il s'abattit. Son cadavre gisait à demi dans l'eau et c'est ainsi que Terese le trouva.

Fool's Gold

Traduction de F. W. Crosse

Un envoyé du ciel

par

James Holding

A quoi reconnaît-on un envoyé du ciel ?

C'est à sa façon de marcher le pied droit en dehors que je reconnus Paul Saint Clair et compris que ma prière avait été exaucée. Il se faisait désormais appeler René Vincent. S'il ne portait plus la moustache et l'impériale que Carl m'avait décrites, son pied privé d'orteils le trahit néanmoins sans la moindre équivoque.

Il arriva à vingt heures trente par le train de Bâle et apparut à la sortie du quai 7, où je m'étais posté pour l'attendre. Avant qu'il n'aperçût le nom de l'hôtel sur la visière de ma casquette, j'eus le temps de l'observer rapidement.

Malgré sa petite taille, il ne manquait pas d'allure dans son pardessus noir et son costume ultra-classique. Mais je restai confondu devant la candeur, voire la naïveté, de son regard.

Vu le portrait que Carl m'avait brossé de lui, je me demandai un court instant s'il s'agissait bien de la même personne. Mais après tout, il faut prendre les envoyés du ciel comme ils viennent.

Je continuai de l'examiner, jusqu'au moment où il me repéra et se dirigea vers moi.

— Hôtel Minerva, annonçai-je d'un ton empressé. Vous êtes bien monsieur Vincent ?

Il acquiesça de la tête.

— Bienvenue à Lucerne, fis-je en français, m'emparant de ses deux valises. J'ai dû laisser la voiture devant la gare. Si vous voulez bien me suivre ?

Comme il m'arrivait à peine au menton, il dut allonger le pas pour se maintenir à ma hauteur.

— Quel voyage interminable ! fit-il d'un ton excédé. Paris n'est pas la porte à côté... Mais dites-moi, il n'y a donc pas de porteurs dans les gares suisses ? Au changement à Bâle, je n'ai trouvé personne pour s'occuper de mes bagages. Pas plus qu'ici, d'ailleurs. (Il était manifestement habitué à un tout autre traitement.) Je suis épuisé !

— Vous pourrez vous rafraîchir avant le dîner, suggérai-je respectueusement. Nous servons jusqu'à neuf heures.

— Très bien. Suis-je le seul à descendre au Minerva ?

— Oui, monsieur. Nous sommes en septembre. La saison touche à sa fin.

— Tant mieux. J'ai besoin de calme et de tranquillité.

Lorsqu'il prononça ces mots, je crus discerner l'ombre d'un sourire sur ses lèvres. C'était bon signe.

Je chargeai les valises dans le coffre et tint la portière ouverte tandis qu'il montait et s'installait à l'arrière.

— Si je peux me permettre, monsieur, le calme et la tranquillité sont la spécialité du Minerva, dis-je en m'installant au volant.

Nous quittâmes la gare et franchîmes la Reuss par le pont moderne Seebrücke. Sur notre gauche, nous aperçûmes le vieux Kappelbrücke — qui traverse la rivière en biais — et sa fameuse tour octogonale, en partie éclairés par les lumières de la ville et la lune aux trois quarts pleine qui montait au-dessus des remparts. Plus loin derrière, agrippé au sommet d'une colline comme dans un film de Walt Disney, le château-hôtel Gütsch s'élançait fièrement vers le ciel à la lumière des projecteurs.

Comme je tournais pour m'engager dans Adligenwilerstrasse, M. Vincent s'enfonça dans les coussins.

— Après ces sales trains, c'est le grand luxe, commenta-t-il en s'étirant voluptueusement. Quel confort !

Je dois reconnaître que la voiture de notre hôtel, une

berline américaine noire à sept places, est un vrai plaisir à conduire et dépasse de cent coudées tous les véhicules des autres palaces de Lucerne.

— Merci, monsieur. Si vous avez l'intention de faire des excursions pendant votre séjour ici, cette voiture est à votre entière disposition, ainsi que votre serviteur pour vous conduire, si vous le désirez. C'est un service proposé par l'hôtel et qui est facturé avec le reste. Je dois dire que nos clients semblent préférer cette formule aux voyages organisés en car...

— J'y penserai.

— Très bien, monsieur. Si vous avez besoin de moi, faites-le savoir au concierge.

La décision devait venir de lui. Du moins au début, tant que je ne le connaîtrais pas encore assez.

Mais les circonstances me furent favorables. Le lendemain, Herr Grüber, notre concierge, m'appela. Herr Vincent, le client de la chambre 424, avait demandé à faire un tour en voiture après le déjeuner, avec moi comme chauffeur.

Je me retins de sauter de joie.

— Qu'est-ce que tu lui as proposé ? demandai-je à Grüber.

— J'ai pensé qu'Axenstrasse ferait l'affaire, pour commencer. Fais-lui le coup de Guillaume Tell, gloussa-t-il. Les Français sont comme les Américains. Ils raffolent des histoires romantiques.

— Va pour Axenstrasse.

Je sortis la berline et allai faire le plein. A deux heures précises, j'accueillais M. Vincent au pied du funiculaire de l'hôtel.

— Bonjour, Kreuz, fit-il. Comme vous le constatez, j'ai suivi votre conseil. On y va ?

Nous nous mîmes en route. Il se prélassait nonchalamment sur la banquette arrière, avec cette moue d'ennui distingué, propre aux grands de ce monde. Nous longeâmes le lac et traversâmes Meggen puis Küssnacht. M. Vincent ne manifesta déjà guère d'intérêt pour la Chapelle de la Reine Astrid. Et lorsque je fis halte au pied du chemin creux historique où Guillaume

Tell s'était embusqué, arbalète à la main, pour attendre le bailli Gessler, il ne se donna même pas la peine de descendre.

— Continuons, dit-il. Je veux voir cette fameuse Axenstrasse dont votre concierge m'a rebattu les oreilles.

Nous continuâmes le long du lac de Zoug, dominé par le mont Rigi, et parvînmes à Brunnen, où commence l'Axenstrasse. C'est une route étroite, avec quelques passages en tunnel, qui serpente sur la corniche taillée dans les falaises surplombant le lac d'Uri. Je dus me concentrer sur la conduite jusqu'à notre arrivée à Altdorf.

Là, je le menai à la place centrale du bourg pour lui montrer le monument de Tell, et lui servis mon boniment sur notre héros national. Il écouta poliment.

Pour terminer, je suggérai que nous nous rendions à l'auberge du Cygne pour une collation avant de prendre le chemin du retour. L'air était limpide et frais, sans être froid, ce qui nous permit de déguster notre chocolat et nos gâteaux dehors, sous l'enseigne dorée représentant une mère cygne accompagnée de ses deux rejetons.

Quand nous regagnâmes la voiture pour reprendre la route, M. Vincent me demanda s'il pouvait s'asseoir à l'avant à côté de moi, au lieu de trôner tout seul comme un imbécile à l'arrière du mastodonte. Je ne fis, bien entendu, aucune objection. Son changement de place dans le véhicule n'entraîna cependant nul changement dans son attitude à mon égard, qui demeura celle d'un maître plein aux as envers un chauffeur dévoué mais sans le sou.

— J'espère que cette promenade vous a plu, monsieur, risquai-je lorsque nous traversâmes Vitznau.

— Beaucoup. (Il sortit un briquet en or pour allumer une cigarette. Le moindre geste de ses petites mains fines était un vrai chef-d'œuvre.) Pourquoi ?

— Sauf votre respect, monsieur, je crois que vous vous êtes ennuyé à mourir.

— Et qu'est-ce qui vous fait croire ça, Kreuz ? demanda-t-il en riant.

— Votre absence totale d'enthousiasme, monsieur. Vous avez admiré le paysage, comme tout le monde. Mais j'ai le sentiment que mes explications sur l'Axenstrasse et Guillaume Tell ne vous ont guère intéressé. Est-ce que je me trompe ?

Il exhala une bouffée de fumée en direction du pare-brise.

— Eh bien non, puisque vous tenez tellement à le savoir. Mais rassurez-vous, vous n'y êtes pour rien ! Je n'avais pas cinq ans quand on m'a servi la sérénade sur Guillaume Tell pour la première fois. Quant à votre Axenstrasse, sachez que ce n'est pas grand-chose à côté de la route qui domine le lac de Garde en Italie. Désolé.

— A chacun ses goûts, murmurai-je en haussant les épaules. (Puis, prenant l'air entendu de l'homme prêt à tout pour satisfaire un client distingué, j'ajoutai :) Maintenant que je vous connais un peu mieux, monsieur, je crois pouvoir vous proposer une excursion autrement plus intéressante que celle-ci.

— Tiens donc ! Et où auriez-vous l'intention de m'emmener cette fois, Kreuz ?

— Au Liechtenstein. Plus précisément à Vaduz, où l'on peut — sur demande — visiter la merveilleuse collection de tableaux du prince.

Vincent se figea soudain sur son siège. Il était en train de porter une cigarette à sa bouche et marqua une pause imperceptible avant de continuer son mouvement.

— Une collection de tableaux ? A Vaduz ? Mais je ne m'intéresse pas à la peinture, mon ami, déclara-t-il d'un ton trop dégagé pour être honnête.

— Peut-être pas à la peinture pour elle-même, ajoutai-je sans détourner mon regard de la route. Mais à l'argent qu'elle peut vous rapporter.

Il sursauta comme si un insecte venait de le piquer.

— Vous devenez impertinent, Kreuz, lâcha-t-il, glacial. Arrêtez-vous, je vous prie. Je désire retourner à l'arrière.

— Mais je n'avais aucune intention de vous offenser,

monsieur Saint-Clair, me hâtai-je d'ajouter d'un air contrit.

Cette fois, il ne tiqua pas. Je vis juste un éclair d'acier jaillir de son œil innocent.

— Saint-Clair ? s'étonna-t-il. Quel est ce nom ?

— Le vôtre, monsieur.

— C'est grotesque !

Je ne m'étais pas arrêté, et il n'avait pas réitéré son injonction. Je venais de marquer un point important.

— Avec tout le respect que je vous dois, repris-je de mon ton le plus servile, je me trouve savoir qui vous êtes. Vous êtes Paul Saint-Clair, le célèbre marchand de tableaux de Paris, en vacances incognito à Lucerne.

Il tira nerveusement sur sa cigarette.

— Comment avez-vous appris mon nom ?

— C'est mon cousin de Paris qui m'a téléphoné pour me prévenir de votre arrivée, répondis-je d'une voix unie.

— Votre cousin ?

— Il est employé à l'agence de voyages où vous avez fait votre réservation.

— Mais il ne me connaissait pas. Pourquoi vous aurait-il téléphoné ? interrogea-t-il en s'échauffant.

J'avais maintenant la certitude qu'il se souvenait que mon cousin lui avait recommandé le Minerva.

— Pourquoi il m'aurait téléphoné ? Mais parce qu'il pensait que vous étiez l'homme qu'il nous fallait.

— Qu'est-ce que cela signifie ?

— Qu'il vous a reconnu.

— Comment est-ce possible ?

— Il a vu votre photo dans les journaux.

— Ma photo ? Dans les journaux ? C'est absolument impossible. Vous faites erreur, Kreuz.

— Non, monsieur, répliquai-je. Il se souvenait parfaitement de la photo. Vous portiez encore la moustache et l'impériale à l'époque. La police vous interrogeait pour une affaire de vol de tableau. Une œuvre inestimable, volée au Jeu de Paume. Apparemment, tout le monde vous croyait coupable, même mon cousin. Mais personne n'a rien pu prouver.

— Bien sûr que personne n'a rien pu prouver! explosa-t-il, touché dans son orgueil. Je ne suis pas complètement idiot, même si je suis français!

— Mais vous êtes un voleur, monsieur, un voleur de génie! dis-je, lâchant le volant un court instant en écartant les mains pour appuyer mon affirmation. Et vous avez décidé de vous mettre un peu au vert en attendant que les choses se tassent. Mon cousin a tout compris. Voilà pourquoi il m'a téléphoné.

— Quoi qu'il en soit, je n'ai jamais rien volé en Suisse, siffla-t-il. Vous devez le savoir.

— Bien entendu. C'est justement pour cette raison que j'ai une proposition à vous faire, monsieur. Mon cousin et moi-même avons besoin de votre aide pour une affaire tout à fait remarquable.

Saint-Clair écrasa son mégot dans le cendrier et resta un moment silencieux. Il semblait moins tendu. C'était peut-être le fait de parler à un confrère — un futur confrère, plutôt.

— Et voudriez-vous avoir l'obligeance de me dire — si toutefois vous n'y voyez pas d'inconvénient — ce qui serait susceptible de valoir mon attention dans votre bonne vieille ville? On n'y trouve aucune œuvre d'art digne de ce nom. Tout au plus quelques croûtes du XVIIIe et du XIXe dans votre musée des Beaux-Arts. Pas de quoi fouetter un chat.

— Diriez-vous la même chose de la galerie de Vaduz? Avouez qu'il s'y trouve tout de même quelques tableaux qui méritent le déplacement, si j'ose dire...

Il haussa les épaules et leva les yeux au ciel.

— Quels tableaux? jeta-t-il d'un ton dédaigneux.

— Des centaines, continuai-je imperturbablement. Mais deux seulement nous intéressent.

— Dans la collection du prince? (Il savait parfaitement à quoi je faisais allusion, bien entendu.)

— Exactement.

Je n'ajoutai pas un mot, pour mieux le laisser saliver. Il finit par rompre le silence :

— Lesquels?

— Les deux Meissonier. Vous connaissez?

— Qui ne les connaît ? fit-il d'un ton désenchanté. Ils sont célèbres dans le monde entier, trop célèbres ! C'est une marchandise invendable.

— Nous avons beaucoup réfléchi au problème, mon cousin et moi. C'est un autre point sur lequel votre aide nous serait indispensable.

— Vous me flattez.

— Pas du tout. Une fois les Meissonier entre nos mains, c'est vous qui les sortirez de Suisse, vous saisissez ? Et avec votre discrétion coutumière, vous parviendrez bien à les vendre à l'un de vos clients. En liquide, évidemment. Je suis persuadé que vous connaissez des amateurs qui ne poseraient aucune question s'ils se voyaient proposer un Meissonier authentique.

— J'ai quelques relations, en effet, reconnut-il prudemment.

(« Quelques relations ! pensai-je. Tu en as une en tout cas qui ne s'est pas fait prier pour t'acheter la toile du Jeu de Paume. »)

Emu à la pensée des deux Meissonier du prince du Liechtenstein, Saint-Clair rougit légèrement et deux petites veines se mirent à battre sur sa tempe.

— Et combien valent-ils, vos fameux Meissonier ?

— Les Meissonier du prince, précisai-je. Nous ne les tenons pas encore. Ils sont assurés pour un million et demi de francs suisses. (Je lui laissai le temps de digérer la nouvelle avant de continuer :) Et avec vos relations, vous réussirez bien à en tirer le double.

— A partager en trois, hein ? Vous, votre cousin et moi ?

— En deux seulement. Moitié pour vous, moitié pour nous. Après tout, c'est vous qui allez faire l'essentiel du travail.

— C'est ce qui me semble.

— Qu'est-ce que vous en dites ?

— L'affaire n'est pas sans intérêt. Mais il faudra que vous me mettiez au courant.

— Bien entendu. (Je déboîtai pour doubler un semi-remorque juste avant Weggis et me rabattis sur la droite.) Il se trouve que ces deux chefs-d'œuvre ont quitté la collection la semaine dernière pour un petit nettoyage chez Herr Gustav Mizner, qui restaure régulièrement les trésors du prince. La boutique est à cent mètres de la galerie, dans une petite rue adjacente. Herr Mizner est un grand artiste, mais c'est aussi — Dieu merci — un homme simple et confiant. Quand il ferme son atelier pour la nuit, il range tous les tableaux qu'il a en train dans son vieux coffre et s'en va l'âme en paix. Il n'y a pas de gardien.

— Il y a bien une alarme, quand même ?

— Evidemment. Un dispositif américain très sophistiqué relié au domicile de Herr Mizner et au poste de police. (Je marquai une pause.) C'est pour cela que nous avons besoin de vous, monsieur. Vous devez avoir une longue expérience des systèmes électroniques ?

Pour la première fois, un sourire se dessina sur ses lèvres.

— Je m'y entends assez, en effet.

— Et des coffres ?

— Egalement.

— Nous savions que nous pourrions compter sur vous.

— Mais vous comprendrez aisément qu'il me faudra examiner la situation dans le moindre détail avant que nous ne tentions quoi que ce soit.

— Cela va sans dire. C'est pourquoi j'ai pensé qu'une excursion demain à Vaduz s'imposait. Vous aurez tout le temps d'étudier des lieux. Si les circonstances nous sont favorables, nous y passerons la nuit ; ainsi vous pourrez pénétrer chez Herr Mizner et vous emparer des deux Meissonier au petit matin, ce qui nous permettra d'être de retour au Minerva le lendemain pour le déjeuner.

— Vous allez vite en besogne, mon ami, fit Saint-Clair en m'interrompant d'un geste de la main. Si je comprends bien, je devrai ensuite passer les toiles en France, trouver un acquéreur et vous envoyer votre part. C'est bien ça ?

— Ou la remettre à mon cousin de Paris, si vous préférez.

— Vous me laisseriez partir avec les tableaux et vous expédier la moitié de l'argent de la vente ?

— Nous devons vous faire confiance, monsieur, nous n'avons pas le choix. Sans vous, il nous serait impossible de neutraliser le système d'alarme électronique chez Herr Mizner. Et à supposer que nous y parvenions, combien pourrions-nous espérer tirer des peintures en Suisse ? Tous les collectionneurs et marchands de tableaux du pays seront au courant du vol dès le lendemain. Vous voyez, nous sommes obligés de vous faire confiance.

— Qui vous dit que je ne garderai pas tout pour moi ?

— Il y a un code d'honneur chez les voleurs, non ?

Il m'adressa un regard étonné. Je continuai :

— Lorsque mon cousin Carl vous a vu à Paris, il a compris que vous étiez un cambrioleur de grand talent, mais également que vous feriez un partenaire d'une parfaite loyauté le cas échéant. Après un après-midi avec vous, je confirme son jugement. Et si nous nous sommes trompés, tant pis pour nous.

— Vous ne vous êtes pas trompés, fit Saint-Clair en approuvant de la tête, bien au contraire. Et vous vous êtes montrés bien plus perspicaces que beaucoup, soyez-en remerciés. Mais trêve de bons sentiments. (Il resta un instant silencieux, hésitant à révéler sa curiosité, puis finit par demander :) Mais vous et votre cousin, Kreuz ? Pourquoi vous lancer dans l'univers dangereux du trafic de tableaux ? Vous êtes des gens intelligents et sensés. Vous avez un bon métier...

— Un bon métier ? Coupai-je sèchement. Chauffeur d'hôtel et sous-fifre dans une agence de voyage ? Pour des diplômés de l'université de Zurich ? Qui parlent quatre langues couramment ? Pardonnez-moi, monsieur, mais nous ne considérons pas que notre emploi est à la hauteur de nos capacités. C'est aussi simple que cela. Et nous entendons mettre un terme à cette situation dans les meilleurs délais. Avec trois cent soixante-quinze mille francs chacun.

— Je vois. Inutile d'en dire plus, Kreuz. Vous avez toute ma sympathie.

Il alluma une autre cigarette, non sans m'en avoir offert une cette fois. Je l'acceptai, et pendant quelques minutes, nous fumâmes de concert en silence.

— Et ces deux Meissonier ? Si vous m'en parliez un peu ? s'enquit-il enfin.

— Vous les connaissez, je présume ?

— *La retraite de Moscou* et *Ney haranguant ses troupes ?* Bien entendu. Mais pour l'instant, ce sont les dimensions qui me préoccupent. Car je ne vois pas très bien comment nous allons pouvoir les sortir de Suisse — ni même du Liechtenstein — une fois que nous nous en serons emparés.

— Le Liechtenstein fait pratiquement partie de la Suisse depuis l'accord monétaire et douanier de 1924. Il n'y aura donc pas de problème de ce côté-là.

— Vraiment ? Les tableaux sont toujours difficiles à passer, quelles que soient les frontières.

— Je sais. Mais, en l'occurrence, ça ne devrait pas être le cas. Les deux toiles en question — comme la plupart des œuvres de Meissonier d'ailleurs — sont très petites. Elle font quarante-cinq centimètres sur trente, sans les cadres, bien entendu, dont nous n'avons que faire de toute façon.

— Très bien. Mais toutes les frontières sont dangereuses quand on a des objets de cette nature dans ses bagages.

— Rassurez-vous, monsieur. Je sais tout de même faire autre chose de mes mains que conduire une automobile. Il m'arrive de travailler le cuir, à mes moments perdus. Et je peux vous assurer que la valise que je vous fournirai en place de la vôtre sera la cachette la plus sûre que vous aurez jamais utilisée pour le transport de toiles de maîtres.

— Je ne comprends pas.

— Un bagage en cuir de très haute qualité, entièrement doublé et cousu main. Qui pourra deviner qu'entre les deux épaisseurs de cuir se trouveront deux inestimables Meissonier, bien au chaud entre deux carrés d'agneline ? Comme je n'ai jamais douté de votre collaboration, la valise est déjà terminée. Il reste toutefois deux coutures que je ne fermerai qu'à notre retour de Vaduz, une fois les toiles glissées dans leurs douillettes caches. Je vous garantis que le plus fin limier de toutes les douanes du monde n'y verra que du feu.

— Ingénieux, concéda Saint-Clair. Ça devrait marcher. Il va maintenant falloir que vous me disiez absolument tout ce que vous savez sur la galerie du prince et la boutique de Herr Mizner avec son fameux système d'alarme américain.

Je m'exécutai d'enthousiasme.

A Vaduz, tout marcha comme sur des roulettes.

Nous quittâmes le Minerva à neuf heures le lendemain matin et gagnâmes le Liechtenstein sans nous presser, en passant par Zoug, Hirzel, Rapperswill et le col de Ricken. Des grappes de nuages blancs survolaient majestueusement les cimes. Un beau soleil d'automne réchauffait l'air. Nous fîmes halte à Werdenburg pour admirer les pittoresques maisons du XIVe siècle encore en parfait état et toujours habitées.

Nous déjeunâmes à Vaduz dans un restaurant admirablement situé d'où nous pûmes admirer à loisir l'imposant château princier qui domine la ville du haut de son rocher entouré de vignobles.

J'emmenai ensuite Saint-Clair à la galerie, et l'attendis dans la voiture. Quand il eut terminé sa visite, nous remontâmes dans la berline pour nous rendre tout à côté, à la boutique de Herr Mizner. Ce dernier, non content d'entretenir et de restaurer les trésors de la famille royale, faisait également commerce d'antiquités pour touristes.

Une demi-heure plus tard, Saint-Clair émergeait de l'échoppe un petit sourire fat aux lèvres et une croix autrichienne en bois sculpté à la main.

— Alors ? m'inquiétai-je.

— Un jeu d'enfant ! triompha-t-il en grimpant dans la voiture tandis que je lui tenais la porte. Nous sommes bénis des dieux, Kreuz. Votre fameux système d'alarme américain date de Mathusalem ! Ridicule ! C'est presque indigne de moi.

— Et le coffre ? Vous avez réussi à vous en approcher ?

— Encore plus archaïque que l'alarme, lâcha-t-il d'un ton suffisant. Croyez-moi, Kreuz, notre petite aventure sera une promenade de santé. (Il alluma une cigarette.) Allons maintenant à l'hôtel. J'aimerais faire un somme avant le dîner.

Une telle assurance face au danger m'encouragea considérablement. C'était un homme d'expérience, rompu aux difficultés des entreprises telles que la nôtre. Si lui les considérait comme négligeables, nous ne pouvions pas faire moins.

Nous nous installâmes dans le meilleur hôtel de Vaduz, Saint-Clair dans une suite comme il seyait à un riche touriste français, et moi dans un réduit en sous-sol, comme il convenait à un domestique.

Après le dîner, Saint-Clair prit la situation en main.

— Allez donc vous coucher, Kreuz, fit-il d'un ton dégagé. Vous pouvez dormir sur vos deux oreilles, je n'aurai pas besoin de vous. Laissez-moi seulement les clés de la voiture.

Je m'exécutai et me retirai, une fois que nous fûmes convenus de nous retrouver pour le petit déjeuner le lendemain matin à six heures, afin de reprendre tôt le chemin de Lucerne.

— Il vaut mieux que nous ne soyons plus dans les parages lorsque Herr Mizner ouvrira et se rendra compte du vol, expliqua Saint-Clair d'un ton enjoué.

Au petit déjeuner, il était d'excellente humeur.

— Alors, Kreuz, vous vous êtes bien reposé ?

Ça n'était pas le cas.

— Et vous ? répliquai-je en souriant.

— On ne peut mieux, merci. Je me suis réveillé vers quatre heures, et j'ai mis environ une heure à me rendormir. Mais tout bien considéré, j'ai passé une nuit excellente.

Je dus me contenter de cette déclaration sibylinne jusqu'à ce que nous ayons quitté Vaduz, par la route de Walenstadt cette fois. Saint-Clair, en bon touriste qu'il était censé être, se devait en effet de profiter de l'occasion pour visiter Einsiedeln.

Le ciel, comme cela arrive souvent en montagne, se couvrit brusquement de gros nuages plombés et une pluie torrentielle s'abattit sur nous. Mais il en aurait fallu beaucoup plus pour refroidir notre enthousiasme. Dès que nous fûmes sortis du Liechtenstein, j'arrêtai la voiture sur un tronçon de route désert et descendis en toute hâte ouvrir le coffre. Je restai de longues minutes à contempler, encore incrédule, les deux Meissonier dans leur cadre doré.

— Ainsi vous avez réussi ! murmurai-je, n'en croyant pas mes yeux.

— Mais qu'est-ce que vous imaginiez ? Bien sûr que j'ai réussi ! triompha-t-il, dévorant lui aussi notre butin du regard.

Je me redressai et lançai du fond du cœur :

— Monsieur Saint-Clair, vous êtes un don du ciel !

Il prit un petit air satisfait mais dut se retenir de glousser, ce qui eût été inconvenant de la part d'un homme si distingué.

Je démontai les cadres et les enterrai dans le fossé tandis que Saint-Clair surveillait la route.

A notre arrivée à Einsiedeln, c'est avec un malin plaisir que je repris mon rôle de guide. Je profitai de la situation pour me lancer dans une tirade ironique sur le monastère fondé en 835 par saint Meinrad ainsi que sur l'église abbatiale du XVIIIe, célèbre pour ses colonnes de marbre noir et visitée par plus de deux mille pèlerins chaque année.

Saint-Clair ne me laissa pas le temps de m'amuser.

— Ne plaisantez pas là-dessus, coupa-t-il d'un ton sec. La Sainte-Chapelle est une merveille d'architecture. Elle mérite toute notre admiration.

C'était là un aspect de sa personnalité que je n'avais pas soupçonné. Mais après tout, il était négociant en art, même s'il se trouvait du mauvais côté de la barrière. Je m'abstins de tout commentaire et restai dans la voiture tandis qu'il sortait tête nue sous l'averse pour aller se recueillir dans l'église.

Nous arrivâmes à Lucerne pour le déjeuner, comme

prévu. J'arrêtai la berline devant le Minerva et descendis une fois de plus ouvrir la portière à Saint-Clair.

— La valise ? chuchota-t-il en s'extirpant du véhicule.

— Trois heures cette nuit dans votre chambre, répondis-je sur le même ton. La voie sera libre.

Il approuva de la tête et s'engouffra dans l'entrée en serrant contre ses flancs les deux Meissonier bien à l'abri sous son manteau. La pluie n'avait toujours pas cessé.

Quinze heures plus tard, l'hôtel était silencieux comme une tombe. Je quittai ma cage à lapin sous les combles et descendis l'escalier à pas de loup. Je m'arrêtai au quatrième et me dirigeai vers la chambre de Saint-Clair, une valise de cuir à la main.

Sans prendre la peine de frapper, je tournai doucement la poignée de la porte et me glissai à l'intérieur. Assis tout habillé près de la table de nuit à la lumière de la seule lampe allumée de la pièce, Saint-Clair lisait tranquillement le journal du soir.

Se tournant vers moi, il remarqua immédiatement le bagage, posa son journal et se leva.

— Très bien, dit-il, satisfait.

Il alla à la penderie et extirpa les deux Meissonier d'entre les couvertures où il les avait cachés.

— Allons-y ! fit-il me tendant les toiles.

Je posai la valise sur le lit, enveloppai délicatement la première pièce dans un morceau d'agneline et glissai le précieux paquet entre les deux épaisseurs de la première paroi. Puis, je me mis en devoir de recoudre le tout avec du fil de cordonnier. Le cuir était dur, le travail fut long et minutieux. Mais une fois la couture achevée, le douanier le plus méfiant ne se fût douté de rien.

— Est-ce que je peux faire quelque chose ? s'enquit Saint-Clair, visiblement intéressé.

— Merci, monsieur, répondis-je sans lever la tête.

Je coupai le fil au ras de la doublure et pratiquai la même opération de l'autre côté avec la seconde toile. Quand j'en eus terminé, je remis poinçon, aiguille et reste de fil dans ma poche, puis me levai.

— Et voilà, fis-je en m'étirant, qu'est-ce que vous en dites ?

— En tout point remarquable, de la conception à la réalisation, reconnut-il, impressionné. Nous allons fêter ça. (Il sortit une bouteille de champagne du réfrigérateur et emplit deux verres.) Si nous prenions un peu l'air, Kreuz ?

Il ouvrit la fenêtre. Sa chambre, l'une des plus luxueuses du Minerva, avait un balcon qui donnait sur le lac, avec une petite table et deux chaises de métal.

Nous restâmes debout. Il leva son verre en silence. Je lui rendis la politesse, et nous bûmes de concert.

— Je n'oublierai jamais Lucerne, chuchota-t-il.

La pluie avait pratiquement cessé et la lune se reflétait en un sillon d'argent dans les eaux immobiles du lac des Quatre-Cantons tout en bas. Le spectacle était impressionnant. A droite, à l'embouchure de la Reuss, la grappe scintillante des lumières de la ville endormie. En face, cinq cent mètres au-dessus des eaux, les trois hôtels de Bürgenstock brillaient comme trois constellations nouvellement apparues dans le ciel du sud. A l'ouest, la masse imposante et sombre du Rigi semblait partir à l'assaut de la voûte céleste. De tous côtés et à perte de vue, les crêtes enneigées luisaient au clair de lune.

Le bruit du verre que Saint-Clair venait de poser sur la table me ramena à la réalité.

— Je vous dois beaucoup, Kreuz, à vous et à Lucerne, fit-il dans un souffle. Je tenais à ce que vous le sachiez.

C'était là une bien étrange façon d'exprimer sa reconnaissance, car en me retournant pour lui répondre, je me trouvai face à un pistolet muni d'un silencieux et braqué sur ma poitrine.

— Monsieur ! m'exclamai-je. Monsieur Saint-Clair ! Qu'est-ce que cela signifie ? Nous sommes associés, nous...

Les mots me manquaient. Une lueur d'amusement passa furtivement dans son regard limpide.

— Mettez cela au passé, corrigea-t-il doucement. Nous avons été associés. Mais comme on dit vulgairement aujourd'hui dans le monde cruel où nous vivons, nous sommes désolés, Kreuz, mais nous n'avons plus besoin de vos services.

Je jetai un œil par-dessus mon épaule, mais ne trouvai aucune possibilité de fuite vers l'intérieur. Puis, je contemplai la terrasse, en bas, tout en bas. Quatre étages. Impossible.

— Trop tard, fit Saint-Clair, une nuance de regret dans la voix. Je suis obligé de vous tuer. Vous comprenez, n'est-ce pas ?

— Non, répondis-je, en m'efforçant de garder mon calme. Une fois en France, vous auriez pu tout garder pour vous. A quoi bon me tuer ?

— Vous êtes un amateur, Kreuz. Mais moi, je suis un professionnel. Et un professionnel digne de ce nom ne laisse jamais de témoins de son crime derrière lui. Même un amateur devrait être au courant.

L'espace d'un instant, j'aperçus sur ses lèvres cette ombre de sourire que j'avais remarquée à son arrivée à Lucerne. Je le regardai, hébété.

— Donnez-moi les clés de la voiture, Kreuz.

Je m'exécutai, comprenant trop tard qu'il avait tout prévu depuis le début.

— Si vous tirez, plaidai-je, désespéré, on vous entendra.

— Tout le monde dort dans l'hôtel, et toutes les chambres autour de la mienne sont inoccupées, j'ai fait mon enquête. C'est la morte saison, ne l'oubliez pas. Et de toute façon, avec ceci, personne n'entendra rien, fit-il en tapotant le silencieux.

— Mon cousin comprendra que vous m'avez tué.

— Je prends le risque. Vous ne vous imaginez tout de même pas que je vais retourner à Paris avec mon butin ? J'y suis connu comme le loup blanc, vous le savez bien.

Il hocha la tête en me regardant avec commisération.

— Mais vous aviez promis...

— Exact. Notre fameux code d'honneur, c'est ça ? Eh bien, sachez que dès demain je prends l'avion pour New York où j'ai encore davantage de relations qu'à Paris, Kreuz. Personne ne s'apercevra de votre mort avant plusieurs jours, le temps que la femme de chambre se décide à entrer malgré le panneau « Ne pas déranger » que je vais laisser sur la porte. Vous comprenez ?

— Je comprends. Je crois même que c'est la première fois que je vous comprends vraiment, monsieur.

— Je vous avais prévenu, le trafic de tableaux est une activité dangereuse. (Il consulta sa montre.) Eh bien, je devrais arriver à Zurich avant l'aube, vous ne pensez pas ? Avec votre remarquable voiture...

Son doigt se replia plus fermement sur la détente. Je restai immobile comme une statue.

— Adieu, Kreuz. Sans rancune.

Il pressa la détente.

Je pris tout mon temps pour poser mon verre sur la table à côté du sien.

— Vous avez fait une erreur fatale, commençai-je.

Il m'entendit à peine. Incrédule, la bouche ouverte, il fixait son arme d'un regard accusateur, encore sous le choc. « Bon Dieu ! » pesta-t-il, et il tenta de tirer encore six fois. Les déclics du chien frappant vainement les chambres vides me rappelèrent le bruit que font les enfants avec leur langue quand ils jouent aux cow-boys et aux Indiens.

— Lorsque je suis venu vous chercher à la gare il y a trois jours, continuai-je, vous êtes allé directement à la salle à manger dès votre arrivée à l'hôtel, vous vous rappelez ? J'ai donc monté vos bagages et me suis permis d'y jeter un coup d'œil, au cas où... (Je lui adressai à mon tour un petit sourire.) Bien vu, non ?

— Très bien vu, approuva-t-il, les yeux toujours rivés sur son pistolet. Je vous ai traité d'amateur, Kreuz, je m'en excuse. Vous êtes un professionnel, et je vous tire mon chapeau. Alors, nous reprenons tout comme prévu ?

— Pas tout à fait. Car, comme vous venez vous-même de le dire si justement, nous n'avons plus besoin de vos services. (Je marquai délibérément une pause.) Vous avez fait votre part du travail en vous occupant du système d'alarme et du coffre. A ma grande honte, je dois avouer que je n'y connais rien en électronique et en coffres-forts. Mais maintenant que je suis arrivé à mes fins et que les Meissonier sont entre mes mains, vous comprendrez que votre mission est terminée, monsieur.

— Sans moi, vous ne pourrez pas vendre les tableaux, Kreuz. Vous l'avez dit vous-même, ils sont invendables en Suisse et au Liechtenstein.

— C'est exact.

— Donc, continua-t-il, essayant de paraître plus confiant qu'il ne l'était, vous avez encore besoin de moi et de mes relations pour écouler la marchandise, que vous le vouliez ou non.

— Je n'ai jamais eu l'intention de vendre les tableaux.

— Quoi ? Mais alors, pourquoi cette comédie ridicule avec la valise ?

— Simplement pour vous convaincre de ma bonne foi, répondis-je avec un sourire narquois.

— De votre bonne foi ! (Il eut un petit rire hystérique.) Notre code d'honneur, n'est-ce pas ?

J'approuvai de la tête, appréciant l'ironie de la situation.

— Et votre cousin ? reprit-il. Encore une invention ?

— Pas du tout. Il existe vraiment. Et c'est moi qui demain irai à Zurich à votre place prendre l'avion pour Paris avec les tableaux.

— Vous n'en obtiendrez même pas la moitié de leur valeur !

— Je vous ai déjà dit que nous n'avons aucune intention de les vendre.

— Mais alors, pourquoi les avoir volés ?

— Le père de mon cousin de Paris — mon oncle, donc — travaille au service contentieux de la compagnie d'assurances française qui assure la collection d'œuvres d'art du prince Franz-Joseph II du Liechtenstein.

Le visage de Saint-Clair se défit.

— Et quand quelque chose disparaît, continuai-je, ladite compagnie offre généreusement une récompense de dix pour cent de la valeur de la pièce — avec assurance de discrétion absolue — à quiconque permet de retrouver cette dernière. Je suis au courant parce que mon oncle a déjà utilisé cette procédure la dernière fois.

— Vous voulez dire qu'il y a déjà eu des vols à la galerie de Vaduz ?

— Une fois seulement. C'était moi.

— Vous avez touché la prime ?

— Je l'ai partagée avec mon cousin. C'était le Bruegel que vous avez vu hier.

— Et vous allez recommencer avec les deux Meissonier ?

— Exactement. Nous allons toucher soixante-quinze mille francs chacun.

— Remarquable, fit-il en connaisseur.

— Mon cousin a la tâche délicate de détecter les professionnels authentiques parmi les clients qu'il envoie ici. C'est ainsi que vous avez été choisi, monsieur Saint-Clair. Bien entendu, mon oncle reçoit aussi un pourcentage pour sa collaboration.

— Toutes mes excuses, Kreuz. Je vous avais sous-estimé.

— En effet. Mais consolez-vous, vous allez mourir dans le site le plus grandiose de Suisse.

— Mourir !

— Qu'est-ce que vous espériez ? Vous m'avez expliqué vous-même qu'un professionnel ne laisse jamais de témoins derrière lui.

De sa petite main gracieuse, Saint-Clair prit son pistolet par le canon et amorça un grand mouvement dans l'intention de me porter un sauvage coup de crosse. Mais il me suffit de tendre le bras pour lui enlever son arme, tant il était minuscule et fragile. Presque un enfant à côté de moi.

J'empochai son pistolet d'une main, et l'empoignai au collet de l'autre. Je serrai son misérable petit corps si fort contre moi qu'il ne put pousser le moindre cri. Puis, des deux mains cette fois, je le soulevai doucement contre la balustrade.

— Vous allez vous suicider, cher ami. Saviez-vous que, pendant nos longues promenades en voiture ces trois derniers jours, vous m'aviez abreuvé des insupportables tourments que vous causait un amour non partagé, le premier et unique grand amour de votre vie ? Saviez-vous que c'était cela qui vous avait fait quitter Paris et venir chercher refuge à Lucerne pour tenter de calmer le feu ardent de votre passion sans espoir pour la femme d'un autre ? En tout cas, je n'ai pu m'empêcher d'en parler au personnel de l'hôtel... Le directeur lui-même est au courant.

» Dans ces conditions, personne ne s'étonnera que, devant l'ineffable beauté de ce paysage grandiose et dans un accès de désespoir insupportable, vous ayez, comme tant d'autres avant vous, préféré mettre fin à vos jours en vous jetant de votre balcon.

» C'est là que l'on découvrira votre corps demain matin, dis-je en le forçant à regarder tout en bas la terrasse dallée. »

Une main me suffit pour maintenir le pauvre petit pantin tressautant et à demi étranglé contre la balustrade, tandis que je glissais l'autre dans sa poche pour récupérer les clés de la voiture.

— Au revoir, monsieur.

Du tranchant de ma main libérée je lui assenai un coup sec sur la pomme d'Adam pour étouffer définitivement ses ultimes velléités de résistance.

Je le poussai dans le vide.

C'est en regardant son corps plonger en tournoyant vers son destin qu'il me vint à l'esprit que Paul Saint-Clair, comme il convenait à un envoyé des dieux, avait vraiment fini par tomber du ciel.

Busman's Holiday
Traduction de Dominique Wattwiller

Le bon réflexe

par

AL NUSSBAUM

Tapi dans l'ombre de la cabine téléphonique, Jeff Cranston scrutait la salle d'attente de la gare routière à travers la vitre sale de la porte. Il y avait plus d'un mois que sa tête était mise à prix, mais c'était la première fois qu'il avait peur, vraiment peur. Jusqu'à présent, il avait été persuadé qu'aucun tueur à gages ne réussirait jamais à l'envoyer dans l'autre monde. Maintenant, il en était beaucoup moins sûr.

Il s'en était fallu d'un cheveu que Willie l'Indicateur le repère. S'il ne l'avait pas vu à l'instant où il allait franchir la porte de la salle d'attente, il n'eût pas donné cher de ses chances de survie. Des chances qui eussent été très minces également si la salle d'attente avait été équipée de téléphones muraux ou de cabines modernes, en verre, au lieu de ces vieilles et profondes cabines en bois dans lesquelles on pouvait facilement se dissimuler. C'était le hasard, le pur hasard qui l'avait sauvé. Et, pour Cranston, devoir la vie au hasard était presque aussi mauvais que de l'avoir perdue.

Il se targuait d'être capable de prendre toujours la bonne décision quand il le fallait. Il s'imaginait avoir la capacité de saisir immédiatement n'importe quelle situation, d'écarter toutes les données non pertinentes et de choisir sur-le-champ la bonne ligne d'action. Lorsque Nick Foley lui avait donné le paquet à livrer en lui laissant entendre qu'il contenait de l'argent, il n'avait pas hésité un seul instant. Il l'avait gardé. Le paquet pesait vingt-cinq kilos et n'eût-il même contenu que des billets d'un dollar, cela aurait valu la peine de prendre le risque de doubler Foley.

Quand il l'avait ouvert, il l'avait trouvé bourré de billets de vingt dollars tout neufs. Ce n'était qu'après en avoir dépensé une dizaine qu'il s'était rendu compte qu'ils portaient tous le même numéro de série.

Il était trop tard pour récupérer les faux billets et Jeff s'était rabattu sur la moins mauvaise solution encore possible. Il avait remplacé les faux billets qu'il avait « empruntés » par de vrais billets tirés à un guichet automatique et, donc, flambants neufs. Il avait ensuite refermé le paquet et l'avait livré en mettant son retard sur le compte d'un ennui de voiture. En agissant ainsi, il n'avait pas pris un très grand risque. Personne ne s'amusait à compter des faux billets aussi soigneusement que des vrais et encore moins à en contrôler les numéros. La substitution ne devrait donc pas être remarquée.

Sur ce point, Jeff Cranston ne s'était pas trompé. Les semaines avaient passé et, comme rien ne se produisait, il avait fini par croire que l'affaire n'aurait pas de suite.

Puis, en l'espace d'un week-end, cinquante-huit personnes avaient été arrêtées dans dix villes différentes et inculpées de trafic de fausse monnaie. Elles avaient essayé d'écouler des billets de vingt dollars... En apprenant la nouvelle, Nick Foley avait proféré un chapelet de jurons imagés et envoyé Jeff lui acheter la dernière édition des journaux.

Cranston avait obéi et, après avoir parcouru rapidement les articles relatant le fait divers, il avait quitté Chicago à bord de sa voiture. Sur le moment, cela lui avait semblé la seule chose raisonnable à faire.

Les journaux racontaient en termes dithyrambiques comment la police avait réussi une aussi magnifique rafle. Quelques semaines auparavant, les banques de Chicago avaient détecté une dizaine de faux billets. Des billets très bien imités et appartenant à la même série. Les inspecteurs du F.B.I. en avaient déduit qu'il s'agissait là d'un ballon d'essai avant une opération de grande envergure. Ils avaient donc distribué une circulaire donnant le numéro de série des billets et décrivant leurs minimes imperfections. Après cela, ils avaient attendu tranquillement dans l'ombre et, la veille, leur patience avait enfin été récompensée.

Immédiatement, Jeff Cranston s'était rendu compte que c'était les billets dépensés par lui qui avaient détruit l'effet de surprise qu'escomptait Foley. Au lieu de disposer d'un week-end complet pour écouler les billets, les « passeurs » avaient été appréhendés dès leur première tentative. Cranston savait qu'il ne réussirait pas à s'en tirer avec de simples protestations d'innocence. Ce fiasco avait coûté une fortune à Foley, lequel serait obligé de dépenser sans doute encore plus en honoraires d'avocats. Il n'attendrait pas d'avoir une preuve indiscutable. Tous ceux qui avaient manipulé le paquet auraient droit à un aller simple pour le cimetière et Jeff serait le premier de la liste. Foley n'était pas du genre à s'apitoyer sur le sort de deux ou trois innocents.

Il n'avait donc pas cessé de rouler avant d'avoir mis un bon millier de kilomètres entre lui et son ex-patron. Ensuite, il avait vendu sa voiture et acheté un billet d'avion. Depuis, un mois s'était écoulé, un mois pendant lequel il avait changé constamment de ville et d'Etat. Une fuite éperdue qui, apparemment, n'avait pas suffi, car Willie l'Indic avait retrouvé sa trace.

En lui-même, Willie l'Indic n'avait rien d'un formidable ennemi. Son mètre cinquante-cinq, ses cent kilos de chair flasque et molle ne pouvaient impressionner personne et surtout pas Jeff. L'ennui, c'était qu'il connaissait Jeff de vue et que Jeff le savait être l'alter ego de l'un des tueurs à gages les plus efficaces du Nouveau Continent. L'Exterminateur n'avait jamais failli à l'un de ses contrats. Il avait toujours abattu son homme et ses succès répétés lui avaient valu une solide réputation dans la mafia de Chicago.

Des succès dus probablement autant à son habileté professionnelle qu'à son parfait anonymat. Personne ne savait qui il était. C'était Willie qui acceptait ou refusait les contrats qui lui étaient proposés, Willie qui lui indiquait ses victimes et Willie encore qui encaissait ses honoraires. Une telle association semblait sortir tout droit d'une bande dessinée, mais elle fonctionnait.

Willie étant là, l'Exterminateur et son redoutable Colt 45 ne devaient pas être loin. S'il voyait Jeff, il préviendrait au moyen d'un signal secret le tueur et Jeff, ensuite, n'aurait plus un instant de tranquillité, car il devrait se méfier de tous les inconnus qu'il rencontrerait dans un monde où il était pour ainsi dire condamné à ne rencontrer que des inconnus. Savoir que sa tête était mise à prix et qu'il était une cible vivante pour tous les chasseurs de primes de la mafia n'était déjà pas très rassurant, mais c'était bien pis de savoir que Foley avait lancé l'Exterminateur à ses trousses.

En outre, la seule présence de Willie avait en soi des implications terrifiantes. Chicago était très loin, mais, pour une raison inconnue, Foley avait deviné que c'était ici qu'il viendrait. Il devait connaître Jeff, mieux encore que Jeff ne se connaissait lui-même, car, jusqu'à présent, son itinéraire n'avait obéi à aucune logique. Aucune logique consciente, du moins... Etait-il possible qu'il se fût conduit, inconsciemment, comme d'autres fugitifs s'étaient conduits avant lui ?

Il lui faudrait y réfléchir, mais, pour le moment, il avait un problème beaucoup plus urgent à résoudre, se dit-il en reportant son attention sur Willie qui, l'air perplexe, allait et venait lentement dans la salle d'attente. Jeff avait laissé la porte de sa cabine entrebâillée afin que sa présence ne soit pas trahie par la lumière du plafonnier. Si sa cabine avait l'air inoccupée, Willie n'y accorderait peut-être qu'un coup d'œil distrait...

Brusquement, le gros nabot se retourna et se dirigea droit vers la rangée de cabines téléphoniques. Cranston serra nerveusement la crosse du P.38 qu'il portait en permanence dans un étui fixé à sa ceinture. Si cette horrible limace le voyait, il tirerait sans sommation. Une fois repéré, il n'aurait plus rien à perdre et il n'avait pas l'intention de mourir sans avoir défendu chèrement sa peau.

Heureusement, Willie s'arrêta à la cabine avant la

sienne. Il en ouvrit la porte et y entra, non sans difficulté.

Jeff retint sa respiration. Avait-il l'intention de téléphoner ? Oui... La cloison de contre-plaqué était très mince et il l'entendit distinctement glisser une pièce dans la fente de l'appareil, décrocher, composer un numéro.

Il y eut deux ou trois secondes de silence, puis la voix grave et sonore de Willie résonna dans la cabine de Jeff, comme si rien ne les séparait.

— C'est moi, Willie. Je suis à la gare routière. J'ai regardé partout, et il n'est pas là.

Jeff tendit l'oreille, mais ne réussit pas à entendre ce que répondait la personne à l'autre bout du fil.

— Oui, je sais, acquiesça Willie. Normalement, il devrait ne pas être loin d'ici. A moins qu'il n'ait réussi à trouver de l'argent quelque part. Quelqu'un peut lui en avoir prêté...

Cela expliquait comment ils s'y étaient pris pour le retrouver. Ils n'avaient sans doute pas eu beaucoup de peine à retrouver sa voiture de sport rouge et son nouveau propriétaire n'avait guère dû se faire prier pour leur dire combien il la lui avait achetée. Ensuite, sachant de quelle somme il disposait, cela avait été pour eux un jeu d'enfant de calculer le moment où l'état de ses finances le contraindrait à rouler en car. Ils avaient alors posté des espions dans toutes les gares routières et l'un d'entre eux l'avait reconnu.

— Trois des hommes de Nelson sont là, poursuivit Willie. Ils savent à quoi il ressemble... La trentaine, habillé avec recherche, taille moyenne, cheveux noirs et moustache. Voyageant seul.

Jeff avait rasé sa moustache le jour même où il avait quitté Chicago, mais il n'en était pas plus rassuré pour autant. Pour le reste, la description n'était que trop exacte et ils avaient sans doute envisagé la possibilité qu'il n'ait plus de moustache.

— D'accord ! Je te rejoins tout de suite. Avec les gars de Nelson, nous sommes tranquilles. Si Cranston montre le bout de son nez, ils le reconnaîtront et nous appelleront immédiatement.

Il y eut un nouveau silence, plus court celui-là, et, après un ultime « Oui, à tout de suite », Willie raccrocha le combiné, sortit de la cabine et s'éloigna en se dandinant.

Jeff ne savait pas qui était Nelson et il n'avait aucune envie de faire sa connaissance. Cependant, il n'ignorait pas que Foley avait des relations dans tout le pays et n'était donc pas étonné que ce Nelson ait mis trois de ses hommes à sa disposition.

Il regarda avec attention les gens qui allaient et venaient dans la salle d'attente. En vain. Les hommes de Nelson étaient invisibles. Quels qu'ils fussent, ils avaient réussi à s'intégrer parfaitement à la scène. Le chauffeur de taxi qui attendait devant l'entrée était peut-être l'un d'entre eux et il y avait également ce vieux type qui se faisait cirer ses chaussures à côté du kiosque à journaux, mais rien n'était moins sûr.

Un assortiment varié de voyageurs occupait les trois longs bancs de bois qui couraient d'un bout à l'autre de la vaste salle. Il y avait là des hommes âgés, des femmes avec des enfants, des adolescents et un jeune « Marine » en uniforme qui venait sans doute en permission chez lui. N'importe lequel d'entre eux pouvait être un espion à la solde de ce Nelson.

Jeff regretta qu'il ne fût pas plus tôt. A minuit passé, chaque départ de car allait encore raréfier la foule déjà clairsemée. Personne dans la salle d'attente ne lui ressemblait, même de loin, et, s'il sortait de la cabine, il serait tout de suite repéré. Une cabine dans laquelle il ne pouvait pas non plus s'éterniser, car, tôt ou tard, quelqu'un chercherait à l'utiliser et le découvrirait. Plus il attendait et moins il avait donc de chances de s'en sortir. Le temps jouait pour les sbires de Nelson.

Il en était là de ses pensées, lorsqu'un policier entra et commença, méthodiquement, à demander leurs billets aux voyageurs. Avant même qu'il soit arrivé à eux, deux ou trois punks se levèrent et quittèrent la salle. Sans doute venait-il tous les soirs et était-il chargé de mettre dehors les vagabonds, clochards ou autres indésirables.

Une jeune femme était assise sur le banc en face de la cabine où Jeff se cachait. Elle avait pour tout bagage l'un de ces grands sacs en cuir qui se portent en bandoulière et qui peuvent servir soit de sac à main, soit de sac de voyage. Ses cheveux raides et ternes lui tombaient sur les épaules et sa robe bleue, d'une coupe démodée, était froissée et défraîchie. Ses souliers, également, étaient démodés et usés.

Il n'y aurait pas prêté attention, si l'entrée du policier ne l'avait rendue brusquement nerveuse. Une nervosité qui s'accentuait au fur et à mesure qu'il se rapprochait. Elle regardait autour d'elle avec des yeux de bête traquée et serrait impulsivement son sac, comme s'il s'agissait du seul bien précieux qu'elle possédât.

Jeff comprenait ce qu'elle ressentait, car lui aussi était traqué et il la considéra donc plus attentivement. Elle n'était pas vraiment belle, mais son visage n'avait rien de repoussant et elle semblait avoir une silhouette plutôt agréable. Ses traits étaient tirés et elle n'avait sans doute pas beaucoup dormi depuis quelque temps. Elle n'avait pas l'air de l'une de ces voleuses à la tire ou à l'esbroufe qu'on rencontre parfois dans les gares. Elle était trop mal habillée pour cela et, en plus, ce genre de personnage n'a en général pas besoin de coucher dans une salle d'attente. C'était simplement une paumée au bout du rouleau et à la limite de la clochardisation.

Le policier s'apprêtait à lui demander son billet, lorsque Jeff ouvrit la porte de sa cabine et sortit. Il alla directement à la jeune femme et lui tendit la main.

— Désolé de t'avoir fait attendre, ma chérie, déclara-t-il en lui souriant. Nous pouvons y aller, maintenant.

La jeune femme tourna les yeux successivement vers lui, puis vers le policier et à nouveau vers lui. Finalement, elle se leva et lui prit le bras. Elle lui arrivait à peine à l'épaule.

— Où allons-nous ? questionna-t-elle en lui rendant son sourire.

Sa voix un peu rauque plut tout de suite à Jeff.

— Tu as faim ?

— Oui, acquiesça-t-elle.

— Moi aussi. Allons manger quelque chose.

Jeff avait une petite valise de voyage qu'il avait mise en dépôt dans l'un des casiers de la consigne automatique à l'autre bout de la salle. Mentalement, il lui dit au revoir. Il pourrait peut-être envoyer la jeune femme la récupérer, mais il n'y comptait pas trop.

Deux pâtés de maisons plus loin, il y avait un restaurant qui restait ouvert toute la nuit. Ils y allèrent en silence. Tout en marchant, Jeff jeta deux ou trois fois un coup d'œil par-dessus son épaule. Apparemment, personne ne les suivait. Pour l'instant, tout allait bien. C'était un homme seul qu'ils cherchaient et il n'était plus seul.

— J'avais une peur affreuse que ce policier m'arrête pour vagabondage, murmura-t-elle en exhalant un soupir quand ils furent assis au comptoir du snack-bar. Je n'avais pas d'argent et pas de billet sur moi. Pourquoi m'avez-vous aidée ?

Jeff se sentait léger, heureux. Il avait réussi à tromper la vigilance des sbires de Nelson.

— Je ne sais pas, répondit-il. J'ai deviné que vous aviez besoin d'aide et j'ai agi sans réfléchir.

Elle prit dans sa poche un paquet de cigarettes presque vide et à demi écrasé, qu'elle lui tendit.

— Vous en voulez une ?

— Non, refusa-t-il avec un geste de la main. Je n'ai pas de mauvaises habitudes.

— Vous avez de la chance.

— Oui, acquiesça-t-il. Presque trop, même.

Ils commandèrent un sandwich et un café. Lorsqu'ils eurent fini, la jeune femme demanda si elle pouvait avoir également une part de tarte et il n'eut pas le cœur de lui dire non. Il ne lui restait plus que deux cents dollars, mais, par rapport à elle, il avait l'impression d'être riche.

Lorsqu'ils furent à nouveau dans la rue, il se demanda ce qu'il allait faire.

La jeune femme dut sentir son indécision, car elle

serra nerveusement contre elle son grand sac et suggéra :

— Vous m'emmenez avec vous ?

— Vous ne savez pas où je vais, objecta-t-il sans préciser qu'il ne le savait pas non plus.

Elle haussa les épaules.

— Cela n'a pas d'importance. Il y a trop longtemps que je suis seule.

— Vous ne savez même pas comment je m'appelle...

— Cela n'a pas d'importance non plus.

— Bon, d'accord.

Tournant le dos à la gare routière, il prit la direction du centre ville et de ses vitrines brillamment éclairées.

— Nous chercherons tout à l'heure un endroit où passer la nuit, mais, pour le moment, j'ai quelque chose d'autre à faire.

— Autre chose à faire ? répéta-t-elle d'une voix lasse.

— Oui. Il faut que je m'assure que personne ne me suit.

Comme ils passaient devant un téléphone extérieur apposé au mur d'une station-service, Jeff s'arrêta, prit un calepin dans sa poche, le feuilleta et fit semblant de téléphoner. Puis, après avoir raccroché le combiné, il griffonna quelques mots dénués de signification, déchira la page d'un geste brusque, la froissa, la jeta rageusement dans le caniveau et entraîna la jeune femme d'un pas rapide.

Aucun des rares passants qui étaient encore dehors en dépit de l'heure tardive ne semblait s'intéresser à eux et pas une seule voiture ne ralentissait en les croisant.

La jeune femme avait l'air épuisée et ne le suivait qu'avec peine. Ils tournèrent dans la première rue à droite, passèrent devant les stalles vides et les piles de cageots d'un marché en plein air, tournèrent encore deux fois à droite et se retrouvèrent devant la station-service.

— Il y a quelqu'un qui vous poursuit ? questionna la jeune femme en fronçant les sourcils.

La boule de papier était toujours là où il l'avait jetée. Si quelqu'un l'avait filé, il n'aurait pas résisté à l'envie de la ramasser et de lire ce qu'il y avait écrit dessus.

— Non, personne, affirma-t-il.

Il reprit son bras et l'entraîna à nouveau autour du pâté de maisons. Lorsqu'ils furent devant l'entrée du marché en plein air, il regarda autour d'eux. La rue était déserte.

— Venez, ordonna-t-il en la guidant à travers les piles de cageots et les tas de détritus que les éboueurs enlèveraient le lendemain matin. Tout au fond, le plus loin possible de la rue, il trouva une stalle qui n'était pas fermée à clef et posa deux cageots par terre en guise de siège.

La jeune femme s'assit et étendit ses jambes avec un soupir de soulagement.

— Comme je n'avais pas payé mon loyer, j'ai été mise à la porte de ma chambre il y a deux jours, expliqua-t-elle. Je n'ai plus de travail depuis plus de six mois.

Elle sortit son paquet de Peter Stuyvesant de sa poche et mit entre ses lèvres une cigarette tordue et écrasée. Avant de l'allumer, elle lui montra d'un geste interrogateur sa boîte d'allumettes.

— Vous pouvez y aller, l'autorisa-t-il. Nous sommes assez loin de la rue et même si quelqu'un venait à passer, il ne verrait pas la flamme.

Pendant quelle grattait l'allumette, il prit son pistolet et l'arma. Il fallut plusieurs secondes avant que la jeune femme se réhabitue à la pénombre et découvre le canon du P.38. A sa vue, ses yeux s'élargirent et sa cigarette lui échappa des doigts.

— Que... qu'allez-vous faire avec ça ? bégaya-t-elle en serrant impulsivement son sac contre sa poitrine.

— Vous tuer, probablement, répondit-il sur un ton froid et impersonnel.

— Mais, pou... pourquoi ? Je... Je ne vous ai rien fait.

— Vous ne m'avez encore rien fait, mais c'est simplement parce que je ne vous en ai pas donné l'occasion, répliqua-t-il sèchement.

— Moi ? s'étonna-t-elle en mettant sa main sur sa poitrine dans un geste plein d'innocence. Pourquoi voudrais-je vous faire du mal ?

— Parce que vous êtes l'Exterminateur. Je me faisais des illusions lorsque je croyais que Willie ne m'avait pas repéré. Il a dû me voir dès son entrée dans la salle d'attente et c'est pour cela qu'il a choisi la cabine à côté de celle où je me cachais pour passer son coup de fil — un coup de fil probablement bidon et n'ayant d'autre but que de vous donner le temps de vous mettre en place sur ce banc. Quant au flic, c'était sans doute l'un de vos complices également. La mise en scène était habile et il y avait neuf chances sur dix pour que, saisissant la perche qui m'était tendue, je vous donne l'occasion de vous servir de votre Colt 45.

— Mon Colt 45 ? répéta la jeune femme en regardant fixement le canon du P.38.

— Oui, acquiesça-t-il. Votre Colt 45. Ce grand sac que vous serrez contre vous est exactement ce qui convient pour transporter une telle arme. Un Colt 45 comme celui dont vous vous servez n'a rien d'un gadget. S'il est équipé d'un silencieux, ce qui est probable, il doit mesurer au moins quarante centimètres.

— Vous vous trompez — vraiment, protesta-t-elle. Je n'ai pas de pistolet et je n'ai jamais eu l'intention de vous tuer.

Jeff poursuivit, comme s'il ne l'avait pas entendue.

— Avec Willie, vous n'avez commis qu'une seule erreur. Vous m'avez laissé m'échapper trop facilement. C'était trop beau pour être vrai. Il était tout simplement absurde que vous puissiez échouer alors que vous étiez si près du but.

— Je vous en prie, monsieur, ne me faites pas de mal, supplia-t-elle. Laissez-moi m'en aller. Vous vous trompez, je vous le jure ! Je ne sais rien de cette machination contre vous. J'étais seule et j'avais espéré que vous...

Sa voix se brisa et une larme roula sur sa joue.

L'espace d'un instant Jeff éprouva un léger doute et baissa le canon de son pistolet.

La jeune femme se tordit les mains nerveusement et prit son paquet de cigarettes dans sa poche. Il était vide. Elle le jeta et, d'un geste tout naturel, plongea la main dans l'ouverture de son sac.

Sans hésiter, Jeff leva le bras et appuya sur la détente de son P.38. Ils étaient à moins de deux mètres l'un de l'autre et il n'eut même pas besoin de viser.

Sous l'impact de la balle, la jeune femme sursauta et s'effondra sans un cri à côté du cageot, la main toujours plongée dans l'ouverture de son sac.

Jeff la regarda. La balle qu'il lui avait logée dans la tête l'avait tuée sur le coup. Elle avait l'air très paisible et ne ressemblait pas du tout à une ratée. Il se pencha et tendit la main vers le sac, mais il n'alla pas jusqu'au bout de son geste. Il respira profondément, puis se leva lentement et s'éloigna sans un regard derrière lui.

Peu lui importait qu'elle fût ou non l'Exterminateur. S'il s'était trompé, il le saurait bien assez tôt. Tout bien considéré, il était content de lui. Il avait eu le bon réflexe.

The Right Move
Traduction de L. de Pierrefeu

Double acquittement

par

EDWARD WELLEN

Des gouttes de sueur perlaient sur le front de Byrne. Quand le silence se fit dans la salle d'audience — un silence de mort — il comprit, sans avoir besoin de tourner la tête, que le jury revenait de sa longue délibération. Il essaya de demeurer impassible mais, tandis que les jurés entraient un par un dans la salle, il éprouva le désir impérieux de les voir regarder de son côté. Il avait entendu dire un jour que, lorsque les douze jurés évitaient de regarder l'accusé, cela signifiait qu'ils avaient rendu un verdict de culpabilité.

En l'occurrence, les membres du jury tournèrent la tête vers lui, mais il n'en fut pas réconforté pour autant. Il n'arrivait toujours pas à deviner l'issue. Il était incapable d'interpréter l'expression du chef du jury, un boucher au visage sévère et aux lunettes à monture d'acier. Et la voisine du boucher, une femme qui n'arrêtait pas de lisser nerveusement sa jupe, arborait un sourire figé qui pouvait aussi bien être un sourire rassurant qu'un rictus malveillant.

Byrne ne poussa pas plus loin son examen. Les coups de martelet du juge couvrirent les battements de son cœur. Hogan, son avocat, lui fit signe de se lever et de se tourner face au jury.

Lentement, le juge se pencha en avant :

— Mesdames et messieurs les jurés, êtes-vous arrivés à un verdict ?

Le chef du jury se leva, solennel :

— Oui, Votre Honneur.
— Quel est votre verdict ?
Le chef du jury laissa planer un dernier doute sur l'auditoire avant de répondre :
— Nous déclarons l'accusé non coupable.
Les journalistes se ruèrent vers la sortie. Byrne sentit ses genoux se dérober sous lui, mais il ne perdit pas l'équilibre. D'un coup de martelet, le juge rétablit le silence ; puis il acquitta Byrne, remercia avec une certaine froideur les membres du jury et les congédia — mais Byrne enregistra tout cela comme à travers un brouillard.
Il se laissa choir sur son banc. Au bout de quelques instants, quand il eut recouvré ses esprits, il se tourna vers son avocat et lui serra la main avec reconnaissance, sans parler. Hogan se libéra de son étreinte et entreprit de fourrer ses dossiers dans sa serviette toute bosselée.
La salle se vidait peu à peu, à part quelques amis qui se frayaient un chemin vers Byrne. Les tantes de sa défunte épouse s'étaient arrêtées sur le seuil. Meed était avec elles ; il avait l'air embarrassé, ce qui pouvait se comprendre car il était à la fois l'ami de Byrne et le cousin germain des deux femmes, avec lesquelles il était associé en affaires.
— Justice ! s'écria la grande maigre en regardant Byrne droit dans les yeux.
— Parodie ! grinça l'autre.
Elles pivotèrent sur leurs talons et sortirent avec raideur. Meed les suivit à contrecœur, en adressant à Byrne un regard de détresse qui signifiait clairement : *Ne te méprends surtout pas !*
Byrne grimaça un sourire, mais son visage se rembrunit à la vue du lieutenant Harris, de la brigade criminelle, l'homme qui l'avait arrêté et avait témoigné contre lui. Adossé à un pilier, le lieutenant Harris l'observait, un rictus sur les lèvres. Des spectateurs qui se dirigeaient vers la sortie dérobèrent le policier au regard de Byrne ; celui-ci se tourna alors vers ses amis qui, avec plus ou moins d'ardeur, franchissaient la barrière du prétoire.

Byrne se leva. Il avait les jambes encore flageolantes, mais il s'en moquait. Il n'avait qu'une envie : fuir cet endroit et les pénibles souvenirs qui s'y attachaient. Et pourtant, maintenant qu'il pouvait partir, quitter ce tribunal pour respirer l'air pollué de la liberté, il hésitait.

Ses amis se pressaient autour de lui, mal à l'aise, essayant en vain de dissimuler l'appréhension qui se lisait dans leurs yeux, l'appréhension de ne pas savoir comment formuler leurs félicitations.

— J'étais sûr que tu t'en sortirais...

— Naturellement ! Quelle absurdité de penser que tu aies pu...

— Nous savons tous que tu aimais trop Madelon pour...

Byrne s'éclaircit la voix :

— Vous ne m'avez pas laissé tomber, c'est l'essentiel. Je ne vous remercierai jamais assez.

Il eut un pâle sourire :

— Rassurez-vous, je ne vais pas craquer. Sauf, peut-être, pour un verre de whisky.

Ils rirent, mais leurs rires sonnèrent faux dans cette salle d'audience où tant de voix avaient fait assaut d'éloquence tout au long du procès.

Byrne aperçut Meed qui revenait. Il regarda Hogan entasser des documents dans sa serviette déjà bourrée à craquer. Lorsqu'il se retourna, Meed était près de lui.

Observant Byrne comme s'il était sur la défensive, Meed indiqua d'un signe de tête la porte par laquelle il était sorti avec les deux tantes.

— J'étais juste allé les mettre dans un taxi. Je tenais à te dire que jamais, pas un instant, je n'ai cru que tu avais tué Madelon.

— Merci.

Byrne regarda ses amis, fit un pas vers la porte :

— Que diriez-vous de venir prendre un verre à la maison ? Mettons... dans une heure, le temps de me préparer.

Tous acceptèrent avec empressement. Hogan, lui, demeura silencieux.

— Et vous ? lui dit Byrne.

Hogan boucla sa serviette avec un claquement sec.

— Je n'ai pas pour habitude de frayer avec mes clients. (Après une hésitation, il reprit :) Mais j'y serai.

Il sourit, ce qui lui arrivait rarement, et son visage mélancolique en fut transformé. Il ajouta, assez bas pour que seul Byrne pût l'entendre :

— Franchement, Byrne, vous êtes une énigme pour moi. Je peux me permettre de le dire, à présent.

Un huissier, qui observait Byrne avec curiosité, l'escorta jusqu'à une sortie de côté et referma la porte derrière lui. Aucun passant n'accorda la moindre attention à Byrne. Il respira à pleins poumons : c'était bon d'être seul, anonyme, libre. Il longea le pâté de maisons et vit le lieutenant Harris, l'air fatigué, monter dans une voiture de police. Byrne accéléra le pas et arriva à hauteur de la voiture à l'instant où la portière claquait.

— Salut, lieutenant !

Harris lui lança un regard noir.

Une fois chez lui, Byrne eut droit à un accueil plus chaleureux de la part de ses amis. Presque trop chaleureux, en vérité. Ses amis se donnaient beaucoup de mal pour se montrer gais et naturels, pour ne pas lui poser de questions, pour faire comme s'il n'y avait jamais eu ni meurtre ni procès.

Hogan s'installa dans un coin de la pièce, silencieux. Il ne quittait pas des yeux le visage de Byrne, comme s'il essayait de lire dans ses pensées. Meed était assis à l'écart, lui aussi ; il contemplait son verre à la manière d'un homme examinant une jauge. Les autres tournaient en rond.

La gaieté était de rigueur, mais on décelait quelques fausses notes : coups d'œil furtifs, conversations trop banales, brusques silences suivis de flots de paroles intempestives. Tous les invités buvaient beaucoup, épiant Byrne à la dérobée. Manifestement, ils pensaient : « Le malheureux a traversé une rude épreuve : il ne voudra pas en parler, du moins pas pour l'instant. »

Et pourtant, il en parlait. Il avait vidé son verre d'un

trait et faisait des commentaires ironiques sur le juge, sur l'avocat général, sur les jurés...

Les autres le regardaient avec une perplexité polie, comme si c'était pour eux un étranger. Ils ne l'avaient jamais vu boire autant, ne l'avaient jamais entendu parler ainsi. Mais l'épreuve ne l'avait-elle pas endurci ? Ne justifiait-elle pas ce défoulement ? Ils faisaient tout leur possible pour se montrer compréhensifs mais ne trouvaient rien à dire.

Les narines de Byrne blanchirent. Il jeta un regard circulaire dans la pièce. Il s'efforçait de se contenir, mais comment contenir un torrent bouillonnant ?

— Allons, cette réunion n'est pas une veillée mortuaire ! Nous sommes ici pour fêter une résurrection. Célébrons l'événement !

Ils rirent, embarrassés. Byrne leva son verre :

— Je bois à la santé de mes fidèles amis.

Il jeta son verre par-dessus son épaule et reprit en souriant :

— Généralement, les gens suspendent leur jugement... comme une épée de Damoclès.

Cette dernière remarque suscita des approbations dénuées de conviction.

De nouveau, Byrne remplit généreusement son verre.

— Il subsistera toujours un doute dans l'esprit de quelques-uns, mais permettez-moi au moins de dissiper *les vôtres*.

Ils protestèrent unanimement que c'était inutile, mais il fit la sourde oreille. Tournant son regard vers les portes-fenêtres donnant sur le balcon, il contempla la nuit et les silhouettes floues qui se reflétaient dans les vitres.

D'un ton dégagé, mais en détachant ses mots, il annonça :

— J'ai commis un meurtre en toute impunité.

Une lueur égarée brilla dans ses yeux, comme s'il était conscient d'en avoir trop dit mais ne savait plus comment s'arrêter. Dans le silence de mort qui suivit, il porta le coup de grâce :

— C'est bien moi qui ai tué Madelon.

Ils se regardèrent, atterrés. Ils auraient bien voulu ne pas le croire, mais ils le croyaient.

Il poursuivit :

— Maintenant, je peux parler librement ; je ne risque plus d'être inquiété...

Tels des jurés sur le point de se retirer, ils s'écartèrent de Byrne, posèrent leurs verres, récupérèrent leurs pardessus et leurs chapeaux. On lisait sur leurs visages qu'ils étaient déjà partis.

Hogan fut le premier à la porte. Sur le seuil, il se retourna et toisa Byrne d'un air courroucé.

— Je savais que je n'aurais pas dû venir. C'était sans doute cela que je redoutais.

Il sortit sans même enfiler son pardessus ni mettre son chapeau. Il semblait plus irrité contre lui-même que contre Byrne.

Les autres s'en allèrent sans un mot, révoltés à des degrés divers. Tous partirent, sauf Meed.

Celui-ci, toujours assis dans son coin, faisait tourner son verre entre ses doigts en le jaugeant avec un sourire bizarre.

Byrne lui lança d'un ton provocant :

— Pourquoi ne pars-tu pas avec eux ?

Meed leva les yeux. Il souriait d'un air à la fois navré et compréhensif.

— Parce que je sais que ça n'est pas vrai, dit-il.

Levant une main pour prévenir toute protestation, il poursuivit :

— Oh ! je sais bien pourquoi tu as agi ainsi. Tu n'as pas fait cet éclat pour nous choquer, ni pour faire un pied de nez à cette société qui t'a traîné en justice pour un crime que tu n'as pas commis.

— Non ? Pourquoi, alors ?

— Parce que tu te *sens* coupable. C'est une réaction humaine. Chacun de nous, à un moment ou à un autre, a souhaité la mort de quelqu'un. Et si cette personne vient à mourir, nous nous sentons dans une certaine mesure responsables de sa mort, même si nous n'y sommes pour rien.

Byrne le regarda d'un air ironique.

— Ah, tu crois ça ? Eh bien ! en l'occurrence, tu te fourres le doigt dans l'œil, mon vieux. J'ai bel et bien assassiné Madelon. Et je m'en suis tiré impunément.

Meed le dévisagea attentivement, un mince sourire sur les lèvres.

— De deux choses l'une : ou le procès t'a porté sur le système, ou...

Byrne se redressa :

— Ou... ?

Meed secoua la tête.

— Non, c'est sûrement le contrecoup de l'épreuve que tu as traversée. Sans compter que tu as bu. Tu es resté trop longtemps sous pression ; maintenant, tu te laisses emporter par le soulagement.

Byrne eut un sourire narquois.

— Meed, tu gaspilles ta salive à jouer les psychanalystes. Je n'éprouve absolument aucun remords d'avoir assassiné Madelon.

Meed contempla le fond de son verre.

— Cause toujours, mon vieux, cause toujours. Mais quand tu auras cuvé ton alcool, tu regretteras d'avoir loupé ta rentrée.

Byrne posa son verre et se versa une nouvelle rasade.

— Madelon, elle, je ne l'ai pas loupée. Une balle en plein cœur. Pauvre Madelon, j'ai été moche avec elle...

— A ta place, j'arrêterais de boire et de divaguer. Comment espères-tu remonter la pente si tu te comportes de cette manière ? D'ailleurs, il est peut-être déjà trop tard. Tu as vu comment les autres ont réagi.

— Maintenant que j'ai été acquitté pour mon crime, je me fiche du reste. J'estime que ma vie est déjà bien remplie. Mais tu as raison sur un point : je me sens infiniment soulagé.

Meed éclata d'un rire bruyant :

— Je peux à la rigueur admettre que tu aies été tenté de tuer Madelon. Ta femme était parfois insupportable, il faut le reconnaître. Mais cela n'excuse pas tes divagations.

Byrne haussa un sourcil agressif.

— Mes divagations ? Ce que je dis ici, sans

contrainte, te paraît donc plus difficile à croire que ce que j'ai déclaré sous serment pour sauver ma vie ?

Une ombre passa sur le visage de Meed. Il souffla bruyamment, puis sourit.

— Que crois-tu prouver ? Rien du tout, sinon que tu es insensé.

Byrne avala une appréciable gorgée de son cocktail et prit un air rusé.

— Ton apparente tolérance n'est qu'une façade. Je parie que, au fond de toi-même, tu prends la chose exactement comme les autres. Ce n'est pas vraiment ma culpabilité qui te met en colère, mais le mauvais goût dont je fais preuve en me vantant de mon crime juste après avoir été acquitté par un jury de mes prétendus pairs. Allons, avoue ! c'est bien ça, hein ?

Meed se leva brusquement, le visage hostile.

— Tu as bougrement raison de dire que c'est du mauvais goût ! — Il posa brutalement son verre. — J'aurais mieux fait de partir avec les autres !

D'un geste irrité, il prit son pardessus et l'endossa.

— Je me demande pourquoi je suis resté. Peut-être pour voir jusqu'où tu pouvais pousser la stupidité.

Byrne regarda Meed avec dédain et pivota sur ses talons pour aller ouvrir toutes grandes les portes-fenêtres. Il prit une profonde inspiration avant de se retourner :

— Je suis peut-être stupide, dit-il avec un sourire mauvais, mais j'ai tout de même commis un meurtre sans me faire prendre.

Les yeux de Meed jetèrent des éclairs.

— Au fond, j'ai tort de me mettre en colère. Tu ne sais plus ce que tu dis : tu es fin soûl.

Byrne éclata de rire.

— Il n'empêche que j'ai commis un meurtre et que j'ai été acquitté.

Les veines du front de Meed se gonflèrent de fureur.

— Vantard ! Ils t'ont acquitté parce qu'ils n'ont pas retrouvé l'arme du crime ! Et ils ne la retrouveront jamais, pour la bonne raison que j'ai jeté le revolver dans la carrière, à la sortie de la ville !

Byrne se rapprocha du balcon et aspira une profonde bouffée d'air nocturne. Meed le regarda, interloqué.

— Tu m'entends, Byrne ? C'est *moi* qui ai assassiné Madelon ! — Il s'approcha de Byrne par-derrière. — Et maintenant, pauvre imbécile, je vais te tuer aussi. Après tes aveux de ce soir, tout le monde croira que tu n'as pas pu vivre avec le remords de ton crime. Ecoute-moi donc, sombre idiot ! Je te dis que c'est *moi* qui l'ai tuée ! J'en avais assez d'elle, mais elle menaçait de faire un scandale si je la quittais. Alors...

Il tendit les bras, prêt à pousser.

A cet instant, le lieutenant Harris surgit de l'obscurité du balcon et s'interposa entre les deux hommes. Des menottes claquèrent.

Byrne se tourna lentement et vit les bracelets de métal, semblables à deux étoiles dans la brume. Sa vision s'éclaircit et il distingua le lieutenant Harris qui l'observait, son éternel rictus sur les lèvres.

— Ainsi donc, je me trompais, dit le policier. Je me demande ce qui m'a poussé à accepter de jouer votre jeu. Jusqu'à cet instant, j'étais encore persuadé que c'était vous le coupable.

Il poussa Meed vers la porte.

— Bonsoir, monsieur Byrne.

— Bonsoir, lieutenant.

Il offrit de nouveau son visage à la nuit. Il entendit la porte se refermer, et il s'enivra d'air nocturne. La nuit allait bientôt finir. Après, enfin, ce serait l'aube...

Final Acquittal
Traduction de Gérard de Chergé

L'honneur du nom

par

Jack Ritchie

Voilà qui était fort contrariant. Oncle Hector gisait sur le tapis de la bibliothèque, au milieu d'une flaque de sang, un revolver dans la main droite.

J'avais entendu le coup de feu alors que j'étais en haut, au lit mais pas encore endormi. J'avais aussitôt enfilé la moitié inférieure de mon pyjama pour descendre voir ce qui se passait.

Au rez-de-chaussée, j'avais ouvert un certain nombre de portes avant d'actionner enfin l'interrupteur de la bibliothèque et de trouver l'oncle Hector on ne peut plus mort.

Oui, c'était franchement contrariant.

Mon cousin Clarence et moi étions les cohéritiers de mon oncle — dont j'estimais la fortune à environ deux millions de dollars — et, de ce côté, je ne prévoyais aucune difficulté.

En revanche, il y avait le problème de l'assurance sur la vie de l'oncle Hector. Celle-ci représentait quatre cent mille dollars — Clarence et moi étant, là encore, les seuls bénéficiaires — mais, bien entendu, elle serait automatiquement annulée dans l'hypothèse d'un suicide.

Je soupirai. Il allait falloir maquiller la mort de l'oncle Hector en assassinat.

Il était descendu à la bibliothèque pour une raison quelconque — admettons qu'il ait entendu un bruit — et, là, il était tombé sur un rôdeur qui l'avait promptement tué d'une balle de revolver.

Oui, cette version paraîtrait plausible ; c'était clair, net, simple.

Je m'approchai des portes-fenêtres, enveloppai ma main dans un coin du rideau et déverrouillai l'un des battants, que je laissai légèrement entrebâillé. Une rafale de vent attira mon attention sur le fait qu'il faisait très frais dehors.

Je dégageai le revolver des doigts de l'oncle Hector et fronçai les sourcils. C'était mon Smith & Wesson calibre 38. Je m'en étais encore servi le matin même pour m'exercer au tir à la cible dans les bois, derrière la maison.

Généralement, lorsque j'ai fini de tirer, je nettoie l'arme et la remets à sa place dans l'armoire verrouillée qui se trouve dans ma chambre. Mais, en l'occurrence, j'avais prévu de reprendre l'entraînement dans l'après-midi, de sorte que j'avais simplement rangé l'arme dans l'un des tiroirs de la commode. De toute évidence, l'oncle Hector s'était faufilé dans mon dressing-room pendant mon absence et me l'avait subtilisée.

J'allais devoir me débarrasser du revolver, naturellement : le jeter dans une rivière ou dans un quelconque cours d'eau pas trop éloigné.

J'attendrais demain pour m'en occuper. Si j'essayais maintenant de sortir l'une des voitures du garage, je réveillerais certainement l'un des domestiques qui logeaient dans les chambres du haut.

J'embrassai la pièce du regard. Tout paraissait en ordre.

Avant de sortir, j'éteignis la lumière, en prenant soin de brouiller irrémédiablement les empreintes qu'il pouvait y avoir sur l'interrupteur.

J'allai ensuite chercher un chiffon dans l'un des placards à balais, à l'arrière de la maison, et m'en servis pour essuyer les empreintes du revolver.

Que devais-je faire de cette arme d'ici demain ? Je jugeai plus prudent de la cacher — et le plus loin possible de ma personne.

Mon regard tomba sur l'aspirateur rangé dans un coin du placard. Idéal. Je glissai le revolver dans le sac.

A part moi, aucun des occupants de la maison ne semblait avoir entendu la détonation ; du moins, aucun d'eux n'avait pris la peine de descendre. Pourtant, Danvers et certains domestiques couchaient au deuxième étage.

Devais-je aviser les autres membres de la famille de l'initiative que je venais de prendre ? Non : moins de personnes seraient au courant, mieux cela vaudrait.

D'ailleurs, mon cousin Clarence n'était même pas dans ses appartements. Il était de nouveau parti à l'une de ses séances de poker qui duraient toute la nuit.

Et Marian, la femme de Clarence ? Devais-je la réveiller pour la prévenir que l'oncle Hector avait été assassiné ?

Non. Franchement, je préférais qu'un domestique découvrît le corps dans la matinée et se chargeât de donner l'alerte.

Je montai au premier. Arrivé devant la porte de ma chambre, je m'arrêtai pour réfléchir une nouvelle fois à la situation. Puis, avec un haussement d'épaules, j'entrai et me mis au lit.

J'eus un sommeil agité. Le lendemain matin, lorsque Danvers m'apporta mes chemises fraîchement repassées, je crus qu'il allait m'annoncer la nouvelle mais, à l'évidence, le corps n'avait pas encore été découvert.

Après m'être douché et habillé, je descendis rejoindre Marian à la table du petit déjeuner.

— Clarence est-il rentré ? demandai-je.

Elle acquiesça.

— Il a fait une entrée titubante vers cinq heures du matin. Naturellement, il dort.

Marian a une dizaine d'années de moins que son mari, et on peut la décrire comme l'exacte antithèse de Twiggy. Elle est dotée d'un tempérament très égal, ce qui est un atout considérable quand on vit avec un homme comme Clarence.

— Oncle Hector est en retard, ce matin, dit-elle en se servant de bacon.

Un cri de femme, très perçant, retentit dans le hall.

— Qu'est-ce que c'est que ça ? s'enquit Marian, modérément surprise.

J'entendis un second cri, puis un troisième, dont le timbre était légèrement différent des deux précédents.

— A priori, je dirais que ce sont des cris poussés par une ou plusieurs bonnes.

Danvers entra dans la pièce pour nous faire part des nouvelles.

— Monsieur, l'une des servantes vient de découvrir dans la bibliothèque le corps de l'oncle de monsieur. A en juger d'après les apparences, il s'agit d'un acte criminel.

Je trouvai sur le seuil de la bibliothèque deux soubrettes, pâles et échevelées, qui pointèrent l'index vers la porte avec agitation.

Oui, oncle Hector était toujours là, quoique passablement plus raide que lors de notre dernière entrevue.

Je pris immédiatement les choses en main.

— Personne n'a touché à rien ?

— Non, monsieur, répondit vivement l'une des bonnes. J'ai juste ouvert la porte et je l'ai vu étendu comme ça. Je n'ai même pas fait un pas dans la pièce.

J'eus un hochement de tête approbateur.

— Bien. Nous allons maintenant fermer la porte et appeler la police.

Marian se haussa sur la pointe des pieds pour jeter un coup d'œil par-dessus mon épaule.

— Qu'est-ce qui nous prouve que l'oncle Hector est vraiment mort ? Peut-être a-t-il besoin de soins ?

— Ma chère Marian, lui dis-je, j'ai déjà vu des morts dans ma vie et l'oncle Hector appartient sans nul doute à cette catégorie.

Je téléphonai à la police.

Six minutes plus tard, une voiture de patrouille arriva. Les policiers prirent la juste mesure de la situation et regagnèrent leur véhicule pour lancer un appel radio. En peu de temps, un détachement d'inspecteurs et un peloton de médecins et de spécialistes prirent le relais.

Marian, Danvers et moi attendîmes au salon jusqu'au

moment où un certain lieutenant Spangler, apparemment responsable de l'enquête, finit par nous rejoindre.

— L'un de vous a-t-il entendu la détonation? demanda-t-il en s'asseyant.

Marian, Danvers et moi répondîmes par la négative. Spangler eut un bref hochement de tête.

— Les armes à feu ne font pas toujours autant de bruit qu'on se l'imagine. — Il ouvrit un calepin. — Bien. Puisqu'il s'avère que votre oncle a été assassiné, il semble évident que quelqu'un l'a assassiné.

Je me déclarai d'accord avec lui.

— Un rôdeur, sans aucun doute, ajoutai-je. Un cambrioleur ou ce que vous voudrez. Ce pauvre oncle Hector a dû entendre du bruit et descendre voir de quoi il s'agissait. L'intrus lui aura tiré dessus avant de prendre aussitôt la fuite, peut-être par l'une des portes-fenêtres.

— Peut-être. — Spangler se frotta le nez d'un air songeur. — Combien vaut votre oncle?

J'estimai une telle question sans grand intérêt dans la mesure où je lui livrais la solution sur un plateau, mais je répondis néanmoins :

— Aux alentours de deux millions de dollars. Mon cousin Clarence Hackett et moi-même sommes les principaux héritiers.

— Votre cousin Clarence?

— Mon mari, expliqua Marian. Clarence est encore au lit. Il ne se sent pas très bien.

Spangler compatit mais insista :

— Et si vous tâchiez de le réveiller?

Marian envoya Danvers réveiller Clarence, et Spangler reporta son attention sur moi :

— A-t-on touché à quelque chose dans la bibliothèque?

— Absolument à rien. Personne n'est même entré dans la pièce.

— Quand avez-vous vu votre oncle en vie pour la dernière fois?

— Hier soir, vers huit heures et demie. Je passais par le salon et il était ici à regarder la télévision.

Marian acquiesça.

— Je me suis couchée tôt, vers neuf heures. Il était toujours là, captivé par un western.

Spangler réfléchit quelques instants avant de reprendre :

— J'ai remarqué que l'interrupteur qui commande le lustre de la bibliothèque était éteint. De plus, aucune des lampes n'est allumée. Est-il plausible que votre oncle soit resté dans le noir alors qu'il cherchait à déterminer la cause d'un bruit suspect ?

Bon sang, pourquoi avais-je éteint en sortant de la bibliothèque ? Pure habitude, bien sûr, mais cette étourderie rendait la situation épineuse.

— Il voulait *surprendre* le rôdeur, dis-je. Il ne pouvait donc pas allumer.

— S'il voulait surprendre cet intrus, pourquoi n'avait-il pas pris une arme quelconque ? Un revolver, un gourdin, que sais-je ? D'autre part, votre oncle a été tué d'une balle en plein cœur. Faut-il donc supposer que cet intrus a tué votre oncle dans la pièce éclairée, puis qu'il a — par souci d'économie — éteint avant de partir ?

Je souris avec assurance.

— Le rôdeur avait certainement une lampe de poche, à la clarté de laquelle il a pu sans difficulté tuer mon oncle et s'en aller... Par la porte-fenêtre, je suppose.

Spangler me considéra un moment.

— Comment vous entendiez-vous avec votre oncle ?

A vrai dire, oncle Hector et moi ne nous aimions guère, mais cela n'avait jamais pris des proportions dramatiques.

— Nous ne nous disputions pas, répondis-je en toute sincérité.

Spangler acquiesça lentement.

— Vous ne verrez aucun inconvénient, je pense, à ce que l'un de nos hommes effectue un petit test pour déterminer si vous avez des traces de poudre sur les mains ?

Des traces de poudre ? Bonté divine ! Mais oui, bien sûr que j'aurais des traces de poudre sur les mains ! Pas plus tard que la veille au matin, j'étais allé dans les bois, derrière la maison, pour m'exercer au tir avec mon calibre 38.

J'eus un petit rire léger.

— En fait, dis-je, vous relèveriez effectivement des traces de poudre sur mes mains. Car voyez-vous, hier matin, je suis allé tirer dans les bois.

— Curieuse coïncidence, dit-il. Vous vous êtes exercé au tir le jour même où votre oncle a été assassiné ?

— Cela n'avait rien d'inhabituel, protestai-je. Il m'arrive souvent d'aller tirer dans les bois.

L'un des adjoints de Spangler entra dans la pièce et lui glissa quelques mots à l'oreille. Spangler s'excusa et sortit.

Danvers nous rejoignit en annonçant :

— J'ai réussi à réveiller le mari de madame et à le mettre en position verticale. Je l'ai informé de ce qui se passait et il est en ce moment sous la douche.

Spangler revint au bout d'un quart d'heure.

— L'une de vos servantes a découvert un revolver en vidant le sac d'un aspirateur. A mon avis, il s'agit de l'arme du crime. Autrement, pourquoi l'aurait-on caché à cet endroit ?

Maudite bonne ! Pourquoi diable avait-elle éprouvé le besoin de vider un aspirateur alors que la maison grouillait de policiers ?

— Y a-t-il quelqu'un dans cette pièce qui possède un Smith & Wesson calibre 38 ? demanda Spangler.

J'hésitai. L'arme étant enregistrée à mon nom, on pourrait remonter jusqu'à moi sans difficulté. D'un autre côté, j'avais méticuleusement essuyé les empreintes du revolver avant de le cacher ; je ne voyais donc aucune raison de m'exposer davantage qu'il n'était nécessaire.

Je m'éclaircis la gorge.

— Je possédais un revolver de calibre 38, mais je l'ai donné à mon oncle Hector voici deux semaines.

Spangler eut un petit sourire.

— Je me demande comment le rôdeur a pu mettre la main sur cette arme ?

— A mon sens, dis-je avec obligeance, oncle Hector est descendu dans la bibliothèque *armé* du revolver. Il y a eu une brève lutte — ou une lutte très longue, allez savoir — à l'issue de laquelle l'intrus a désarmé l'oncle Hector et lui a tiré dessus avant de prendre la fuite.

Toujours souriant, Spangler se frotta la bouche.

— Ainsi donc, il a tué votre oncle, essuyé les empreintes du revolver, éteint les lumières, caché le revolver dans le sac de l'aspirateur, puis il a regagné la bibliothèque et s'est enfui par la porte-fenêtre ?

Le raisonnement ne semblait pas très solide, en effet, ainsi résumé.

— Quand vous êtez-vous servi de ce revolver pour la dernière fois ? s'enquit Spangler.

— Il y a deux semaines, quand je l'ai donné à oncle Hector. Je n'y ai pas touché depuis.

— Et *lui*, s'en est-il servi ?

— Bien des fois. Il allait souvent tirer dans les bois, lui aussi. Nous sommes une famille de tireurs.

Spangler s'installa confortablement dans un fauteuil.

— L'un de nos hommes a relevé des empreintes.

Je plissai le front.

— Vous venez pourtant de dire qu'on avait essuyé les empreintes du revolver ?

— C'est exact. Mais nous avons relevé des empreintes très nettes sur les cartouches, *dans* le barillet. On ne charge pas un revolver avec les dents, vous savez. La plupart du temps, on fait ça avec les doigts ; et les doigts, ça laisse des empreintes.

Je sentis que j'étais sur le point de transpirer ; pourtant, d'ordinaire, ce genre de manifestation plébéienne me répugne. Bien sûr que oui, mes empreintes devaient être sur les cartouches — notamment sur celle qui avait tué l'oncle Hector !

J'eus un rire un peu haut perché.

— Lieutenant, je ne me suis pas *servi* de ce revolver depuis que je l'ai donné à oncle Hector, mais je l'ai effectivement rechargé, sur sa requête, pas plus tard que l'autre jour. Voyez-vous, comme il était occupé, il m'a demandé de...

Non, c'était bien faible.

— Lieutenant, dis-je, j'ai un aveu à vous faire.

Il eut de nouveau son fichu sourire :

— Je vais chercher un sténo.

Je l'arrêtai d'un geste de la main.

— J'ai dit : *un* aveu, non *des* aveux.

— Qu'avez-vous à me proposer ?

— Voilà : oncle Hector s'est suicidé.

— Vraiment ?

— Oui. Il s'est tué. — Mon sourire me sembla douloureux. — Hier soir, vers onze heures et demie, j'ai entendu un coup de feu. Je suis descendu voir ce qui se passait et j'ai trouvé l'oncle Hector allongé là, sur la moquette de la bibliothèque. Le revolver était encore dans sa main. De toute évidence, il avait mis fin à ses jours.

Spangler m'écoutait avec un sourire patient. Quant à moi, je transpirais pour de bon.

— J'ai pris le revolver dans la main de l'oncle Hector, je l'ai essuyé pour faire disparaître les empreintes et je l'ai caché.

— Pourquoi vous donner tout ce mal ?

Devais-je lui parler de l'assurance ? Cela donnerait de moi l'image d'un homme cupide, or c'est l'une des rares choses que je ne suis pas.

— Le suicide suscite toujours une certaine opprobre, expliquai-je avec un soupçon de morgue. J'ai agi ainsi dans le but de préserver l'honneur de notre nom. J'ai pensé qu'il serait beaucoup moins déplaisant d'imputer cette mort au crime d'un intrus.

— Qu'avez-vous fait du message que votre oncle a laissé avant de se suicider ?

— Il n'y en avait pas.

— Pourquoi votre oncle aurait-il voulu se tuer ?

— Je n'en ai vraiment pas la moindre idée.

— Les lumières étaient-elles allumées quand vous l'avez découvert ?

Encore ces satanées lumières ! Quelle différence cela pouvait-il bien faire ?

— Non, répondis-je après réflexion. J'ai allumé et je l'ai trouvé là.

— Votre oncle s'est donc suicidé dans le noir ?

— Manifestement.

Spangler secoua la tête.

— Les gens ne se suicident pas dans l'obscurité. Ne me demandez pas pourquoi, mais c'est un fait. Ils ferment peut-être les yeux, mais ils n'éteignent jamais la lumière.

Je m'épongeai le front avec mon mouchoir.

— Oncle Hector doit bien avoir des traces de poudre sur la main droite, n'est-ce pas ? Avez-vous vérifié ?

Spangler décida d'élucider ce point sur-le-champ. Il sortit du salon, apparemment pour aller demander aux spécialistes, dans la bibliothèque, de procéder au test.

Danvers, qui m'observait, proposa :

— Monsieur désire-t-il que je lui apporte un mouchoir sec ?

— La ferme, grommelai-je.

Spangler revint au bout d'un moment.

— Il n'y a absolument aucune trace de poudre sur les mains de votre oncle, annonça-t-il. Nous avons contrôlé avec soin.

Je fus abasourdi.

Pas de traces de poudre ? Cela signifiait donc que l'oncle Hector avait *vraiment* été assassiné et que son meurtrier avait tenté de maquiller le crime en suicide !

Et moi, tout m'accusait : les traces de poudre sur mes mains, l'arme du crime, mes empreintes sur les balles que contenait ladite arme — et un mobile en or.

J'étais perdu.

Marian se leva alors et déclara :

— Lieutenant, au moment où le meurtre a été commis, mon cousin Ambrose était avec moi.

Chère vieille Marian... C'était vraiment chic de sa part de mettre ainsi sa réputation en jeu pour moi.

Spangler la considéra d'un air soupçonneux.

— N'avez-vous pas dit tout à l'heure que vous étiez

allée vous *coucher* à neuf heures ?

Elle eut un fin sourire.

— J'entendais par là que je m'étais *retirée* dans les appartements que mon mari et moi-même occupons au premier étage. Ambrose m'y a rejointe peu après neuf heures.

Elle se tourna vers Danvers :

— N'est-ce pas, Danvers ? Vous étiez là aussi, et nous avons *tous* joué au bridge.

Danvers saisit la perche qui lui était tendue.

— Certainement, madame. Nous avons joué au bridge jusqu'au moment où nous avons entendu la détonation, à onze heures et demie. Nous avons alors interrompu la partie.

Spangler avait les yeux tout plissés. Il dit à Marian :

— Vous et votre cousin, vous avez joué au bridge avec votre majordome ?

Elle redressa le buste :

— J'ai peut-être d'autres défauts, mais je ne suis certes pas snob.

La porte du salon s'ouvrit et mon cousin Clarence fit son entrée, escorté de l'un des assistants de Spangler.

Clarence est un homme assez corpulent, pour ne pas dire gros. Il avait les yeux injectés de sang et faisait une grimace de douleur à chaque pas : visiblement, il n'appréciait pas d'être arraché du lit à une heure aussi matinale, même après avoir bu un petit verre pour se remettre de sa gueule de bois.

Spangler s'en prit à lui :

— Et *vous,* où étiez-vous hier soir au moment du meurtre ?

Le ton de voix du policier n'eut pas l'heur de plaire à Clarence.

— Qu'est-ce que ça peut vous foutre ? J'étais au lit avec ma femme !

Pourquoi Clarence éprouvait-il le besoin de proférer ce mensonge ? Il avait un excellent alibi, n'est-ce pas ? Les gens avec qui il avait joué aux cartes toute la nuit auraient pu témoigner en sa faveur ?

Marian eut un petit rire léger à l'intention de Spangler.

— Mon mari veut dire que, *après* minuit, nous nous sommes couchés, en effet. *Avant* minuit, jusqu'à ce que nous entendions le coup de feu à *onze heures et demie*, nous étions *tous les quatre* en train de jouer au bridge dans nos appartements : mon mari, mon cousin Ambrose, Danvers et moi-même.

Clarence donna l'impression de mâchonner sa moustache, quoiqu'il n'en eût pas.

— Ah ! oui, marmonna-t-il. Nous avons entendu la détonation à onze heures et demie.

Je lui fournis des munitions supplémentaires :

— Nous avons entendu la détonation et nous sommes descendus *tous les quatre*. Nous avons découvert l'oncle Hector et, pensant qu'il s'était suicidé, nous avons décidé — pour préserver l'honneur du nom — de faire passer le suicide pour un crime commis par un rôdeur.

Clarence vacilla quelque peu.

— En effet, c'est exact.

— Bien entendu, repris-je en souriant, notre noble geste n'a servi à rien, puisque nous nous trouvons maintenant devant le fait que l'oncle Hector a été réellement assassiné... Par un rôdeur, sans aucun doute.

Clarence se dirigea vers l'armoire à liqueurs :

— Je n'aurais pas pu exposer la situation de façon plus succincte, dit-il.

Spangler et ses hommes passèrent le restant de la matinée à nous interroger individuellement mais, pour autant que je pusse en juger, notre histoire sembla tenir le coup. Provisoirement, tout au moins.

Lors d'une pause entre deux interrogatoires, je rencontrai Clarence en haut.

— Clarence, lui dis-je, je ne comprends pas pourquoi tu n'as pas tout bonnement donné à Splanger les noms des personnes avec qui tu as joué aux cartes cette nuit. Cela aurait suffi à établir que tu n'étais pas ici au moment du meurtre de l'oncle Hector.

Il eut un sourire indulgent.

— Ce n'est pas correct d'impliquer ses amis dans une affaire comme celle-ci.

— Etant donné qu'il s'agit d'un meurtre, ils auraient certainement compris.

Il me donna alors la véritable explication, sur le ton de la confidence :

— En réalité, Ambrose, ce que je ne veux pas qu'on sache, ce n'est pas *avec qui* j'ai joué aux cartes, mais *où*. Mme La Fontaine et ses pensionnaires risqueraient d'avoir toutes sortes d'ennuis, et c'est la dernière chose que je souhaite.

Mme La Fontaine ? J'avais entendu dire qu'elle avait un cœur d'or et qu'elle accordait volontiers des priorités.

J'allai dans ma chambre et m'allongeai sur mon lit.

Ainsi soit-il. Un alibi à quatre était mieux qu'un alibi à trois, et j'en avais bien besoin.

Je soupirai. Oncle Hector avait *forcément* été assassiné par un rôdeur. Il avait entendu du bruit en bas, il était allé dans mon dressing-room, avait pris le revolver dans la commode et était descendu voir ce qui se passait. Quand il était entré dans la bibliothèque, l'intrus l'avait assailli et tué d'une balle de revolver.

De fait, cette explication semblait la plus logique.

D'un autre côté, comment l'oncle Hector aurait-il pu savoir que j'avais mis le revolver à cet endroit-là ?

Je ne voyais aucune réponse à cette question.

Peut-être l'intrus avait-il lui-même trouvé l'arme et l'avait-il emportée en bas avec lui ?

J'allai ouvrir le premier tiroir de la commode.

J'avais placé le revolver ici même, près du coffret renfermant ma collection de boutons de manchette, des objets de grande valeur ; et, à côté du coffret, se trouvaient les deux briquets sertis de pierreries — dont je me servais rarement — ainsi que l'étui à cigarettes gravé.

Si c'était l'intrus qui avait pris le revolver, pourquoi n'avait-il pas volé également tous ces bijoux ? Pourquoi seulement le revolver ?

Non, un rôdeur normal n'aurait pas laissé un tel butin sans y toucher.

La conclusion s'imposait. La personne qui avait pris

l'arme n'était ni un rôdeur ni l'oncle Hector.

Mais alors, qui ? Clarence ?

Non. Il ne pouvait pas savoir, lui non plus, que j'avais mis le revolver dans ce tiroir au lieu de le ranger comme d'habitude dans l'armoire.

Marian ?

Non. Alors, qui ?

Danvers entra dans la chambre :

— Monsieur est servi.

Je le regardai, les yeux ronds.

Danvers ? Mais bien sûr !

Lorsque j'étais rentré des bois, après m'être exercé au tir, je l'avais trouvé dans ma chambre en train de rassembler les vêtements à envoyer chez le teinturier. Il m'avait *vu* ranger le revolver.

Je pointai sur lui un doigt accusateur :

— Danvers, c'est *vous* qui avez tué l'oncle Hector !

Il me dévisagea, l'air méfiant.

— Monsieur croit vraiment ?

— Parfaitement. Vous étiez le *seul* à savoir que j'avais mis mon revolver dans ce tiroir. — J'eus un sourire féroce. — Je parie que, en cet instant même, vous avez des milliers de grains de poudre incrustés dans les mains.

Il secoua la tête.

— Sur ce point, monsieur se trompe. Avant de tuer l'oncle de monsieur, j'ai fait une longue promenade dans le parc, retournant dans ma tête la nécessité de commettre ce crime, essayant de rassembler le courage de passer à l'acte. Comme il faisait très frais, j'avais mis un pardessus et des gants. Par chance, je les portais encore quand j'ai tué l'oncle de monsieur. De plus, lorsque le policier a parlé de ces fameuses traces de poudre, j'ai détruit les gants et le pardessus, en triturant bien les cendres, si je puis m'exprimer ainsi.

— C'est donc vous qui avez éteint les lumières en sortant de la bibliothèque ?

— La force de l'habitude, monsieur. Un geste qu'on accomplit machinalement, même dans les moments critiques.

— Pourquoi l'avez-vous tué ?

— Il m'avait donné mon congé dans l'après-midi, monsieur. Il me reprochait des irrégularités dans les comptes de la maison ; et pourtant, je puis jurer à monsieur que cette accusation était totalement infondée. Mais monsieur sait à quel point son oncle pouvait se montrer intransigeant. J'ai bien compris que je n'avais aucun espoir de le faire revenir sur sa décision.

— Vous l'avez tué parce qu'il vous avait renvoyé ? Franchement, Danvers !

— Il y avait une autre raison, monsieur. Je savais en effet que, dans un jour de bonté, l'oncle de monsieur m'avait légué par testament une somme de quinze mille dollars. Maintenant que j'étais congédié, il allait s'empresser d'annuler cette disposition ; or je n'avais pas le cœur de renoncer à une somme aussi importante.

— Alors comme ça, vous avez tué l'oncle Hector pour une bagatelle de quinze mille dollars ?

— Monsieur, dit-il sur un ton de reproche, dans *mon* milieu, quinze mille dollars, ce n'est pas du tout une bagatelle.

— Danvers, dis-je, en tant que citoyen responsable, il est de mon devoir d'informer le lieutenant Spangler des aveux que vous venez de faire.

Il eut un petit sourire.

— Après avoir tué l'oncle de monsieur, je me suis caché dans les ombres du hall en entendant une porte s'ouvrir au premier étage. J'ai levé la tête et j'ai vu monsieur descendre l'escalier pour aller voir ce qui se passait.

Je me raidis imperceptiblement.

— Vous m'avez vu sortir de ma chambre ?

— Non, monsieur. J'ai vu monsieur sortir des appartements privés *de Mme Hackett.* Monsieur finissait d'ajuster son pantalon de pyjama. — Il eut un clappement de langue réprobateur. — Je dois dire que je ne crois pas un instant que monsieur ait joué aux cartes avec Mme Hackett.

Je me massai la nuque. Malheureusement, il disait vrai. J'étais en effet allé dans la suite de Marian la veille au soir, et nous n'avions pas joué aux cartes. Marian et moi, nous ne perdons *jamais* notre temps à jouer aux cartes, toutes les nuits où Clarence est en vadrouille chez Mme La Fontaine ou je ne sais où.

— Danvers, dis-je sévèrement, cela n'a absolument rien à voir avec le meurtre. Absolument rien.

— Monsieur a peut-être raison, mais je pense néanmoins que, si jamais je devais avouer mon forfait, il me faudrait également raconter au lieutenant — peut-être même devant le tribunal — tout ce que j'ai pu observer le soir en question. C'est la routine, monsieur en est bien conscient ?

Nous restâmes silencieux. Au bout d'un moment, Danvers dit en souriant :

— Monsieur sait-il seulement jouer au bridge ?

— Hélas non, Danvers. Je ne connais strictement rien à ce jeu.

Il inclina la tête.

— C'est bien ce que je pensais. Cela risque de mettre en péril notre alibi collectif, monsieur n'est-il pas de cet avis ?

D'un geste adroit, il sortit un jeu de cartes de sa poche intérieure et entreprit de m'enseigner les rudiments du bridge.

Four on an Alibi
Traduction de Gérard de Chergé

TABLE DES MATIÈRES

ERRATA

Dans *Alfred Hitchcock présente :*
HISTOIRES CIBLÉES,
il convient de lire :

Pages 28 et 235 : traduction de Sylvette et Jacques Lemerle.
Pages 72 et 177 : traduction de Philippe Kellerson.
Pages 99 et 121 : traduction de L. de Pierrefeu.
Page 153 : traduction de F. W. Crosse.
Pages 183, 198 et 209 : traduction de Gérard de Chergé.
Pages 223 et 256 : traduction de Dominique Wattwiller.
Page 286 : traduction de Christiane Aubert.

POCKET - 12, avenue d'Italie - 75627 Paris Cedex 13
Tél. : 44-16-05-00

Achevé d'imprimer en février 1996
sur les presses de l'Imprimerie Bussière
à Saint-Amand (Cher)

— N° d'imp. 434. —
Dépôt légal : septembre 1988.

Imprimé en France